# 乐透

# THE LOTTERY

## And Other Short Stories

Shirley Jackson

[美] 雪莉·杰克逊 著

余国芳 译

江苏凤凰文艺出版社
JIANGSU PHOENIX LITERATURE AND ART PUBLISHING, LTD

雪莉·杰克逊笔下的世界让人毛骨悚然，难以忘怀。在她的小说里，事情总是不像表面看起来的那个样子；即使是阳光明媚、清朗的一日（如她在《乐透》里所说的“晴空朗朗，有着夏天的温暖气息”），背后仍有黑暗的威胁隐约逼近，威胁着我们：事情终将被逆转到更加恶劣的地步。她有一双始终观察入微的眼睛，那是心灵之眼，是真相的目击证人。故事里浮现了一个梦游者的神奇世界——看完她的小说之后，读者被留在那里，永远被改变了，再也无法回到原来的自己，因为故事的印记已经刻在想象里，在灵魂里，难以磨灭。

……雪莉·杰克逊的小说具有绝佳的简洁风格；她的文章有种优雅的节制，仿佛每个最微小的一举一动、包括感知的变化，都被她精准地计算好了——在她的小说里，不会出现锦上添花的多余内容。

……该怎么介绍雪莉·杰克逊的小说，当它们实际上根本无须被介绍的时候？这些故事是如此令人震惊、不因时间的流逝而被磨灭——现在读起来，依然跟刚出版的时候同样意义重大、惊吓人心。她的作品，对每个想要写作、想了解二十世纪美国文学的人来说，绝对是不可或缺的必读之作。雪莉·杰克逊是一位真正的大师。

——A.M.霍姆丝（女性小说奖得主）

# 译者前言

交稿以后主编希望我写一篇译序或后记，经过考虑，决定不写译序，因为在看这本书之前，任何一个说法都嫌太主观，看山看水的感觉需要自己体会。至于后记，其实也不适合，因为当你读完这本书，任何一个人的说法都嫌太多余。因为它已经在你的血液里，甩不掉，赶不走。

唯独有一件事我不能不说，或许只能算是一个注记，但是它却跟翻译大有关系。就是书中不时出现的一个人名，James Harris，有时候是昵称Jim或Jimmy或Jamie，有时候只有姓Harris，有时候是男Mr. Harris，有时候是女Mrs. Harris。这个人物是一个核心，摘一句名导演的话：每个人的心中都有一个James Harris。所以修改再三，我决定不管它在哪里出现，我都用同一个（组）译名，杰姆，杰米，杰姆士·哈瑞斯，哈瑞斯先生，哈瑞斯太太。为什么？重点来了，因为每次一有这号人物出现，某些事故就会跟着出现。而这正是我从一开始不知如何走进作者的世界，到突然闯入之后所产生的那种无以名状的惊怖。是的，绝对的惊怖，在我的血液里，甩不掉，赶不走。

这就是这本书的魔性，当你读它的时候，你不仅用眼睛在看，你更不自觉地会用耳朵聆听，诡异的是，你听见的是自己的声音，自己的恐惧，那一种自己吓自己的感觉才是恐惧的极致。

现在，请允许我再套用目前最in的发烧句：魔鬼藏在细节里。请注意，这句话用在这本书中，绝对没有任何引申的含意，它的意思简单明了：魔鬼真的就藏在你我之间的这里和那里。

（在此温柔地提醒：第五部《尾声》末了的杰姆士·哈瑞斯就是魔鬼情人的本尊，前后呼应，魔由心生。）

余国芳

# 目录

# 目录

目录

# 第一部

# 醉了

他醉得差不多了，好在他对这间屋子够熟悉，一个人走到厨房还可以，明着是去拿冰块，实际上是让自己清醒一点；他跟这家人的交情还没好到可以随便醉倒在客厅沙发上的程度。稍微离开一下派对倒是没什么不妥，聚在钢琴边上的一群人正唱着《星尘传奇》，宴会的女主人正起劲地在跟一个戴着薄镜片眼镜、垮着嘴的年轻人说话；餐厅那边有四五个人坐在椅子上谈论着什么大事，他谨慎地穿过了餐厅，厨房门一碰就开，他傍着餐桌坐下，白色的珐琅材质在手底下清清冷冷的。他靠在绿色的装饰图案上，抬起头发现桌子对面有个年轻女孩若有所思地打量着他。

“哈啰，”他说，“你是，他们的女儿？”

“我叫艾琳，”她说，“是的。”

他觉得她的样子有点怪，是穿着吧，现在的女孩子，他带着醉意想着；她的头发绑成辫子垂在脸蛋两旁，看上去年轻又有精神，只是穿得不对，毛衣紫色，头发黑色。“你看起来很清醒啊。”他马上就发现对年轻女孩说错话了。

“我在喝咖啡，”她说，“给你倒一杯吧？”

他几乎放声大笑，她居然自以为很懂怎么跟醉汉打交道呢。“谢谢，”他说，“我确实需要。”他努力让两只眼睛聚焦。咖啡很烫，她把咖啡杯搁在他前面，说：“我看你大概要喝黑的。”他把脸凑近咖啡，让热气进到眼睛里，希望借此让脑袋清醒一下。

“好像是个不错的派对，”她的口气没半点向往，“大家玩得挺开心的。”

“确实不错。”他开始喝咖啡，超烫，他很想让她知道她真的帮了他一个大忙。他的头不昏了，他露出笑容。“好多了，”他说，“真要谢谢你。”

“那个房间一定太暖和了。”她带着慰问的口气。

这下他真的放声大笑了，她蹙起眉头，不过还好，在她继续往下说的时候，他看得出她已原谅他了，“楼上太热，我想下来在这里坐一会儿。”

“你在睡觉？”他问，“我们把你吵醒了？”

“我在做功课，”她说。

他再看她一眼，似乎看到她后方的背景有一堆作业簿，旧教科书和课桌之间的欢笑声。“你是高中生？”

“高三。”她似乎在等他接话，顿了一下又说，“我因为肺炎休学了一年。”

他发现很难找话题来说（跟她谈男孩子吗？谈篮球吗？），

所以他假装在听前面屋子里传过来的喧闹声。“很不错的一个派对。”他含糊地又说一次。

“我看你挺喜欢派对的。”她说。

他一怔，坐在那里呆呆地盯着空咖啡杯。他想他确实挺喜欢派对的；她的语气带着淡淡的诧异，仿佛接下来他应该大声宣告勇士们即将在竞技场上跟野兽大战，或是宣称某位女士即将在花园中独舞华尔兹。我的年纪几乎大你两倍，小姑娘，他想着，不过我也做过功课，那个时间离现在也不算太久。“打篮球吗？”他问。

“不打。”她说。

他忽然很生气，他气她先占了这个厨房，气她住在这个屋子里，害得他必须继续不断地跟她说话。“你在做什么功课？”他问。

“我在写一篇关于世界未来的论文，”她说着微微一笑，“挺蠢的，是吗？我觉得挺蠢的。”

“他们在前面谈的就是这个话题。这也是我溜出来的一个原因。”他看得出她根本不相信这是他溜出来的原因，他立刻又说：“你对世界未来怎么看？”

“我看不出有什么未来可言，”她说，“至少现在还算过得去。”

“能活在当下就好。”他觉得自己好像还是在派对当中。

“其实，”她说，“我们也不是完全没有远见。”

他对她注视了一会儿。她心不在焉地盯着自己的马鞍鞋尖，视线追随着那只前后轻缓移动的脚。“一个十六岁的女孩会有这些想法真令人吃惊。”在我那个时代——他想要嘲弄一番——女孩们想到的只是鸡尾酒和搂搂抱抱之类的事。

“我十七岁。”她抬起头再对他微微一笑，“差别很大。”她说。

“在我那个时代，”他特别强调地说，“女孩子想的只有喝鸡尾酒和跟人亲热这档事。”

“问题一部分就出在这里，”她认真地回答他，“如果当初在你们年轻的时候，大家心中真真实实的有害怕的意识，我们今天就不会这么糟了。”

他声音变了，想不变都不行（当初我年轻的时候！），他有意无意地离她远一些，仿佛是要表现出一个长者在某种程度上对一个孩子的包容。“我想当时的我们也有害怕的意识。我想现在所有的十六——十七岁——的孩子也都认为他们有害怕的意识。这是一种过程，一个必经的阶段，就像疯男生那样。”

“我一直在推想将来会怎样。”她说得非常柔软，非常清楚，不费吹灰之力就把他逼退了。“我想教堂应该先处理，其次是帝国大厦。再来就是河边的大公寓房子，带着里面住的人一起慢慢地滑进河水里。还有学校，就在上拉丁文的课堂上，大家正读着恺撒大帝的时候。”她把视线定在他的脸上，眼神里有一种莫名的兴奋。“每次我们开始上恺撒大帝的一个新章节的时候，我都在想这会不会就是永远没办法上完的一个章节了。也许我们这一堂拉丁文课就是最后一批读恺撒的人了。”

“这可是好消息，”他轻快地说，“我向来讨厌恺撒。”

“我想你们年轻的时候人人都讨厌恺撒。”她酷酷地说。

他顿了一会儿才说：“我觉得你脑子里装满这类病态的东西好像有点蠢。不如去买本电影杂志来看看吧。”

“到时候电影杂志我要多少有多少，”她锲而不舍地说，“因为地铁爆了，那些小书报摊全被压垮了。到时候所有的糖果巧克力棒随便你拿，还有杂志、口红、小店里卖的假花，大店里卖的高档服饰也全部躺在大街上，统统随便你拿，包括皮草大衣。”

“我希望酒吧的门全部大开，”他说，他的心里已经开始对她很不耐烦，“我只要走进去，不客气的抱走一箱子白兰地，那就什么烦恼都免了。”

“所有的办公大楼都只剩下一堆碎石子，”她说，她那对刻意瞪大的眼睛仍旧盯着他。“只要你能够精确地知道那一刻会在哪时候降临。”

“我明白，”他说，“我就会跟着其他人一起完蛋。我明白。”

“过后一切的事物都会变得不同，”她说，“到时候世界上现有的一切全部都没有了。我们就会有新的规则，新的生活方式。也许会有一条法律规定人不得住在房子里，于是谁也避不开谁，谁也躲不开谁了，明白吧。”

“也许会有一条法律规定十七岁的女生全部都得待在学校里学习做人的道理。”他站了起来。

“那时候再也不会有学校了，”她淡定地说，“谁也不想要学什么了。免得又回到我们现在这副样子。”

“呵，”他哈哈一笑，“你说得很有趣。可惜那时候我已经不在了，也看不见了。”他停下来，他的肩膀已经顶在通往餐厅的旋转门上。他很想赶紧说几句属于大人的、比较尖酸刻薄的话，却又怕她看出实际上他把她的话全都听进去了，因为在他年轻的时候他们真的都不会谈到这些。“你如果对拉丁文有什么问题，”他最终说，“我很乐意助你一臂之力。”

她吱吱咯咯地笑起来，他吓了一大跳。“每天晚上我还是做功课的。”她说。

回到客厅，宾客们欢乐地在他身旁移动，钢琴边上的人群正唱着《牧场是我家》，派对的女主人起劲地在跟一个穿着蓝色西装、高大优雅的男士交谈。他找到了女孩的父亲，说：“我刚刚跟令爱聊得很愉快。”

男主人的眼睛飞快地朝屋子里一扫，“艾琳？她在哪里？”

“在厨房。她在读拉丁文。”

“Gallia est omnia divisa in partes tres，高卢一分为三[①]，”男主人面无表情地说，“我知道。”

“非常特别的一个女孩。”

男主人无奈地摇摇头，“现在这些孩子……”他说。

---

① 拉丁文，这是《高卢战记》中的恺撒说的一句话，英译：The whole of Gaul is divided into three parts.

# 魔鬼情人[1]

她睡得不好；从一点半，杰米离开，她拖拖拉拉地上了床，到七点，最后她决定起来泡咖啡为止，她睡得断断续续，不时惊醒睁开眼睛盯着昏暗处，一遍又一遍地回想，再溜回兴奋又激动的梦境里。她喝了将近一个小时的咖啡——他们本来就打算在路上吃早餐——这会儿除非她想早点梳妆打扮，其实根本无事可做。她洗了咖啡杯，铺了床，仔细挑选待会儿要穿的衣服，没来由地担心窗外是不是好天气。她坐下看书，又觉得不如给她姐姐写封信，于是她开始用那手漂亮的字体写着："最亲爱的安妮，当你收到这封信的时候，我已经结婚了。听起来是不是怪可笑的？连我自己也不敢相信，等我把事情的来龙去脉告诉你之后，你会觉得更加的离奇……"

---

① The Daemon Lover，又称James Harris或The House Carpenter，苏格兰童谣。描述突然消失的男子（即魔鬼）在很久以后回来引诱前女友抛夫弃子随他而去的故事。

她坐在那里，握着笔，犹豫着下一句该怎么写，她读着写好的那几行，把信撕了。她走到窗口，外面毫无争议地是一个好天气。她忽然觉得不该穿那件蓝色丝绸洋装，太朴素了，几乎有些老气，她应该穿一些娇柔的、女性化的衣裳。她焦躁地翻着衣橱，对着去年夏天穿过的一件印花洋装犹豫了一会儿：好像稍嫌年轻了，而且还有一个皱褶式的领口，现在穿印花洋装似乎过早，可还是……

她把两件洋装并排挂在橱门上，打开小置物柜上方密闭的玻璃门，那是她的小厨房。她在咖啡壶底下点着炉火，再走到窗口，阳光普照。咖啡壶响了，她转回来把咖啡倒进一只干净的杯子里。再不赶快吃一些“实在的东西”我会头痛，她想着。又是咖啡又是香烟，根本不是正式的早餐。结婚的大日子头痛，她去浴室的镜橱里拿了一盒阿司匹林，把药盒塞进蓝色的包包里。如果要穿那件印花洋装，她应该换褐色的包包，可是她唯一的褐色包包太破旧了。她无所适从地站在那里，对着蓝色包包和印花洋装，看过来又看过去，她放下包包，端着咖啡走到窗户边坐下，一面喝咖啡，一面朝着这个只有一间房的公寓仔细地看了一圈。今天晚上他们预计要回到这里，所有的一切必须正确无误。她忽然一惊，想起忘了换上干净的床单。洗好的衣物刚送回来，她从衣橱顶的架子上取下干净的被单和枕套，她的动作很快，也不去多想为什么要换床单。床是简单的沙发床，加了罩子看起来就像一张长沙发，所以谁也看不出她换过了干净的床单。她把原来的旧床单和枕套带进浴室，塞进洗衣篮里，顺手连浴巾也一并塞进去，再把干净的浴巾挂上架子。等她忙完，咖啡冷掉了，她照喝不误。

她看钟，发现已经过了九点，她开始加快速度。洗完澡，用了一条干净的浴巾，她把这条浴巾放进洗衣篮，再换上一条干净的。她对穿着很讲究，她的内衣都很干净，而且大部分是新的。她把前一天穿过的衣物，包括睡袍在内，通通放进洗衣篮里。准备装扮的时候，她站在橱门前面犹豫了。蓝色的洋装很得体，很清新，合身又好看，只是她跟杰米在一起穿过好几次了，婚礼这天再穿它简直毫无新鲜感。印花的洋装非常漂亮，对杰米来说也很有新鲜感，只是这个季节穿它似乎太早了。最后她想，这是我结婚的日子，我高兴怎么穿就怎么穿，她从衣架取下了那件印花洋装。洋装一套上身，感觉新鲜又明亮，对着镜子，她才注意到颈圈上的皱褶把脖子包得太紧，超宽的裙摆更无疑是为小女孩而设计，专门给一个走起路来扭腰摆臀，又跳又转的女孩穿的。她照着镜子嫌恶地想，就好像我是为了他才把自己打扮得更漂亮；他会以为因为他要娶我，我才拼命地想让自己显得更年轻。她一把扯下印花洋装，扯得太急，腋下一条缝线绷了开来。穿上旧的蓝色洋装，她觉得舒服又自在，只是毫无兴奋感。这跟你穿什么没太大关系，她坚定地告诉自己。转个身她又沮丧地对着衣橱，看看是否还有别的替换。没一件适合她跟杰米结婚穿的，连稍微合适一点的都没有，一时间她真想冲到附近小店去买一件衣服。这时她发现已经接近十点，她只剩下梳头化妆的时间了。头发很简单，只要挽到后面，在脖子上打个发髻，但是化妆可是一项精致的平衡艺术，要有点假又不能太假才行。她不想掩饰自己蜡黄的皮肤，或是眼睛周围的细纹，给人感觉好像只是为了今天的婚礼，然而想到杰米带了一个憔悴苍老的人进礼堂结婚的样子又令她无法忍受。终究你已经三十四岁了，她对着浴室的镜子无情地告诉自己。三十四岁，这是身份证上说的。

十点过两分。她对自己的服装不满意，对自己的脸不满意，对自己的小公寓不满意。她把咖啡再加热，坐到窗口的椅子上。现在做什么都来不及了，她想，她也没有意愿在最后一分钟做任何改善。

心情慢慢地平复了，她试着想杰米的样子，她竟然看不清他的脸，也听不见他的声音了。对于一个自己深爱的人，出现这种情形也是常有的事，她想着，于是她让自己的心思溜过今天和明天，溜进更远的未来，溜进他们规划了整整一个星期、有着金色乡间小屋的未来，到那个时候，杰米的写作有了名气，她也不用再去上班。“我以前是个很棒的厨子，”她曾经向杰米保证过，“只要花点时间练习一下，我就会做出好吃的天使蛋糕。还有炸鸡，”她说，她知道这些话多多少少都留在了杰米的心坎里。“还有蛋黄酱。”

十点半。她站起来毫不犹豫地走到电话机前。她拨了号码，等待，那个刺耳的女声播报着：“……现在时间十点二十九分。”她迷迷糊糊地把时间调回一分钟，她想起昨天晚上自己说话的声音，就在门口：“那就十点。我会准备好的。这一切真的是真的吗？”

杰米的笑声一路延伸到走廊。

十一点，她把印花洋装上的裂缝缝好了，将针线盒仔细地放进橱里。穿上印花洋装，她再坐回窗口喝第二杯咖啡。我大可以从从容容地修补衣服，她想；不过现在太晚了，他随时都可能到，她不敢再做任何的修整，担心一发不可收拾。屋子里没半点吃的东西，唯一的存粮，是她为了他俩开始共同生活而精心准备着的：一包没有开封的培根、十二个盒装的鸡蛋、没开封的面包和没开封的奶油，这些都是为了明天的早餐而准备的。她想冲下楼到杂货店买些吃的，就在门上留了张字条。最后还是决定再等会儿。

十一点半，她饿到发晕，全身无力，她非下楼不可。如果杰米有电话她早就打给他了。现在，她只能拉开书桌，写了张字条：“杰米，我下楼去杂货店。五分钟回来。”钢笔墨水渗到指头上，她进浴室清洗，用了一条刚换上的新毛巾。她把字条贴在门上，再看了一遍屋子，确定一切都没问题，关上门，没上锁，怕万一他刚好进来。

进了药妆店，她发现没一样东西想吃的，除了再一杯咖啡，咖啡也只喝了一半，因为她突然觉得杰米可能已经在楼上等得不耐烦了。

楼上一切如旧，安静无声，跟她离开的时候一个样，她的字条原封不动地贴在门上，屋子里因为抽了太多烟有些霉味。她打开窗户，坐下来，后来才发觉自己睡着了，现在时间十二点四十分。

忽然，她害怕起来。毫无预警地醒来，醒在这一个随时待命的房间里，这里的每样东西从十点钟开始就一直干干净净，没人碰过，她害怕了，她觉得有一股莫名的急迫感。她离开座位几乎用冲的从房间奔进浴室，往脸上泼冷水，用干净的毛巾擦干；这次她把毛巾随便往架子上一放，不再更换，以后有的是时间。没戴帽子，身上仍旧穿着印花洋装，只在外头罩了件大衣，手里拿着那只不相称的，放了阿司匹林的蓝包包，她锁上公寓的房门，这次不留字条了，冲下楼，在街角招了辆出租车，她把杰米的住址给了司机。

其实一点也不远，如果不是全身虚脱，她走走就到了。坐上出租车，她忽然惊觉这样大剌剌坐着车去找杰米，一副登门问罪的样子实在太鲁莽。所以，她叫司机在邻近杰米家的一个转角停下来，付过车费，等到出租车开走，她才慢慢地走过去。之前她从来没到过这里；建筑老得赏心悦目，大门信箱上并没有杰米的名字，门铃上也没有。她核对住址，没错。最后她按了标着“管理员”字样的门铃。过一两分钟蜂鸣器响了，她推开门走进暗黑的前厅，正犹豫着，尽头一扇门开了，有个人说：“什么事？”

就在这同一时间她才发觉自己根本不知道该问什么，她慢慢移向等在亮光里的那个身影。等到很接近的时候，“什么事？”那个身影又说了一遍，她看见那是一个穿着衬衫的男人，除此之外，他们两个谁也看不清谁。

她鼓起勇气说：“我想找这栋楼里的一位住户，大门外找不到名字。”

“你要找的人叫什么名字？”男人问，她知道她非回答不可了。

“杰姆士·哈瑞斯，”她说，“哈瑞斯。”

男人静默了一会儿，说：“哈瑞斯。”他转过身，向着里面亮着灯光的房间说：“玛琪，过来一下。”

“怎么了？”里面一个声音说，等了好长一会儿，长到即使动作再慢的人也能从安乐椅上起来了，一个女人走到了门口，跟男人站在一起，朝暗黑的前厅张望。“有位女士，”男人说，“女士要找一个姓哈瑞斯的人，住这里的。这栋楼里有这人吗？”

“没有，”女人说。她的口气带些消遣的味道，“这里没有什么姓哈瑞斯的男人。”

“对不起，”男人说。他准备关门。“你找错地方了，女士，”他说，忽然又压低声音补上一句，“不然就是找错人了。”他和女人同时哈哈大笑。

眼看着门就要关上，只剩她一个人站在黑暗的前厅，她冲着只剩下一线的门缝说：“可是他的确住在这里，我知道的。”

“听着，”女人稍微再把门缝拉开一些，“这种事常会有的。”

“请你们再想想，别弄错了，”她说，她的口气十分庄重，口气里累积了三十四年的尊严和傲气，“恐怕你们不是很了解。”

“他长什么样子？”女人不耐烦地说，那门仍旧不肯开大。

“他很高，很好看。他经常穿一套蓝西装。他是个作家。”

“没有，”女人说，停一会儿又说：“他是不是住在三楼？”

“我不太清楚。”

“三楼是有这么一个人，”女人边想边说，“他确实经常穿一套蓝西装，在三楼住过一阵子。劳埃斯特他们家北上探亲的时候把公寓租给他住过。”

“可能就是吧，虽然……”

“这个人经常穿一套蓝西装，不过我倒不记得他有多高，”女人说。“他在这里住了大概一个月左右。”

“一个月以前是——”

“你去问劳埃斯特，”女人说，“他们今天早上刚回来，住在3B。”

门关上了，彻底地关上。厅堂非常暗，楼梯更暗。

上到二楼，从顶上的天窗透进一点微光。公寓各户的大门排成一排，这一楼共有四户，静静悄悄，无声无息。2C门口摆着一瓶牛奶。

上到三楼，她停了一会儿。3B的门里有音乐声，也听得见说话声。她鼓起勇气敲门，再敲。门开了，音乐声迎面冲上来，是下午播送交响乐的时间。“你好，”她礼貌地对站在门口的女人说。“劳埃斯特太太？”

“对。”女人穿着家居服，脸上带着隔夜的妆。

“可不可以打扰你一两分钟？”

“可以。”劳埃斯特太太纹丝不动地说。

“是关于哈瑞斯先生。”

“什么哈瑞斯先生？”劳埃斯特太太直截了当地说。

“杰姆士·哈瑞斯先生。之前向你们租房子的那位先生。”

“喔，天哪，”劳埃斯特太太说。她总算睁开了眼睛。“他怎么了？”

“没什么。我只是想跟他联络。”

“喔，天哪，”劳埃斯特太太又重复一遍。这次她把门开大了些，说：“进来吧。”接着，“洛夫！”

屋子里，整间公寓仍旧充满了乐声，沙发上，椅子上，地板上，摊着还没整理完的手提箱。角落餐桌上散着吃剩的餐点，年轻男人坐在那里，有那么一会儿感觉上很像杰米，他站起身走过来。

“什么事？”他说。

“劳埃斯特先生，”她说。乐声太大，谈话有些困难。“楼下管理员告诉我说，杰姆士·哈瑞斯先生曾经在这里住过。”

“没错，”他说，“如果他是叫这个名字的话。”

“你们不是把公寓租给他住吗？”她吃惊地说。

“我对他一无所知，”劳埃斯特先生说，“他是桃蒂的一个朋友。”

“不是我的朋友，”劳埃斯特太太说，“根本不是我的朋友。”她走到餐桌旁，把花生酱抹在一片面包上。她咬了一大口，挥着那片抹了花生酱的面包对她先生含混地说，“不是我的朋友。”

“是你在上次那个什么聚会上把他带回来的，”劳埃斯特先生说。他把收音机旁一张椅子上的手提箱拨开，一屁股坐下来，再从地板上捡起一本杂志。“我跟他从头到尾没说过十句话。”

“是你说租给他没关系的，”劳埃斯特太太说完又咬了一大口面包，“你从头到尾也没反对过啊。”

“对你那些朋友我从来都不说什么。”劳埃斯特先生说。

“如果他真是我的朋友，那你的话可多了，绝对，”劳埃斯特太太没好气地说。她再咬一口面包，说，“相信我，他的话可多了。”

“我听够啦，”劳埃斯特先生越过那本杂志说，“够啦。”

“看到没。”劳埃斯特太太拿抹了花生酱的面包指着她丈夫，“就这副样子，一天到晚就这副样子。”

一片静默，只剩下劳埃斯特先生身旁的收音机里继续狂吼的音乐声，她开口说话了，她怀疑乐声这么大，究竟能不能听到她说话的声音，“他走了吗？”

“谁？”劳埃斯特太太从花生酱的罐子上抬起头来。

“杰姆士·哈瑞斯先生。”

“他？应该是今天早上走了吧，在我们回来之前。没留下任何东西。”

“走了？”

“所有的一切都是原来的样子。我早告诉过你了，”她对劳埃斯特先生说，“我早告诉过你说他会把一切都照管得很好的。我就说嘛。”

“算你走运。”劳埃斯特先生说。

“每样东西都在原来的位置上，”劳埃斯特太太说。她挥着手里的花生酱和面包，“跟我们走的时候一模一样，没动过。”她说。

“你知道他现在在哪里吗？”

“完全不知道，”劳埃斯特太太开心地说，“不过，就像我说的，他把所有的东西都照顾得好好的。怎么？”她忽然发问，“你在找他？”

“非常重要的事。”

“很抱歉他不在这儿。”劳埃斯特太太说。见访客转身要走，她礼貌性地上前一步。

“说不定管理员见过他。”劳埃斯特先生对着那本杂志说。

门在她身后关上，走廊又一片黑暗，只是收音机的音量变弱了。当她快要走到最后一阶楼梯的时候，劳埃斯特太太冲着楼梯井嚷着：“我要是见到他，会跟他说你在找他。”

我该怎么办呢？她想着，现在她又回到街上。回家是不可能了，少了杰米，不知道他在哪里。她站在人行道上站得实在太久，引得对面窗口的一个女人转身叫屋里的某个人过来看看究竟。最后，凭着一股冲动，她走进公寓大楼隔壁的简餐店，店的位置跟她住的公寓位在同一边。有个矮小的男人靠着柜台，在看报。她走进店里，他抬起头，走到柜台前招呼她。

隔着放冷盘肉和起司的玻璃柜，她胆怯地说：“我想要找住在隔壁公寓里的一位先生，不知道你认不认识他。”

“你怎么不问那里的人呢？”男人眯着眼睛打量她。

一定是我没有买任何东西的缘故，她心里想着，嘴里说：“不好意思。我问过他们了，可是他们都不知道。他们说他好像今天早上离开了。”

“我不知道你要我做什么，”他说着，稍微退回到看报的位置，“我在这里不是专门监视隔壁那些进进出出的人。”

她立刻说：“我只是以为你或许会注意到罢了。他应该有经过这里，差不多快十点的时候。他很高，经常穿一套蓝色西装。”

“穿蓝色西装经过这里的人每天有多少，你知道吗，女士？”

男人问她。“你以为我整天没事干——”

“对不起，”她说。走出店门的时候，她听见他说：“搞什么东西。”

她走到转角，心想，他一定是走这条路，去我家就得走这条路，只有这一条路可走。她试着想象，杰米会在哪里过马路呢？他属于哪一类人呢——他会不会直接从他的公寓前面走过去，随意从人行道穿过去，在这个转角？

转角有个书报摊，说不定他们见过他。她赶紧走上前，等一个男的买完报纸，一个女的问完路。等到书报摊的男人看向她，她才说：“不知道你在今天早上十点左右有没有看到一个很高的、穿蓝西装的年轻人走过这里？”男人只是看着她，瞪大了眼睛微微张着嘴，她想，他八成以为这是开玩笑，要不就是在耍什么花招。她急切地说：“是很重要的事，请你相信我。我不是在开玩笑。”

“我说，这位女士，”男人开口了，她急着说：“他是个作家。他很可能在这里买过什么杂志。”

“你找他干吗？”男人问。他看着她，含着笑，她发觉又来了一个男的等在她后面，摊商的笑脸所面对的对象也包含这个男的在内。“算了，”她说，可是摊商却说：“你听着，也许他有经过这里。”他的笑里有“我知道怎么回事”的意思，他两眼越过她的肩膀，望着她身后的那个男人。她猛然惊觉自己身着这套太过年轻的印花洋装，立刻把大衣外套拉拢起来。摊商说话了，似乎经过了一番深思熟虑，“现在我也搞不太清楚了，不过，好像吧，今天早上或许是有那么一个很像你那位朋友的先生走过。”

“十点左右？”

“十点左右，”摊商赞同。“高高的，穿蓝西装。很平常啊。”

“他往哪个方向？”她急切地问，“住宅区？”

“住宅区，”摊商点点头，“他往住宅区走。没错。你需要什么，先生？”

她退后，手拢着大衣。站在她后面的男人侧过头看她一眼，再跟那个摊商对视。她正在迟疑要不要给摊商一点小费，这时两个男人开始大笑，她头也不回地冲过了马路。

住宅区，她想，好吧，她开始往这条大路上走，边走边想：他大可不必走这条大路，往住宅区，他只要走过六个街口，转个弯就到我住的那条街了。走了大约一个街口，她经过一间花店，橱窗里摆着婚礼的花饰，她想着，今天毕竟是我结婚的大日子，或许他会买些花给我吧，于是她走了进去。店主从里面迎上来，满面笑容，不等他开口，也不给时间思考她是不是来买花，她就说：“非常重要的事，我必须跟今天早上可能在这里买过花的一位先生联络，非常非常重要。”

她停下来喘气。店主说：“是的，不知道买的是些什么花？”

“我不知道，”她吃了一惊。“他从来没有——”她停住，接着说，“他是一位个子很高的年轻人，穿蓝色西装。大约十点钟的时候。”

“我明白，”店主说，“呃，这，我恐怕……”

“这非常重要，”她说，“当时他可能很赶，”她补上一句，希望有所帮助。

“好，”店主说。他笑得很亲切，一整排的小牙齿全部展现出来。“给一位女士，”他说。他走到柜台打开一本大本子，“送去的地点是？”他问。

“啊，”她说，“我想他不会叫人送去。你知道，他是要来——反正就是，由他自己带走的。”

“这位女士，”店主说——很明显地，他被惹火了，他的笑容变得很勉强，继续说：“不瞒你说，我一定要有一些东西才能够推测……”

“请你无论如何再回想一下，”她在恳求。“他很高，穿一套蓝西装，就在今天早上十点钟左右。”

店主闭起眼睛，一根指头按在嘴上，用心地想，然后摇摇头。“没办法，”他说。

“谢谢你。”她失望地说，开始往门口走，这时候店主忽然用尖锐兴奋的语气说：“等等！等一下，这位女士。”她转身，店主又想了一会儿，说：“是不是菊花？”他带着疑问的眼神看着她。

“喔，不是，”她说，声音有些发抖，停了半晌才继续。“不适合这样一个场合，绝对不适合。”

店主抿起嘴唇，冷冷地别开视线。“我哪会知道那是什么场合，”他说，“不过我几乎可以肯定，你问起的那位男士今天早上来过，而且买了一打的菊花，直接取货。”

“你确定？”她问。

“很确定，”店主加强语气，“绝对就是这个人。”他笑得灿烂，她也笑了笑说：“好，非常感谢。”

他陪她走向门口。“需要漂亮的胸花吗？”他们穿过店面的时候，他说，“红玫瑰？栀子花？”

“谢谢你的帮忙。”她在门口说。

“戴上花的女士都特别的漂亮，”他低下头对她说，“要不，兰花？”

“不必了，谢谢你。”她说。“希望你找到你那位年轻的男人。”他说，同时还附带一声很下流的怪声。

她走在街上想，每个人都觉得这身打扮很怪；她下意识地把大衣外套拉得更紧，那身印花洋装露出来的只剩下裙摆磨蹭的声音。

转角有个警察，她想，怎么不去问警察呢——人失踪了就该去找警察。接着又想，我怎么那么笨啊。她脑子里立刻出现一个画面，她站在警局里，说：“是的，今天我们要结婚，可是他没来。”那些警员，大约三四个人站在那里听她说，看着她，看着她的印花洋装，看着她的大浓妆，彼此看来看去地笑着。她再也说不下去了，她没办法说：“没错，看起来很蠢，对不对？我梳妆打扮，在这里找寻那个答应来娶我的年轻男人，可是你们知道什么呢？我并不是你们现在看到的这副样子。我有才华，我风趣幽默，我是一位淑女，我有尊严，我有爱，我有女人味，而且我有清楚的人生观，我可以让一个男人心满意足，幸福快乐。我绝对不是，绝对不只是你们现在看到我的这副样子。”

找警察这招显然行不通，如果杰米听到她竟然叫警察追查他的行踪，他会怎么想，那就更别提了。“不行，不行。”她大声说着加快了脚步，有个人经过，停下来回头看了她一眼。

到下一个转角——离她住的那条街还有三个路口——是个擦鞋摊，一个老头坐在一把椅子上几乎睡着了。她停在他前面，等着，过一会儿他张开眼，笑眯眯地看着她。

“是这样的，”她想也不想地脱口而出，“很抱歉打扰到你，我在找一个年轻人，今天早上十点左右曾经走过这里，你有没有看见他？”接着她又把他的样貌形容了一遍，“很高，穿蓝色西装，带着一束花的？”

她还没说完，老头就开始点头。“我看见过他，”他说，“是你的朋友？”

“是。”她无意识地笑了笑。

老头眨眨眼说：“我记得当时我在想，你八成要去看你的妞儿啦，小伙子。他们全是一个样，都是去找妞儿的。”他无可奈何地摇摇头。

“他往哪个方向走的？顺着大路笔直走吗？”

“对，”老头说，“擦了鞋，带着花，穿得整整齐齐，一副急匆匆的样子。你准是有个妞儿啦，我当时就这么想的。”

“谢谢你。”她一面说，一面在口袋里摸索零钱。

“他一定很想跟她见面，从他的表情看得出来。”老头说。

“谢谢你。”她再说一遍，那只手空空地离开了口袋。

终于，她首度可以肯定他确实在等着她，她急急忙忙往前走，印花洋装的裙摆在大衣底下晃着，走过三条街，转进她住的街口。她从街角看不见自己的窗户，看不见杰米望着窗外，等着她，接近公寓大楼的时候她几乎用跑的。开楼下大门的时候，钥匙在她手里抖个不停，她朝药妆店里瞥了一眼，想起今天早上曾经在店里慌张地喝着咖啡的样子，几乎哈哈大笑起来。一走到自己的门口，她再也忍不住，“杰米，我来了，我担心死了。”房门还没打开她就脱口而出。

她的小公寓房间等着她，沉默、荒凉，午后的阴影顺着窗子拉得好长。猛然间，她只看到那只空的咖啡杯，心想，他果然在这里等她，接着发现空杯是她自己的，是她今天早上留在那儿的。她找遍了整个房间，包括衣橱，包括浴室。

“我绝对没有看见他，”药妆店的店员说，“我知道，因为我会注意到那些花。根本没有这样一个人进来过。”

擦鞋摊的老头醒过来又看见她站在面前。“哈啰，又来啦。”他笑着说。

“你确定吗？”她问，“他是不是走这条路？”

“我看着他走过去的，”老头的语气跟着硬起来，“我心想，年轻小伙子去找小妞了，我眼看着他走进那栋屋子。”

“什么屋子？”她不置可否地说。

“就在那儿，”老头说，他倾过身体指着。“就在第二个路口。手上拿着花，脚上穿着擦亮的鞋，去看他的小妞啦。就这么走进了她的屋子。”

“哪一栋？”她说。

“就在第二条街中间一半的地方，”老头怀疑地看她一眼，说，“你究竟想要干吗？”

她几乎用跑的，连一声“谢谢”都没停下来说。她飞快地走到下一条街，从那些屋子外面一户户地看一户户地找，看杰米会不会正巧在看窗外，注意听哪间屋里会不会有他的笑声。

有个女人坐在一栋屋子前面，就着手臂的长度，一来一回地推着一辆婴儿车，很单调的动作。小车里的婴儿睡着了，身体随着婴儿车一来一回地动着。

现在，她的问话越来越顺畅了。“对不起，今天早上十点左右，你有没有看见一个年轻人走进这里的一栋屋子？”

有个十二岁大的男孩停了下来用心听着，很认真的轮流看着她们两个，偶尔瞥一眼小车里的婴儿。

“我说，”那女人厌烦地说，“这孩子十点钟洗的澡。我有没有看见什么陌生的男人走过？你说呢？”

“一大束花吗？”男孩拽了拽她的大衣问她。“很大一束花？我看见过他，太太。”

她低下头，男孩大剌剌地对她咧着嘴笑。“他走进哪栋屋子？”她疲累地说。

“你是不是要跟他离婚？”男孩盯着问。

“这样问人家很不礼貌喔。”推着婴儿车的女人说。

“你听我的没错，”男孩说，“我看见他了。他走进去那里。”他指着隔壁的一栋房子。“我跟着他，”男孩说，“他给我两毛五。”男孩装出低沉的吼声：“‘小鬼，今天可是我的大日子啊。’他说。他给了我两毛五。”

她给他一张一块钱的纸钞。“在哪里？”她说。

“顶楼，”男孩说，“他给我两毛五之后我就不跟了。直上顶楼。”他拿着那一块钱钞票退回到人行道上，隔得远远的，伸手逮不到的距离。“你是不是要跟他离婚？”他再问一次。

“他拿着花吗？”

“对啊。”男孩说。他开始尖着声音喊：“你是不是要跟他离婚，太太？你抓住他的小辫子了？”他歪着身体边跑边吼，“她抓住那家伙的小辫子了！”推婴儿车的女人哈哈大笑。

那栋公寓房子的大门没有上锁，外面的走廊没有门铃，也没有住户的姓名。楼梯很窄很脏，顶楼有两扇门。前面一扇应该就是了，门外的地板上有一张皱皱的包装花纸和一条纸彩带，就像一条线索，就像档案追踪游戏的最后一条线索。

她敲门，似乎听见里面有人声，她忽然心生恐惧，要是杰米在里面，要是他来应门，我该说什么呢？刹那间人声好像停止了。她再敲，一片静默，只有些微的笑声仿佛从很远很远的地方传过来。很可能他在窗口就已经看见我了，她想，这是面向大街的前栋公寓，刚刚那小男孩又叫得那么大声。她等着，再敲，但是静默无声。

最后她走到同层楼的另外那扇门前，敲了一下。门顺着她的手势晃了开来，她看见空荡荡的一间阁楼，墙上钉着光秃秃的木条，地板也没有上漆。她走进去，四下看了一圈：屋子里到处都是塑料袋、旧报纸，还有一只破烂的皮箱。有个声音，她猛地发现那是老鼠的声音。忽然她就看到了它，离她非常近，靠着墙壁，邪恶的面孔上一脸的警戒，明亮的眼睛死盯着她。她慌张地逃出来，关上门印花裙摆被勾住了，扯破了。

她知道有个人就在另外那间公寓里，因为她确定她听见了低低的说话声，还有时不时出现的笑声。她回来过许多次，第一个星期她每天都来。早上，在她上班的路上；晚上，在她一个人去吃饭的路上，只是无论她敲了多少次，敲得多用力，从来没有人出来应门。

# 就像妈妈做的

大卫·透纳，做每件事都很轻巧利落。他从公交车站匆匆地走上他住的那条街。到了转角的杂货店他犹豫着，明明好像要买什么东西。奶油，他终于想起来。今天早上，走去公交站的时候，他就一直叮咛自己要记得买奶油，晚上回家，经过杂货店，千万别忘了买奶油。他走进杂货店，一面排队等候，一面查看货架上的罐头。罐装的猪肉香肠又进货了，还有咸的牛肉丁。一大盘面包卷吸引了他的注意力，这时排在他前面的女人走开了，店员转过来招呼他。

“奶油多少钱？”大卫慎重地问。

“八十九。”店员随意地答。

“八十九？”大卫眉头一皱。

“就这个价钱，”店员说。他的视线越过大卫落到下一位顾客身上。

“请给我四分之一磅，”大卫说，“还有六个面包卷。”

拎着包裹回家的路上，他想着，下次我再也不要来这里采买了。好歹他也算是他们的熟客，最起码的礼貌总该有吧。

信箱里有一封妈妈的来信。他把信往面包卷的袋子上一塞，就往三楼走。玛西亚的公寓没有半点灯光，这是这层楼唯一的另外一户住家。大卫转到自己的门口，开了锁，进门先把灯拍亮。今晚，就像每一个他回家的夜晚，公寓里温暖，友善，美好。小小的玄关，整洁的小餐桌，四把轻便的椅子，一碗金盏花靠墙摆着，浅绿色的墙壁是大卫自己粉刷的。再远一些，是小厨房，更远一些，是大卫看书睡觉的大房间，这里的天花板一直令他很头痛，有个角落，灰泥整片整片地往下落，想不出任何补救的办法。大卫总是安慰自己，都怪自己要选择这栋高级住宅所以才会掉漆，反过来说，以他这一点点钱想要在别的地方弄到这么一间有玄关、有大房间、有小厨房的屋子，简直连门都没有。

他把袋子搁在餐桌上，把奶油放进冰箱，面包卷放进面包盒里。他把空袋子折好，收进小厨房的抽屉。然后把大衣外套挂到壁橱里，再走进他自认为是客厅的那个大房间，开亮了台灯。这间房在他的心目中是可爱又迷人的。他向来偏好黄色和褐色，书桌、书架和茶几，全部由他亲自上漆，连墙壁都由他自己动手，甚至为了找寻心目中黄褐色花呢料的窗帘，不惜跑遍整个市区。这个房间令他太满意了：深褐色的地毯搭配暗色的帘子，家具几乎清一色的黄，沙发罩和灯罩都是橘色。窗槛上的一排盆栽给房间点缀了需要的绿色。现在大卫正在为小茶几找一样合适的摆饰，他心里中意的是一只半透明的浅口绿碗，再放上更多的金盏花，只是眼前，在买了那套银器之后，他实在负担不起了。

他只要走进这间房，就觉得这是他有史以来最最舒服的一个家。今晚，像往常一样，他让自己的视线慢慢地扫过整个房间，从沙发到窗帘到书架，脑子里幻想着那只绿碗就摆在小茶几上，他叹口气，转向书桌。他从笔筒中抽出一支笔，从文件格中取出一张整齐的便条纸，开始仔细地写着："亲爱的玛西亚，别忘了今晚前来吃晚餐。六点整恭候大驾。"他在纸条上签了一个大写的"D"，再从书桌的笔盘上拿起玛西亚公寓的钥匙。他有玛西亚公寓的钥匙，因为每次洗衣工来，或是修理冰箱、电话和窗子的人来的时候，她永远不在家，总得有人让这些人进来，房东不愿意为了那支万能钥匙爬上三楼。玛西亚从来没提过要大卫家的钥匙，大卫也从来没主动给过她；他喜欢只有一支钥匙进得了自己的家门，这支钥匙安全可靠地待在自己的口袋里，这让他有一种很愉悦的感觉，微小的实在感，是唯一进入他温馨小窝的方法。

他让大门敞着，走过暗暗的走廊到达另一间公寓，用钥匙打开门，开亮灯。他不大喜欢走进这间公寓房；这里跟他那里的格局其实完全一样：玄关、小厨房、客厅，这里常常让他想起第一天走进自己那间公寓的感觉，当时一想到有那么多的家务事需要打理，几乎令他濒临绝望。玛西亚的屋里荒凉散漫：一架钢琴，是一个朋友最近给她的，突兀地立在那儿，把玄关占掉了一半，因为小房间太窄，摆在大房间又很不搭调；玛西亚的床铺没整理，一大堆的脏衣服摊在地板上。窗户整天开着，报纸文件吹得一地都是。大卫关上窗子，迟疑不决地踩过地上的各种纸张，然后迅速地离开。他把字条放在钢琴键上，随手把房门锁好。

进了自己的公寓，他幸福满满地开始做晚餐。他在前一天晚上就先做好了一小锅烤肉；大部分还冰在冰箱里，他把它切成薄片，排在缀了香菜的盘子上。餐盘是橘色的，几乎和沙发罩是同一个颜色，他做了一份赏心悦目的沙拉，橘色的盘子上放了莴苣和薄片的黄瓜。他煮上咖啡，切好洋芋片，晚餐准备好了，开着窗子让炸洋芋片的香气也散了出去，他开始摆餐桌。首先，铺桌布，当然是浅绿色。再来是两条干净的绿色餐巾。橘色的餐盘、精致的杯子和托盘都摆在恰当的位置。装面包卷的大盘搁在正中央，还有盐和胡椒罐，长相特别，像两只绿色的青蛙。两只玻璃杯——虽然来自“廉价商店”，可是很细致，杯子周围有一圈绿色的镶边——最后，非常仔细、非常小心放上的，就是那套银餐具了。一点一滴，很温柔的，大卫买齐了一整套的银餐具。起初只买了够两个人使用的，现在他已经增加到四人份了，虽然还不足六人份，缺了沙拉专用的叉子和汤匙。他选择的是一种很宁静很漂亮的图案，随便哪种餐桌都能搭配，每天吃早餐时，他得意的用一把闪亮的银汤匙吃他的葡萄柚，一把细巧的奶油抹刀抹他的吐司面包，一把厚实的小刀敲开他的水煮蛋的壳，还有一支为了他的咖啡而准备的银汤匙，这支汤匙是专门用来加糖的。这套银器有防尘的盒子保护着，摆在专属的高架上，大卫小心翼翼地取下来，拿出两个人适用的分量。摆在餐桌上，看来真是无与伦比的华丽——舀糖的小汤匙，吃洋芋和沙拉专用的大汤匙，叉肉的叉子，还有吃派饼的小叉子。摆齐了足够两人份的餐具之后，他把盒子放回到高架上，人往后站，仔细地检视着桌上的每一样东西，他对餐桌的摆设太满意了，闪亮干净。现在他走进客厅开始看他母亲的来信，一面等待玛西亚。

玛西亚到来之前，洋芋已经做好了，这时公寓的门被砰地推开，玛西亚像阵风似的呼啸着闯了进来。她是个高大帅气的女孩，大嗓门，身上穿着一件脏兮兮的雨衣。她说：“我没忘记，大卫，我只是跟平常一样迟到。今天晚餐吃什么？你没生气吧？”

大卫站起来，赶过去接下她的外套。“我留了张字条给你。”他说。

“没看见，”玛西亚说，“还没回家呢。什么东西，好香。”

“炸洋芋片，”大卫说，“一切都准备好了。”

“天哪，”玛西亚一屁股坐上椅子，两脚往前撑，手臂往下垂。“我累坏了，”她说，“外面好冷。”

“我回来的时候天变冷了。”大卫说。他把晚餐端上桌，一盘肉，沙拉，一碗炸洋芋片。他静悄悄地在小厨房和餐桌之间来回走动，小心避开玛西亚撑开的脚。“我买了这些银餐具之后相信你还没来过呢。”他说。

玛西亚旋风似地转向桌子，拿起一把汤匙。“好漂亮，”她说，手指沿着汤匙上的花纹摸着。“用这个吃饭心情超好的。”

“可以吃饭了。”大卫说。他为她拉开椅子，等候她入座。

玛西亚随时都很饿，她把肉、洋芋片和沙拉盛到盘子上，也不赞叹那些银器，就开始热情有劲地大吃起来。“每样东西都好漂亮，”中间她只说了一次，“饭菜都好棒，大卫。”

“我很高兴你喜欢。”大卫说。他喜欢银叉拿在手里的感觉，甚至连看着玛西亚把叉子送进嘴里的样子他都喜欢。

玛西亚大动作地挥着手。“我指的是所有的东西，”她说，“这些家具，你住的这个地方，晚餐，所有的一切。”

“这是我喜欢的方式。”大卫说。

“我知道，”玛西亚的口气有些无奈，“应该有人来教教我。”

“你应该把家保持得稍微整齐一点，”大卫说，“起码应该弄个窗帘，把窗子关上。”

“我从来不记得，”她说，“大卫，你真是最最棒的厨子。”她把餐盘推开，满足地叹口气。

大卫开心地红了脸。“我很高兴你喜欢，”他又说一遍，忽然笑起来。“我昨晚做了一个派。”

“一个派。”玛西亚看了他一分钟，说：“苹果的？”

大卫摇摇头。她说：“凤梨？”他再摇头，他已经等不及了，直接告诉她说：“樱桃。”

“天哪！”玛西亚站起来跟着他进了厨房，在他背后看着他从面包盒里小心仔细地取出了樱桃派。“这是你有史以来做的第一个派吗？”

“以前做过两个，”大卫老实地承认，“不过这是做得最好的一个。”

她快乐地看着他切下两大块派饼，分别放在橘色的盘子上，她端着自己的那一份回到餐桌，品尝着派饼，比了一个满意到无话可说的手势。大卫一面吃着派，一面还挑剔地说："我觉得稍微酸了一点。糖不够了。"

"好得不得了，"玛西亚说，"我喜欢吃很酸很酸的樱桃派。这个其实还不够酸呢。"

大卫收拾好餐桌，再斟上咖啡，当他把咖啡壶搁回炉子上的时候，玛西亚说："我家的门铃响了。"她打开公寓房门，仔细听，他们两个都听见了她的门铃在响。她按了大卫家的对讲机，开了楼下的门，远远的，他们听见沉重的脚步声一步步地往楼上走。玛西亚让门开着，回来继续喝她的咖啡。"八成是房东，"她说，"我又忘记缴房租了。"脚步声到达最后一层楼梯的时候，玛西亚开口嚷："哈啰？"她靠着椅背从门口望向走廊。她忽然说："啊，哈瑞斯先生。"她起身走到门口，伸出手。"进来吧，"她说。

"我只是路过，"哈瑞斯先生说。他是个体型超大的男人，两只眼睛好奇地停留在餐桌上的咖啡杯和空盘子上。"我不想打扰两位用餐。"

"没关系啦，"玛西亚一把拉他进了屋里。"只是大卫而已。大卫，这是哈瑞斯先生，他是我办公室的同事。这是透纳先生。"

"你好。"大卫礼貌地说。那人谨慎地看着他说："你好。"

"坐下，坐下，"玛西亚说着，拖了张椅子过来。"大卫，也给哈瑞斯先生来杯咖啡好不好？"

“不要麻烦了，”哈瑞斯先生赶紧说，“我只是路过。”

就在大卫拿咖啡杯和碟子，再从银器盒里取出一支银茶匙的当口，玛西亚说：“你喜欢吃自家做的派吗？”

“啊，”哈瑞斯先生羡慕不已地说：“我都已经忘了自家做的派是长什么样子的了。”

“大卫，”玛西亚雀跃地说，“也给哈瑞斯先生切一块派如何？”

二话不说地，大卫从银器盒子里拿出餐刀，再拿出一只橘色的盘子，放上一块派。他对这个晚上的规划其实也不大明确；要是外头不太冷，两个人或许就去看场电影，或者至少可以跟玛西亚聊聊她家里的情况。哈瑞斯先生稳稳当当地坐了下来，大卫默默地把派放在他面前，他在品尝之前，对着那块派看了好一会儿。

“啊，”他最后说，“这才叫做派。”他看着玛西亚，“这才是真正好吃的派啊。”他说。

“你喜欢吗？”玛西亚谦虚地说。她抬起头，隔着哈瑞斯先生的脑袋对大卫笑。“我以前总共只做过两三个派。”她说。

大卫举起手正想要抗议，哈瑞斯先生转过头问他：“你这辈子有没有吃过比这更好的派？”

“我看大卫并不怎么喜欢，”玛西亚使坏地说，“他觉得它太酸了。”

“我喜欢味道酸酸的派，”哈瑞斯先生说。他带着怀疑的眼神看着大卫，“樱桃派本来就该是酸的。”

“无论如何，我很高兴你喜欢，”玛西亚说。哈瑞斯先生吃完最后一口派，喝光了咖啡，往后一靠。“我这次路过真是来对了。”他对玛西亚说。

大卫原本想要赶走哈瑞斯先生的欲望，现在渐渐地变成了同时想要赶走他们两个人；他干净的家，他美好的银器，绝对不是什么交通工具，提供给像玛西亚和哈瑞斯先生这样的两个蠢蛋在这里互相调笑。几乎很粗鲁的，他把玛西亚准备伸手去拿的咖啡杯一把夺走，拿进小厨房，再走回来，一手搭上哈瑞斯先生的咖啡杯。

“不要麻烦了，大卫，真的，”玛西亚说。她抬起头，再露出微笑，仿佛她和大卫合谋在对付这个哈瑞斯先生。“等明天我再来处理吧，亲爱的。”她说。

“对，”哈瑞斯先生说。他站起来，“先别管它们。我们进去换个舒服的地方坐坐吧。”

玛西亚站起来，带领他走进客厅，他们俩就坐在那张坐卧两用的沙发上。“来啊，大卫。”玛西亚叫唤着。

那张漂亮的餐桌上布满了肮脏的碟子和烟灰，这景象令大卫惊呆了。他把盘子、碟子、咖啡杯、银器全部端进小厨房，堆放在水槽里，另一方面，他也无法忍受想象他们两个继续坐在那里的画面，而且黏在盘子杯子上的污垢也渐渐变得更硬了，他系上围裙开始仔细地清洗起来。在他忙着清洗、擦干、存放的这段时间里，玛西亚三不五时地叫唤他：“大卫，你在做什么呀？”或是：“大卫，别忙了，过来坐吧？”有一回她还说：“大卫，用不着把所有的盘子都拿来自己洗嘛。”而那位哈瑞斯先生说：“让他去吧，他忙得很开心。”

大卫把洗干净的黄色杯子碟子放回到架子上——现在，哈瑞斯先生喝过的杯子已经认不出来了。从那一排干净的杯子里，根本看不出哪一只是他用过，或者哪一只曾经沾到过玛西亚的口红印，或者哪一只是大卫在厨房里喝过咖啡的——最后，他把防尘盒取下来，把银器收好。他先把叉子放进小小的凹槽里，每个凹槽各收纳两支叉子——日后，等到整组买齐的时候，每个凹槽就可收纳四支叉子。接下来是汤匙，放进专门放汤匙的凹槽里，一支接一支整整齐齐地叠上去。餐刀按照偶数排列，面向同一边，卡在防尘盒盖上特别设计的带子里。切奶油的小刀，大汤勺和切派饼的刀子也都各就各位，最后大卫终于把这一盒子的华丽盖上，再把盒子放回到架子上。拧干抹布，挂好擦盘子的毛巾，摘下围裙，他收工了，慢慢地走进客厅。玛西亚和哈瑞斯先生亲密地坐在长沙发上，起劲地聊着。

“我爸爸的名字就叫杰姆士，”大卫走进来的时候，玛西亚说，听口气似乎刚好在讨论某个话题。见大卫进来了，她就转过头说：“大卫，你真是太好了，一个人把所有的碗盘都洗完了。”

“没关系。”大卫尴尬地说。哈瑞斯先生一脸不耐烦地看着他。

“我应该过去帮忙的。”玛西亚说。一阵沉默，玛西亚接着又说：“坐下来吧，大卫？”

大卫听得懂这个口气：这是女主人在不知道该对你说什么或者你来得不是时候、来得太早或逗留得太晚的时候，常用的一种口气。这也是他一直想用在哈瑞斯先生身上的口气。

“我跟杰姆士刚好谈到……”玛西亚说到一半忽然停下来大笑。“我们在谈什么呀？”她转过身问哈瑞斯先生。

“没谈什么。”哈瑞斯说。他仍旧盯着大卫。

“是呃。”玛西亚不置可否地拖着声音说。他转向大卫，笑容灿烂，然后又说了一声“是呃”。

哈瑞斯先生从茶几上拿起烟灰缸放到沙发上，搁在他和玛西亚中间。他从口袋掏出一根雪茄，对玛西亚说：“介意我抽雪茄吗？”玛西亚摇了摇头，他慢条斯理地打开雪茄的包装纸，咬掉蒂头。“雪茄的烟味对植物很有好处的。”他边点雪茄边说，声音浓浓糊糊的，玛西亚哈哈大笑。

大卫站起来，一时间他以为自己会开口说：“哈瑞斯先生，很谢谢你的光……”但是，最终，在玛西亚和哈瑞斯先生的注视下，他说出口的却是：“我看我得走了，玛西亚。”

哈瑞斯先生站起来由衷地说：“真是幸会，幸会。”他伸出手，大卫有气无力地握着。

“我看我该走了，”他再对玛西亚说一次，她站起来说：“你这么早就要走真可惜。”

“还有很多事要做。”大卫说，语气真诚到超乎他的预期，玛西亚再次向他微笑，仿佛他们俩是合谋的同党，她走向桌子说：“别忘了拿钥匙。”

叫人吃惊的是，大卫从她手上拿了她公寓的房门钥匙，对哈瑞斯先生道过晚安，走向门口。

“晚安，大卫亲爱的。”玛西亚大声唤着，大卫说完“感谢这一顿奇妙的晚餐，玛西亚。”之后便随手带上了门。

他走上走廊，进入玛西亚的公寓；那架钢琴还是很突兀，纸张文件还是散在地板上，脏衣服还是到处都是，床铺还是没整理。大卫坐到床上，环顾四周。很冷，很脏，他痛苦地想起自己那个温暖的家，模模糊糊的，他似乎听见走廊那头的笑声，还有一把椅子移动的刮擦声。还有，仍旧是模模糊糊的，他听见了他那台收音机的声音。疲倦又无奈地，大卫弯下身子，从地上捡起一张纸，然后，他开始一张接一张地把它们捡起来。

# 决斗审判①

有天晚上艾蜜莉·强生回到她这间带家具的租房，发现放在梳妆台抽屉里三条最好的手帕不见了，她很确定是谁拿的，也知道该怎么做。她住进这间带家具的屋子大约有六个星期，过去的两个礼拜里，时不时地总会不见几样小东西。有几条手帕和艾蜜莉很少戴的一枚廉价的字母别针，在一元商店买的。还有一次，少了一小瓶香水，整组的瓷器小狗也少了一只。艾蜜莉其实早就知道这些东西是谁拿的，只是今晚她才下定决心该怎么做。她一直迟疑着不去向房东太太抱怨，一方面因为她的损失只是些微不足道的小东西，另一方面她总觉得自己迟早会想出对付的办法。从一开始她就合理地认为，一个成天待在小公寓里的人最有可能是嫌犯，后来，一个星期天的早上，艾蜜莉晒完太阳，从屋顶下楼来，瞧见有个人从她房

① Trial by combat或称trial by battle，judicial duel.日耳曼律法规定在没有目击证人的情况下以比武决斗的方式解决纷争。

间走出来下了楼，她一眼就认出是谁。今晚，她觉得，她知道该怎么做了。她脱下外套和帽子，放下包裹，趁着把一罐墨西哥玉米卷放在电磁炉上加热的时候，她在脑子里复习了一遍准备要说的话。

晚餐后，她锁上房门下楼。她轻轻敲了敲在她正下方那间公寓的门，听见有人说："进来。"她问一声："艾伦太太？"便小心地推开门走了进去。

这间房，艾蜜莉一进去就发现，几乎跟她的房间一模一样——同样狭窄的床，同样深褐色的床罩，同样浅褐色的枫木梳妆台和扶手椅；衣橱位在房间的斜对面。艾伦太太坐在扶手椅上，大约六十岁。至少比我大上两倍的年纪，艾蜜莉站在门口想着，仍旧是一位优雅的淑女。在开口之前，她犹豫了几秒钟，看着艾伦太太干净清爽的白发，整洁的深蓝色家居服。"艾伦太太，"她说，"我是艾蜜莉·强生。"

艾伦太太放下手边的《妇女居家良伴》，慢慢地站起来。"很高兴见到你，"她很有风度地说，"我见过你，当然，好几次了，我觉得你长得真好看。现在人与人见面的机会太少了，真的。"——艾伦太太迟疑着——"真的太好了，"她接着往下说，"在这样的地方。"

"我也一直都想来看你。"艾蜜莉说。

艾伦太太指指她刚才坐着的那张椅子，"你坐吧？"

"谢谢，"艾蜜莉说，"你坐。我坐床上。"她微微笑着，"我觉得这些家具好熟悉，跟我家里完全相同。"

“真是不好，”艾伦太太说着再坐回原来的椅子上，“我跟房东太太不知道说过多少遍了，你把每个房间里的家具全弄成一个样子，人家怎么会觉得自在呢。可是她坚持说这种枫木家具看起来干净而且便宜。”

“已经很不错了，”艾蜜莉说，“你把家具保养得比我的好太多了。”

“我在这里已经三年了，”艾伦太太说，“你才来一个多月吧？”

“六个星期。”艾蜜莉说。

“房东太太跟我谈起过你。你先生在服役。”

“对。我在纽约有一份工作。”

“我先生是军人，”艾伦太太说。她朝梳妆台上的一堆照片指了指，“很久很久以前了，当然。他去世快五年了。”艾蜜莉站起来走向那些照片。其中一张是一个穿着军装，相貌堂堂的高个子男士。另外几张是小孩子的照片。

“他的样子好神气，”艾蜜莉说，“这些是你们的孩子？”

“我没有小孩，挺遗憾的，”老太太说，“这些是我先生的侄子和外甥。”

艾蜜莉站到梳妆台前面，四处看了看。“你也有种花，”她说。她走向窗台，看着那一排盆栽。“我爱花，”她说，“今晚我给自己买了一大束紫菀点缀一下我的屋子。可惜很快就会谢了。”

“就是因为这个我喜欢盆栽，”艾伦太太说，“你怎么不在水里放一片阿司匹林呢？那可以让花保持得更久一些。”

“我对花实在不太懂，”艾蜜莉说，“比方说，我就不知道在水里放阿司匹林这回事。”

“凡是切花，我都是这么做的，”艾伦太太说，“我觉得花可以让房间显得比较亲切。”

艾蜜莉在窗口站了一会儿，望着艾伦太太每天望出去的风景：对面的防火梯，楼下一小段的街道。她做了一次深呼吸，转过身子。“呃，艾伦太太，”她说，“我今天来是有原因的。”

“不只是为了认识我吗？”艾伦太太笑笑说。

“我真的不知道该怎么办，”艾蜜莉说，“我不想去跟房东太太多说什么。”

“房东太太确实帮不了什么大事。”艾伦太太说。

艾蜜莉转身坐回床上，诚恳地望着艾伦太太，她看到的是一位亲切和气的老太太。“很小的小事，”她说，“有人常常进出我的房间。”

艾伦太太抬起头。

“我掉了一些东西，”艾蜜莉继续，“像是手帕、不值钱的小首饰。都不是什么要紧的东西。只是有人常常不请自来地进我的房间带走一些东西。”

“怎么会这样？”艾伦太太说。

“你知道，我不想惹是生非，”艾蜜莉说，“只是有人随便进来我的房间。我也没有不见什么太值钱的东西。”

“我明白。”艾伦太太说。

“只是几天前我发现了。上个星期天，就在我从屋顶下来的时候，我看见有个人从我房间里出来。”

“你知道是谁了吗？”艾伦太太问。

“我想我知道。”艾蜜莉说。

艾伦太太静默了好一会儿，“我看你并不想去跟房东太太说这件事。”她终于开口。

“当然不要，”艾蜜莉说，“我只是想制止这件事。”

“我不怪你。”艾伦太太说。

“你知道，这事表示有人有我门上的钥匙。”艾蜜莉语带恳求地说。

“这栋屋子里的钥匙不管谁的房门都能打开，”艾伦太太说，“这里全都是老式的门锁。”

“这件事一定要停止，”艾蜜莉说，“如果不能，我就必须做一些处置了。”

“可想而知，”艾伦太太说，“这整件事太不好了。”她站起来，“我得说声抱歉了，”她接着说，“我现在很容易疲倦，我必须早睡。很高兴你下来看我。”

“我也很高兴终于能见到你，”艾蜜莉说。她走向门口。“希望以后我不会再来打扰了，”她说，“晚安。”

“晚安。”艾伦太太说。

第二天晚上，艾蜜莉下班回来，一对廉价的耳环不见了，外加梳妆台抽屉里的两包香烟。这晚她一个人在屋子里坐了好久好久，思考着。之后她写了封信给她先生，就上床睡了。隔天早上她起床，装扮好了，走到转角的药妆店，她在公用电话亭拨了通电话到办公室，说她病了，要请一天假。她回到家里，在房里坐了将近一个小时，让房门虚掩着，不久她听见艾伦太太的门开了，艾伦太太走出来，慢慢地往楼下走。等到艾伦太太慢吞吞地走到了大街上，艾蜜莉锁上房门，手里握着自己的钥匙，下到艾伦太太的房间。

她想着，我就假装把它当成是自己的屋子吧，万一有人过来，我可以说我走错门了。她开了门之后，有那么一会儿，她仿佛真的是在自己的屋里。床铺收拾得整整齐齐，窗帘垂着。艾蜜莉不锁门，她走过去把窗帘拉上去。现在房间明亮了，她环顾四周。她忽然对艾伦太太兴起一种无可言喻的亲密感，她想着，她在我的屋子里一定也是这种感觉。每样东西都朴实整齐。她先看衣橱，衣橱里空荡荡的，只有艾伦太太的蓝色家居服和一两件朴素的洋装。艾蜜莉走向梳妆台。她对着艾伦太太先生的照片看了一会儿，再拉开最上层的抽屉看了看。她的手帕就在那里，整齐地叠着，手帕边上是香烟和耳环。在一个角落里，瓷器小狗稳稳地坐着。每样东西都在这里，艾蜜莉想着，全部放得好好的，排列得一丝不苟。她关上这只抽屉，拉开另外两只抽屉。两只都是空的。她再拉开最上层的抽屉。除了她的东西之外，抽屉里还有一双黑色的棉布手套，在她那一小叠手帕底下是一副白色的手套。有一盒舒洁面纸，一小罐阿司匹林。给她的盆栽植物用的，艾蜜莉想着。

艾蜜莉正在数着她的手帕，忽然一些动静引得她转过身来。艾伦太太站在门口安静地看着她。艾蜜莉握着的手帕掉了下来，她往后退，觉得自己满脸通红，两手发抖。现在，她想，现在她应该把话说清楚了。“你听着，艾伦太太。”她才开始说了一句，停住了。

“是？”艾伦太太温和地说。

艾蜜莉发现自己猛盯着艾伦太太先生的照片在看，长相这样稳重的一个男人，她想着。他们俩必定有过一段幸福的生活，现在她跟我住同样的房间，抽屉里只有我的几条手帕。

“是？”艾伦太太再说。

她要我说什么呢，艾蜜莉想着。面对着这一个气质优雅的人，她能怎么样呢？“我下楼来，”艾蜜莉犹豫着。我的口气也很优雅吧，她想着。“我头痛得厉害，我下楼来想向你借两片阿司匹林，”她说得很快，“我的头实在太痛了，发现你不在家，我想你一定不会介意我进来借拿两片阿司匹林。”

“真叫人难过，”艾伦太太说，“不过我很高兴你觉得已经跟我很熟了。”

“我连做梦也没想过会这样进来，”艾蜜莉说，“只是这头实在太痛了。”

“当然，”艾伦太太说，“我们别再说这些了。”她走到梳妆台前，拉开抽屉。艾蜜莉，就站在她旁边，看着她的手经过那几条手帕，拿起那罐阿司匹林。“你只要吃两颗，上床睡一个小时就行了。”艾伦太太说。

“谢谢你。”艾蜜莉朝着门口走去，“你太好了。”

“有什么需要帮忙的尽管告诉我。”

“谢谢你。”艾蜜莉又再说一次，开了门。她稍停了一会儿，随即转身上楼回自己的房间。

“今天晚一点我会上来，”艾伦太太说，“来看看你好些没。”

# 村民

克莱伦斯小姐停在第六街和第八街的路口，看着手表。两点十五分，比她想象的来得早。她走进“惠而廉”，在柜台边坐下，把一本《村民》放在柜台上她的皮夹和《巴马修道院》[①]上面。这书她一鼓作气地看了五十页，现在带进带出的只是为了装门面而已。她点了一杯巧克力冰沙，趁店员在准备的时候，她走到吸烟区，买了包凉烟，再坐回饮料柜台，她拆开烟包，点上一支烟。

克莱伦斯小姐大约三十五岁，已经在格林尼治村住了十二年。二十三岁的时候她从北部一个小镇来到纽约，因为她想成为一个舞者，因为每一个想要学舞、学雕塑、学书籍装帧的人都会来格林尼治村，通常都是取得了家人的允许，先到梅西百货公司或是某家书店打工，赚够了钱之后再开始追求他们的艺术之路。克莱伦斯小姐，很幸运的，因为修过速记和打字的课程，在一家焦煤公司担任

① 法国经典小说，作家司汤达1839年的作品。

速记员。现在，经过十二年之后，她在这家公司升职成了私人秘书，赚的钱不但够她住进公园附近一栋相当不错的公寓，还可以给自己买一些漂亮的衣服。她偶尔仍会跟公司里的一个女孩一起去参加舞蹈表演，有时候她给家乡的老朋友写信时喜欢自诩为“打不死的村民”。每当克莱伦斯小姐回想起这一切，她十分庆幸自己在职场上明智的选择，而且在生活上也比在家乡的时候好太多。

穿着一身灰色花呢的套装，领子上别着在村里一家珠宝店买的黄铜饰品，整个人显得既好看又自信，克莱伦斯小姐喝完了冰沙，再看一次手表。她付完账走出来，走到第六街，步履轻快地朝着住宅区走去。她估计得非常正确，要找的房子就在第六街的西边，她得意地站在房子前面，拿这栋建筑跟她现在住的公寓相互比较着。克莱伦斯小姐现在住的是一栋现代化的花砖灰泥洋房；这栋房子是木头的，很老旧，大门看起来非常新，这是唬人的，只要往上看，就看得出这是一栋二十世纪初的老建筑了。克莱伦斯小姐再看一次《村民》杂志上的广告，对照上面的地址，推开大门，走进昏暗的门厅。她找到了劳勃兹的名字和门牌号码，四楼B。克莱伦斯小姐吁口气，开始上楼。

她在三楼楼梯间停下来歇了一会儿，再点一支烟，准备铆足精神进入公寓。上到四楼找到4B的门牌，门上钉着一张打着字的字条。克莱伦斯小姐从大头钉上扯下字条，把它拿到有亮光的地方。“克莱伦斯小姐——”她读着，“临时有事出去一下，三点半回来。请进来参观，不必等我——所有的家具都标了价钱。非常抱歉。南西·劳勃兹。”

克莱伦斯小姐试了试门，没上锁。她手里握着字条，走了进去，带上房门。房间里乱七八糟：装到半满的书籍和文件盒子摊得一地，窗帘垂着，家具上堆满了收拾到一半的手提箱和衣物。克莱伦斯小姐做的第一件事就是走到窗口，位于四楼，她想，应该看得见景观。但她看到的只有肮脏的屋顶，左边很远的地方，有一栋加盖了屋顶花园的高楼。将来有一天我会住在那里，她边想边转身面对这间房。

她走进厨房，只是一小块壁凹，搁着一台有两个炉心的炉子，炉子底下是一个冰箱，一边是小水槽。大概很少烹饪吧，克莱伦斯小姐想，炉子好像从来没清洗过。冰箱里有一瓶牛奶，三瓶可口可乐，还有一罐吃剩一半的花生酱。都是外食族，克莱伦斯小姐想。她打开碗柜：一只玻璃杯，一个开瓶器。另外一只玻璃杯一定在浴室里，克莱伦斯小姐想。没有咖啡杯：她连早上都不泡咖啡啊。碗柜的门上还有一只蟑螂，克莱伦斯小姐赶紧把柜门关上，走回大房间。她开了浴室的门往里探：一座有脚架的老式浴缸，没有莲蓬头。浴室很脏，克莱伦斯小姐相信浴室里肯定也有蟑螂。

最后克莱伦斯转到那个堆满东西的房间。她把椅子上一只手提箱和打字机移开，摘下帽子和外套，坐下来，再点起一支烟。她已经做了决定，这里的家具她一样也用不上——两张椅子和坐卧两用的床铺是枫红色，克莱伦斯小姐觉得还有一些格林尼治村式的现代感。兼作书柜的小茶几很不错，可惜桌面上有好长一道刮痕，还有好几个玻璃杯的水印子。标价十元，克莱伦斯小姐私下认为，要是这个价钱，她大可以买上一打的新品。或许因为对焦煤公司有那么一点点的厌恶，克莱伦斯小姐自己的公寓全部以米白和浅灰色系为主，一想到屋子里冒出这种发亮的枫红色实在很令她惊吓。她脑子里出现一个画面：一票年轻的村民，逛书店的常客，闲散地靠在枫红色的家具上，喝着兰姆可乐，玻璃杯随处乱放。

克莱伦斯小姐想了想，不如就买几本书吧，可是堆在盒子里的书大多是美术画册之类的。有些书的内页还写了“阿瑟·劳勃兹”的名字；阿瑟和南西·劳勃兹，克莱伦斯小姐想着，一对年轻夫妻。阿瑟是画家，南西……克莱伦斯小姐挪开几本书，看到一本有着现代舞照片的书——南西，她心仪地想着，会不会是个舞者？

电话响了，待在房间另一头的克莱伦斯小姐迟疑了一会儿才走过去接听。她喂了一声，一个男人的声音说：“南西？”

“不是，抱歉，她不在家。”克莱伦斯小姐说。

“你哪位？”男声问。

“我在等劳勃兹太太。”克莱伦斯小姐说。

“喔，”男声说，“我是阿瑟·劳勃兹，是她先生。等她回来的时候请她回话好吗？”

“劳勃兹先生，”克莱伦斯小姐说，“或许你能帮我一个忙。我正在看你们的家具。”

“你是谁？”

“我姓克莱伦斯，希妲·克莱伦斯。我有兴趣买几样家具。”

“喔，希妲，”阿瑟·劳勃兹说，“你觉得如何？东西都保持得很不错。”

“我拿不定主意。”克莱伦斯小姐说。

“坐卧两用的沙发床跟新的一样，”阿瑟·劳勃兹继续，“我刚好有个机会要去巴黎。所以我们才会卖掉这些东西。”

“太好了。”克莱伦斯小姐说。

“南西要回她芝加哥的老家。我们不得不赶在这么短的时间里就得把所有的东西出清整理。”

“我明白，”克莱伦斯小姐说，“真的很麻烦。”

“喔，希妲，”阿瑟·劳勃兹说，“南西回来的时候，你跟她谈谈，她会很乐意把详情告诉你的。你绝对不会吃亏上当。我保证这里真的很舒服。”

“我相信。”克莱伦斯小姐说。

“请你转告她回我电话，好吗？”

“没问题。”克莱伦斯小姐说。

她说完再见就挂断了。

她回到座椅上，看看手表。三点十分。我等到三点半就要走人，克莱伦斯小姐想着。她拿起一本有舞蹈照片的书，随意地翻着，一张照片吸引了她的注意，她再翻回到这一页。我已经好多年没看到了，克莱伦斯小姐想着——玛莎·葛兰姆[①]。立刻，一幅二十岁的自己正在练舞的画面出现在克莱伦斯小姐眼前，当时她还没来到纽约。克莱伦斯小姐把书放回到地板上，站起来，抬起手臂。不像从前那么容易了，她想着，肩膀好紧。她横过肩膀低头看那本书，试着调整自己的肩膀，房门有人轻轻敲了一下就打开了。一个年轻的男人——大约就是阿瑟的年纪，克莱伦斯小姐想着——只见他走进来，站在门里，一脸的抱歉。

“门半开着，”他说，“所以我就进来了。”

“是？”克莱伦斯小姐垂下手臂说。

“你是劳勃兹太太？”年轻男子问。

克莱伦斯小姐尽量表现出很自然的样子走到椅子那边，一时并没有答话。

“我是来买家具的，”年轻男子说，“我想看看这些椅子。”

“当然可以，”克莱伦斯小姐说，“每件东西上面都标了价钱。”

“我叫哈瑞斯。我刚刚搬到这里，想要添一些家具。”

“这年头要找合适的东西真不容易。”

“这已经是我看过的第十个地方了。我想要一个档案柜和一张大的皮椅。”

“这恐怕……”克莱伦斯小姐朝着室内比了个手势。

“我知道，”哈瑞斯说，“这年头，谁要是有这种东西，任何

---

① Martha Graham，1894—1991，美国著名舞蹈家。

人都不肯放手的。我写作。”他加了一句。

“真的？”

“呃，应该说，我很想写作，”哈瑞斯说。他有一张讨喜的圆脸，说话的时候笑得很开朗。“准备找份工作，晚上写写东西。”他说。

“我相信你不会有问题的。”克莱伦斯小姐说。

“这里有人是画家吗？”

“劳勃兹先生。”克莱伦斯小姐说。

“幸运儿，”哈瑞斯说。他走到窗口，“画画多半比写作来得方便。这地方比我那里好多了，”他看着窗口，话锋一转，“我那里墙上只有个小孔。”

克莱伦斯小姐想不出什么话来说，他回转身好奇地看着她。“你也是画家？”

“不是，”克莱伦斯小姐说。她吸一口气，“是舞者。”她说。

他又露出讨喜的笑容，“我早就该想到了，”他说，“在我进来的时候。”

克莱伦斯小姐谦虚地笑一笑。

“太美妙了。”他说。

“很不容易。”克莱伦斯小姐说。

“那是当然。到目前都很顺利吗？”

“不见得。”克莱伦斯小姐说。

“不如意事十之八九。”他说。他四处转了转，打开浴室的门；他往里探的时候，克莱伦斯小姐退缩了一下。他关上门没有说话，再推开厨房的门。

克莱伦斯小姐站起来走到他身边，跟他一起看着厨房。“我不大煮东西。”她说。

“不怪你，有那么多餐馆。”他再关上门，克莱伦斯小姐回到座椅上。“不过早餐我不会在外面吃，没有这个习惯。”他说。

“你自己做早餐吗？”

“我尽量，”他说，“我是史上最差的厨子，不过总好过外食。我最需要的是一个老婆。”他又笑了，开始往门口走。“对这些家具我感到抱歉了。”他说。

“我本来希望找到一两样合适的。”

“没关系。”

“你们都不爱做家务？”

“我们要把所有的东西全部出清，”克莱伦斯小姐说。她迟疑着，“阿瑟要去巴黎了。”她最后说。

“但愿我也能。”他叹息，“好吧，祝两位好运。”

“你也一样。”克莱伦斯小姐说着，慢慢地关上了门。她听着他下楼的脚步声，再看了看手表。三点二十五分。

急匆匆地，她找出南西·劳勃兹留给她的字条，从一只盒子里拿了支铅笔，在字条背后写着：“亲爱的劳勃兹太太——我一直等到三点半。我觉得这里的家具对我都不大合适。希妲·克莱伦斯。”握着笔，她想了一会儿，又加上一句：“你先生来电话，请你回话。”

她收拾起包包，以及《巴马的修道院》和《村民》，关上了房门。门上的图钉还在，她把它撬起来，再把她写的字条钉上去。她转身下楼，走回自己原来的公寓。她的肩膀好痛。

# 我与R.H.梅西[①]

他们做的第一件事就是孤立我。他们把我在这里唯一讲过两句话的人隔离开来，那是我走到大厅时，主动跟我说话的一个女孩："你是不是跟我一样很害怕？"我说："是的。"她说："我在女用内衣部，你在哪个部门？"我想了一会儿说："玻璃纤维。"这是我所能想到的最好的答案。她说："喔。好，待会儿这里见。"她走开了，被隔开了，我从此再没见过她。

之后他们不断叫我的名字，我不断朝着他们叫我的地点赶过去，到了那里他们就说（"他们"这次全部换成了穿着套装、剪了短发的年轻美女）："来，跟库柏小姐一起走吧，她会告诉你该怎么做。"那天所有我遇到的女人都叫作库柏小姐。库柏小姐就对我说："你在哪个部门？"这时我已经知道应该说："书籍。"她就说："喔，好，那你是属于这里的库柏小姐。"接着她就叫："库

① Rowland Hussey Macy，1822—1877，美国梅西百货公司的创始人。

柏小姐！”于是另外一个年轻美女过来了，前一个美女就说：“13-3138跟你一起。”这个库柏小姐就说：“她在哪个部门？”那个库柏小姐就说：“书籍。”我就离开，再度被隔开。

他们要我上课。最后把我隔在一间教室里，就我一个人在教室里坐着（我被隔离到这种程度），过了好一会又进来了几个女孩，全部穿着套装（我穿的是红色丝绒小礼服），大家坐下来，他们开始授课。他们给我们每人一本梅西在上面题了字的大书，里面都是便笺形式，上面写着（从左到右）“本公司、供参考用、客资编号或客户编号、销售账目编号、发票编号、承办人编号、部门、日期M”。并在M后面画了一道长长的线，供填写先生或太太和姓名，然后再开始“编号、项目、类别、价格、总计”，最底下写着“正本”，然后又再开始“公司、供参考用”，以及“在此贴黄色礼品标签”。我非常仔细地全部看完。不久一位库柏小姐来了，她先跟我们说了一些在梅西工作的好处，再谈到销售账册，那有点像复制的街道地图一类的东西。我用心听了一会，库柏小姐要大家写在小纸片上，我全部是抄邻座那个女孩的。这是工作训练。

最后有人说我们要去一楼，大家就从十六楼下到一楼。我们六人一组，亦步亦趋地跟着库柏小姐，每个人身上都戴了写着“书籍资料”的小牌子。我始终不明白那代表什么意思。库柏小姐说我负责的是特别折价柜台，她给我看一本小书，书名叫作《爱表演的海豹》，似乎是要我销售这本书。我把书看到快一半的时候她回来找我，她说我必须待在我所属的单位。

我对打卡钟非常感兴趣，耗了半小时站在那里打着不同的卡片，很开心，有人进来说我戴着帽子不可以打卡[①]。所以我必须离开，我诚惶诚恐地对打卡钟和它的发言人鞠了个躬，就去查我的置物柜号码，是1773，我的卡钟号码是712，我的保险箱号码是1336，我的现金支付号码是253，我的收款机代号是k，我的收款机钥匙号码是872，还有我的部门号码是13。我把所有的号码都记下来。这是我的第一天。

我的第二天情况比较好。我正式待在一楼。我站在柜台的一个角落，一手扒着《爱表演的海豹》，等候着顾客。柜台领班叫作13-2246，她对我非常好。她放我出去吃了三次午餐，因为她把我的13-6454和13-3141搞混了。午餐后有个顾客上门，她走过来拿起其中一本《爱表演的海豹》，说："这本多少钱？"我张开嘴，顾客说："我有折价券，我要把这本书送给我在俄亥俄州的姑妈。折价券的一部分拿来抵这本书的折扣，三毛二，其余的当然算在我的账户。就是这个定价吗？"她一大堆话里只有这一句我记得最清楚。我带着自信的微笑，说："当然。请你稍候一会儿好吗？"我从柜台底下的抽屉里找出一小张纸：纸上印着大大的字体"一式三份"。我记录下顾客的姓名和住址，她姑妈的姓名和住址，很小心地在印着一式三份的位置写下"一本《爱表演的海豹》"。我再露出笑容，谨慎地说："一共七毛五分。"她说："我有折价券啊。"我告诉

① 戴着帽子代表还在上班，因此她才被告知不可以打卡。

她在圣诞假期所有的折价券暂时停用，她给我七毛五分，我收下。我在收款机上按了“停售”，把那张一式三份撕掉，因为我不知道该拿它怎么办。

过不久又一位顾客上门说：“有一本安妮·罗瑟福·葛威恩的《他如迅雷般地来》，在哪里？”我说：“在医药类，就在对面，”可是13−2246过来说：“那应该是哲学，是不是？”顾客说是，13−2246又说：“就在这条走道，辞典类。”顾客走开了，我对13−2246说她跟我一样，猜得很不错，她瞪着我说，哲学、社会科学和罗素都归在辞典类。

到目前为止我去了两天，第三天就没去了，因为那晚我下班的时候，从楼梯上摔下来，袜子被勾破了，门房说我只要去找我那个部门的领班，梅西公司就会给我一双新的袜子。我回公司，找了库柏小姐，她说：“上七楼理赔部，把这个交给他。”她递给我一小张粉色的便条纸，纸头最下方印着“本公司、供参考用、顾客资料、编号或顾客编号、承办人、编号、日期M。”在M后面，她没写名字，而是13−3138。我接过这张粉色的便条纸，随手就扔了。然后我找到四楼，花六毛五给自己买了一双袜子，接着下楼，从顾客出入的门口走出去。

我给梅西公司写了一封很长的信，我把我所有的号码加在一起，再除以11,700，这个数字是梅西公司所有员工的数目。我不知道他们会不会想念我。

# 第二部

# 巫婆

车厢几乎是空的，小男孩独占了一个大位子，他的母亲坐在通道对面的座位上，跟小男孩的妹妹坐一起，小女孩一手拿着一片吐司，一手拿着一只铃鼓。

她箍着布带，很牢靠地固定在座位上，所以能够直直的坐着看东看西，只要她稍微有些歪斜，那条布带就会先托住她，等母亲转过身来再把她竖直。小男孩望着窗外，吃着饼干，母亲安静地看书，头也不抬地轻声回答着小男孩的各种问题。

“我们在河上，”小男孩说，“这是一条河，我们在这条河上面。”

“很好。”他的母亲说。

“我们在过河的桥上。”小男孩对着自己说。

车厢里还有几个人坐在车子的另一头；只要有谁偶尔走过通道，小男孩就会转过头来说：“嗨。”陌生客通常也会回一句：“嗨。”有时候还会问小男孩喜不喜欢坐火车，甚至会说他是个好小子。这些

“评语”令小男孩很不耐烦，他会生气地转过头去看窗外。

“有一只牛，”他会说，或者还会叹一口气，“我们还要坐多久啊？”

“就快到了。”他母亲每次都说相同的话。

小女孩一直乖乖地在玩手里的铃鼓，吃着母亲帮她不断换新的吐司，有一回，她的身体歪得实在太偏了，撞到了头。她开始大哭，母亲的位子上掀起了一阵骚动。小男孩滑下座位，跑过通道，赶来拍着妹妹的脚，哄她不要哭，最后小女孩笑了，又吃起了吐司，小男孩从母亲手里拿了一支棒棒糖，走回他的窗口。

“我看见一个巫婆，”过了一会儿他对母亲说。“外面有一个又大又老又丑又坏又老的老巫婆。”

“很好。”他母亲说。

“一个好大好丑的老巫婆，我叫她走开，她走开了，”小男孩继续，以一种说故事的口吻沉着地自言自语着，“她走过来说：‘我要吃掉你。’我说：‘不行，你不可以。’我就把她赶跑了，那个又大又老的坏巫婆。”

车厢的门打开了，一个男人走进来，男孩住了嘴，抬头看。他是一个老人，白头发底下是一张和气的脸；他的蓝色西装因为长途搭车的关系有些微不整。他拿着一支雪茄，小男孩说：“嗨。”老人用雪茄对他指一下，说：“哈啰，孩子。”他就停在小男孩身旁的一个座位，靠着椅背，低下头看着伸长脖子往上看的小男孩。“你在看什么？”老人说。

“巫婆们，”小男孩飞快地说，“又老又坏的巫婆们。”

“喔，”老人说，“很多吗？”

“我爸爸抽雪茄。”小男孩说。

“男人都抽雪茄，”老人说，“将来你也会抽雪茄。”

“我已经是个男人了。”小男孩说。

“你几岁？”老人问。

一听到这个世纪大难题，小男孩猜疑地对着老人看了足足有一分钟，说：“二十六岁。八百四十八岁。”

他母亲从书本上抬起头，“四岁。”她疼爱地对小男孩笑着说。

“真的吗？”老人很恭敬地对小男孩说，“二十六岁。”他向通道对面的母亲点一点头，“那是你妈妈吗？”

小男孩趴过来看了看说：“对，她就是。”

“你叫什么名字？”老人问。

小男孩又露出猜疑的眼神，“耶稣先生。”他说。

“强尼。”小男孩的母亲说。她锁着眉头瞪了小男孩一眼。

“那边那个是我的妹妹，”小男孩对老人说，“她十二岁半。”

“你爱你的妹妹吗？”老人问。小男孩看着他，老人转过来坐到小男孩身边。

“这样吧，”老人说，“我来跟你说我的妹妹好吗？”

老人坐到小男孩身边的时候，那母亲有些在意地看了看，再低下头安详地继续看她的书。

“跟我说你的妹妹吧？”小男孩说，“她是不是巫婆？”

“也许。”老人说。

小男孩兴奋得哈哈大笑，老人往后一靠，抽了一口雪茄。“从前，”他开始了，“我有个妹妹，就像你的妹妹一样。”小男孩抬着头，老人说一句，他就点一下头。“我的妹妹，”老人继续，“非常漂亮，人又非常好，我爱她超过世界上任何一样东西。所以你想知道我做了什么吗？”

小男孩头点得更起劲了，那母亲也抬起了眼，微笑倾听。

“我给她买了一只摇摇木马、一个洋娃娃和一大堆的棒棒糖，”老人说，“然后我抓住她，我把两只手绕在她脖子上，我掐她，掐她，一直掐到她死掉为止。”

小男孩惊喘，那母亲转过身，笑容没了。她张开了嘴，又闭紧。老人继续往下说：“然后我割下她的头，我抓着她的头——”

“你有没有把她切成一小块一小块？”小男孩上气不接下气地问。

“我割下她的头、她的手、她的脚、她的头发、她的鼻子，”老人说，“我再拿棍子打她，我杀死了她。”

“停一下。”那母亲说，可是就在这时候小女孩歪倒了，等到母亲把她扶好，老人又继续往下说了。

“我抓着她的头，把她的头发全部拔掉——”

“你的妹妹？”小男孩突然冒出一句。

“我的妹妹，”老人笃定地说，“我把她的头丢进一只大熊的笼子里，大熊就把它吃光了。”

“把她的头全部吃光了？”小男孩问。

那母亲放下书本，穿过通道。她站在老人的身边说：“你到底想干什么？”老人彬彬有礼地抬头望，她说：“滚出去。”

“我吓到你了吗？”老人说。他低头看着小男孩，用手肘轻轻撞了撞他，他和小男孩一起哈哈大笑。

“这个人把他的妹妹切碎了。”小男孩对他的母亲说。

“我马上就去叫列车长过来。”那母亲对老人说。

“列车长会吃掉我的妈咪，”小男孩说，“我们要砍掉她的头。”

“还有小妹妹的头，”老人说。他站起来，那母亲退开让他离开座位。“不准再回这节车厢。”她说。

“我妈咪会吃掉你。”小男孩对老人说。

老人大笑，小男孩大笑，老人对那母亲说了声“对不起”，就从她面前走出了车厢。车厢门一关上，小男孩说：“我们还要在这个破火车上待多久啊？”

“不会太久，”那母亲说。她站在那里看着小男孩，想要说什么，最后说：“你乖乖地坐着，做个听话的好孩子，就可以再吃一支棒棒糖。”

小男孩猴急的爬下来，跟着母亲来到她的座位。她从皮夹的一个小包裹里拿出一支棒棒糖递给他。“你要说什么？”她问。

“谢谢，”小男孩说，“刚才那个人真的把他妹妹切碎了吗？”

“他只是说着玩的，”那母亲说，说完又强调一次，“只是说着玩的。”

“大概吧，”小男孩说。他拿着棒棒糖回到自己的座位坐好，再度望着窗外。

“大概他就是一个巫婆。”

# 叛

早上八点二十分。双胞胎划动着他们的麦片粥，沃尔普太太一只眼睛盯着钟，一只眼睛瞄着厨房窗口，过几分钟校车就要来了，她在生闷气，为了这个要上学的早上起晚了，全身不对劲，想催促两个孩子又懒得开口。

“你们得走了，”她有预感地说了不下三次，“校车不等人的。”

“我很快，”裘蒂说。她得意地看着那满满一杯的牛奶，“我比杰克快，我快喝完了。”

杰克把他的杯子推过去，两个人仔细地比对。“不对，”他说，“你看你的比我的还多。”

“没有关系，”沃尔普太太说，“没有关系。杰克，快吃你的麦片。”

“她那碗麦片比我少，”杰克说，“她是不是比我少，妈妈？”

七点钟的闹钟该响没响。沃尔普太太听见楼上冲澡的声音，立刻惊觉。今天早上连咖啡也比平常煮得慢，水煮蛋又太软。她给自己倒了一杯果汁，却连喝的时间都没有。总有一个人——不是裘蒂就是杰克或者沃尔普先生——一定会迟到。

“裘蒂，”沃尔普太太机械化地说，“杰克。”

裘蒂的辫子还没编好。杰克没拿手帕。沃尔普先生肯定在发脾气。

红黄两色的校车占上了厨房窗外的马路，裘蒂和杰克冲出门，麦片粥没吃完，书本大概也忘了带。沃尔普太太跟着他们冲出厨房门，一路大喊着：“杰克，你的牛奶钱。中午快回家。”她看着他们上了校车，再回头收拾桌上的碗盘，清出一个位子给沃尔普先生。她自己晚一些再吃，大约九点以后才会有空档。这表示洗衣服的事就得顺延，万一下午下雨——看起来一定会——那就什么事儿都干不了。丈夫走进厨房，沃尔普太太打起精神，说：“早啊，亲爱的。”他眼也不抬地说：“早。”沃尔普太太有一肚子的话要说，劈头第一句会是“你难道不觉得别人也有情绪——”，结果，她只是很有耐心地把早餐放在他面前。盘子里盛着半熟的水煮蛋和吐司，杯子里放着咖啡。沃尔普先生专心一意地把自己奉献给了报纸，沃尔普太太现在也有话要说，她最想说的另外一句话是“我看你根本没注意到我还没时间吃——”，结果，她只是极其温柔地把餐盘轻轻放下。

一切都进行得流畅顺利，只是比平常晚了半个钟头。电话响了。沃尔普家的电话是共享线路，通常沃尔普太太都让电话响过两次，确定是他们家的号码之后才去接。今天早上，九点不到，沃尔普先生还没吃完早餐，电话铃声就成了无法忍受的侵犯，沃尔普太太心不甘情不愿地赶去接听。“哈啰。”她没好气地说。

“沃尔普太太，”那声音说。沃尔普太太说：“是？”那声音——是个女的——说：“很抱歉打扰你，我是——”对方给了一个不认得的名字。“是？”沃尔普太太又说一次。她听见沃尔普先生从炉子上拿起咖啡壶给自己倒了第二杯。

“你有没有一只狗？黑棕色的猎狗？”那声音继续着。一提到狗这个字，沃尔普太太在回答“是”的那一刹那，马上想到在乡下养一只狗的各种考量（花费六块钱做结扎，深夜里没道理的狂吠，像个守护神似的睡在两个孩子双层床旁边的地毯上，狗是不可或缺的，狗在一个家里就跟炉灶、前门廊，或者订报纸一样的重要；还有，最最重要的一点是，这只狗本身，在邻里之间，“淑女沃尔普”的地位简直跟杰克·沃尔普、裘蒂·沃尔普不相上下；乖巧、能干、包容力超强），现在，她实在想不出任何理由，在这么早的时间，来了这么一个听起来跟她自己一样心烦气躁的声音。

“是，”沃尔普太太简单地说，“我有一只狗。怎么了？”

“黑棕色的大猎狗？”

这是淑女最漂亮的标志，她那张古怪有趣的脸。“是，”沃尔普太太说，她的声音有些许的不耐烦，“是，那就是我的狗。怎么了？”

“它把我的几只鸡咬死了。”现在那声音听起来似乎很得意，这下沃尔普太太吃瘪了。

沃尔普太太安静了好几秒，那声音说：“哈啰？”

“这简直荒谬。”沃尔普太太说。

“今天早上，”那声音愈发带劲，“你的狗追我们家的鸡。早上八点左右我们听见鸡在叫，我先生出去看怎么回事，发现两只鸡死了，他看见一只黑棕色的大猎狗跟那些小鸡在一起，他拿手杖把狗赶跑了，接着就发现又死了两只小鸡。他说，”那声音丝毫不带感情地继续着，“好在他没有带猎枪出去，否则你就没有狗了。那场面真是触目惊心啊，”那声音说，“鲜血鸡毛到处都是。”

“你凭什么认为是我的狗？”沃尔普太太虚弱地说。

“乔·怀特——他是你的邻居——刚好经过，看见我先生在追那只狗。他说那是你们家的狗。”

老怀特确实住在沃尔普家的隔壁。沃尔普太太对他一直很客气，每次走过，只要看见他在前门廊，她都会嘘寒问暖地问候他，而且也很关心他在阿尔巴尼的几个孙子。

“我明白了，”沃尔普太太口气转变了，“好吧，既然你们这么肯定。只是我不能相信会是我们家的淑女，它那么温柔。”

那个声音，回应沃尔普太太的改变，也变得软和了。“真的很遗憾，”那女的说，“发生这种事我心里有说不出的难过。不过……”她刻意拖长了尾音。

“那些损失我们一定会负责的。”沃尔普太太立刻说。

“不不，”那女的急着说，几乎是抱歉的口气，“别提那个。”

“可是当然——”沃尔普太太困惑了。

“那只狗，”那声音说，“你必须处置一下那只狗。”

一阵突如其来的惊恐抓牢了沃尔普太太。她这个早上真是糟糕透了，到现在她还没喝咖啡，又碰上这样一个从未遇上过的恶劣情况，现在那声音、那口气、那腔调，令沃尔普太太最害怕的是“处置”两个字。

“怎么说？”沃尔普太太终于说，“我的意思是，你要我怎么做？”

电话线那头短暂的沉默，接着，那声音爽快地说：“其实我真的不知道，沃尔普太太。我常听人家说一只喜欢咬死鸡仔的狗根本没办法阻止的。我说了，用不着提什么损失。事实上，被狗咬死的那几只鸡，现在已经拔了毛搁在炉子上了。”

沃尔普太太的喉咙一紧，她闭了一会儿眼，那声音却顽强地继续着。“我们不会要求你们做什么，只要你们管好那只狗就行了。你一定明白，我们总不能有这么一只老爱咬死鸡仔的狗吧？”

发现对方正在等着她回话，沃尔普太太说：“当然。”

“所以……”那声音说。

沃尔普太太隔着电话往上看，沃尔普先生经过她走向门口。他朝她简单的挥个手，她朝他点了点头。他迟到了。她本来想叫他到图书馆弯一下，现在她得等一会再给他拨电话。沃尔普太太斩钉截铁地对着话筒说：“首先，当然，我必须确定那是我的狗。如果是我的狗，我保证你以后绝对不会再有这种麻烦。”

“是你的狗没错。”那声音十分决绝。如果沃尔普太太想打架，那声音似乎就在暗示，她可是选对了人。

“再见。”沃尔普太太说，她知道用生气作为结束是错的，她知道她应该继续耗下去，用一种抱歉的口吻延长对话的时间，为了这只狗的性命尽力跟这个只知道关心那几只死鸡的蠢女人恳求，周旋。

沃尔普太太放下电话，走进厨房。她给自己倒一杯咖啡，做一份吐司。

天塌下来也得等我喝完这杯咖啡再说，沃尔普太太坚决地告诉自己。她在吐司上抹了超多的奶油，试着放松，靠着椅背，垮下肩膀。现在是上午九点半，她想，这种感觉应该属于夜里十一点才对。外面的太阳似乎也不像平常那么开心，沃尔普太太突然决定把衣物留到明天再洗。他们在乡下住的时间不够长，沃尔普太太还没有所谓星期二洗衣服是不得了的耻辱这种想法。他们还是城里人，永永远远的城里人，城里人会养一只咬死小鸡的狗，城里人会在星期二洗衣服，城里人没办法像乡下人对于有限的土地、食物甚至天气那样认命。眼前这个情况，就像其他所有的那些情况——处理垃圾，装置门窗防水条，烘焙天使蛋糕——沃尔普太太还是非得去向人讨教不可。在乡下，叫一个男人为你做事简直难如登天，沃尔普先生和沃尔普太太早就养成向街坊邻居“取经”的习惯，在城市里，这些消息都来自大楼管理员、门房，或是送瓦斯的小弟。沃尔普太太的眼光落到水槽底下淑女的水碟子上，这才意识到自己的心情坏到了极点，她站起来，穿上夹克，包起头巾，走向隔壁。

她隔壁的邻居纳许太太正在炸甜甜圈，开着门，她朝站在门口的沃尔普太太挥挥叉子招呼：“进来吧，我离不开炉子。”沃尔普太太一踏进纳许太太的厨房，就痛苦地想起了厨房水槽里那一堆肮脏的碗盘。纳许太太穿着一件干净到惊人的家居服，厨房里干干净净。纳许太太真有本事，连炸甜甜圈都不会把厨房弄得一团乱。

“这些男人吃午餐的时候就喜欢配上现炸的甜甜圈，”纳许太太只点个头，毫不客套地说着。“我每次都想事先多炸一点，可就是做不到。”

“我真希望我也会做甜甜圈。”沃尔普太太说。纳许太太大方地把叉子往桌上那堆还热乎乎的甜甜圈一挥，沃尔普太太随手拿起一个，心想着：这下又要消化不良了。

“我炸完这些刚好赶上他们吃午餐，”纳许太太说。她测了测锅里的甜甜圈，确定可以稍微分一下心，于是自己拿起一个，就着炉子边上吃起来。“你怎么了？”她问。“今天早上气色好像不大好。”

“老实说，”沃尔普太太说，“是我们家的狗。有人今天早上打电话来说它咬死了几只鸡。”

纳许太太点点头。“是啊，”她说，“我知道。”

到这时候也该知道了，沃尔普太太心想。

“你要知道，”纳许太太又转向锅子里的甜甜圈，“人家说狗咬死鸡的事情最没辙了。我哥哥养的狗有一次咬死了羊，我不知道他们后来怎么处理的，总之一点办法也没有。它们只要尝过一次血的味道就没办法了。”纳许太太从炸锅里盛起一个金黄可口的甜甜圈，放在一张褐色的纸上吸油。“其实，它们这么做，不是真的会去吃，只是喜欢咬。”

“那我该怎么办？”沃尔普太太问，“真的没有一点办法了吗？”

“你可以试试，当然，”纳许太太说，“最要紧的就是先把它绑起来。拿一条结实的链条把它绑住。这样至少短时间里它没办法再去追杀那些小鸡了，也让你省点事。”

沃尔普太太勉强地站了起来，重新围上头巾。“我看我就先去店里买条狗链吧。”她说。

“你要去市区？”

“我得赶在孩子们回来吃午饭之前去采买一些东西。”

“千万别买店里的甜甜圈，”纳许太太说，“待会儿我给你做一盘。你快去替那只狗买条结实的狗链要紧。”

“谢谢你。”沃尔普太太说。灿烂的阳光照着纳许太太的厨房门口，摆着一盘盘甜甜圈的餐桌，香气袭人的油炸味，这一切都象征着纳许太太的安全感，对生活的自信，在她的生活中绝对没有狗咬死鸡的麻烦，绝对没有对城市的恐惧，那一份笃定到极致的安定和满足，让她能有余力去关照沃尔普的家人，愿意给他们甜甜圈，也不在意沃尔普太太家脏兮兮的厨房。“谢谢你。”沃尔普太太不知所云的再说一次。

“你替我跟汤姆·柯奇说一声，待会儿我会过去买一份烤猪肉，”纳许太太说，“叫他帮我留”

“好的。”沃尔普太太在门口犹豫着，纳许太太向她挥了挥叉子。

“待会儿见。”纳许太太说。

老怀特坐在前门廊晒太阳。看见了沃尔普太太开心地咧着嘴，对着她大声嚷嚷：“这下你不会再养狗啦。”

我还是对他好一点吧，沃尔普太太心想，以乡下人的标准来说，他不是叛徒也不是坏人，任何人都会告发一只会咬死鸡的狗。可是他没必要这么开心啊，她想。她尽量和颜悦色地说：“早，怀特先生。”

“要开枪毙了它吗？”怀特先生问，“你先生有枪吗？”

“我正为这件事烦着。”沃尔普太太说。她站在门廊前面的人行道上，努力不让恨意浮现在脸上，她抬头看着怀特先生。

“有这么一只狗真是糟糕。”怀特先生说。

还好他没怪到我身上，沃尔普太太心想。“还有什么别的办法吗？”

怀特先生想了想。“有一个办法或许可以治好这种杀鸡狗，”他说，“你绑一只死鸡在狗脖子上，它想甩也甩不掉，明白吗？”

“绑在它脖子上？”沃尔普太太问。怀特先生点点头，咧着无牙的嘴笑。

“哪，一开始它发现没法子把脖子上的东西甩掉，它会试着跟它玩，玩到烦了，哪，它就会试着去搓它，搓不掉，它就试着去咬它，咬不掉，它发现连咬也咬不掉的时候，它就以为永远都没办法摆脱了，哪，它就会害怕了。到那时候，不管你带它到哪里，它都会夹着尾巴，脖子上挂着那玩意，情况会越来越糟，越来越糟。”

沃尔普太太一只手支着门廊的栏杆，稳住自己。“那然后怎么办？”

“这，”怀特先生说，“我听人家说，渐渐的，那只鸡变得越来越熟，越来越烂，那狗看得见，触得着，闻得到，呐，它愈是看得见，闻得到，它就愈讨厌那只鸡。它怎样都甩不掉，明白吧？”

“可是那狗，”沃尔普太太说，“淑女，我指的是。我们要把那只鸡在它脖子上挂多久呢？”

“这，”怀特先生十分带劲地说，“我看你最好让它一直挂着，挂到它烂透了，自动脱落为止。明白吧，那个头……”

“我明白，”沃尔普太太说，“这个法子有用吗？”

“很难说，”怀特先生说，“我自己从来没试过。”他的口气就是他从来没有养过一只会咬死鸡的狗。

沃尔普太太仓促地离开了他。她心中挥不去的是，要不是怀特先生，淑女就不会被人家认定是一只会咬死鸡的狗。她甚至闪过一个念头，会不会是怀特先生恶意栽赃淑女，因为他们是城里人，接着又想到，不会不会，怎么可能有人冲着一只狗来作伪证。

她走进杂货店，店里几乎没人了。五金柜台边有个男的，另外一个男的靠着肉摊在跟老板柯奇先生说话。柯奇先生一瞧见沃尔普太太进来，立刻大声招呼，“早啊，沃尔普太太。今天天气好。”

“是啊，真好，”沃尔普太太说。老板说：“那只狗真倒霉。”

“我不知道该怎么办才好。”沃尔普太太说。跟老板说话的那个男人自然而然地看她一眼，又转向老板。

“今天早上连着咬死了哈瑞家的三只鸡。”老板对那人说。那人严肃地点点头说：“听说了。”

沃尔普太太走向肉摊说：“纳许太太说请你替她留一份烤猪肉。她待会儿就来拿。”

“出这种事，”跟老板站在一起的那人说，“该做个了断。”

“对。”老板说。

那人看着沃尔普太太说：“恐怕得把它射杀了吧？”

“希望不要，”沃尔普太太认真地说，“我们全家都好喜欢这只狗。”

那人和老板互相对看了一分钟，老板相当理性地说：“让一只会咬死鸡的狗到处趴趴走[①]是不行的，沃尔普太太。”

“你要明白，”那人说，“到时候人家把一堆火药塞进它肚子里，它一样回不来啊。”他和老板同时爆笑。

“没有其他办法治得了这只狗吗？”沃尔普太太问。

“当然有，”那人说，“一枪毙命。”

“在它脖子上绑只死鸡，”老板建议，“或许有用。”

“听说有人试过。”另外那人说。

---

① 在此处指不受控制地到处乱走。

“有用吗？”沃尔普太太急切地问。

那人慢慢地，很坚决地摇了摇头。

“你知道吧，”老板说。他把手肘支在肉摊上，像一个标准的演说家。“你知道吧，”他再说一遍，“我父亲养过一只狗，有一阵子老是喜欢吃鸡蛋。总是溜进鸡舍，把鸡蛋咬破，舔得一干二净。那些蛋起码被它吃掉一半以上。”

“太不道德了，”另外那人说，“狗吃鸡蛋。”

“不道德，”老板肯定地说。沃尔普太太发觉自己也在点头。“最后，我父亲忍无可忍。他的鸡蛋被吃了一大半。”老板说。“有一天他拿了一枚鸡蛋，把它放在炉子背后，放了两三天，那枚蛋整个熟透了，又熟又烫，那蛋的味道难闻透了。然后——我当时在场，才十二三岁的一个孩子——那天他叫狗过来，那狗飞奔过来。我抓着狗，我老爸掰开那狗的嘴巴，把蛋放进去，那颗又红又烫、臭气冲天的鸡蛋，然后他立刻把那狗的嘴合拢起来，那狗根本没法吐出来，只好把蛋吞了下去。”老板哈哈一笑摇了摇头，像是在怀旧。

“那狗肯定不敢再吃鸡蛋了。”那人说。

“连碰都不敢碰了，”老板理所当然地说，“就算把鸡蛋放到那狗面前，它也立刻跑开，就像有魔鬼在后头追它似的。”

“可是它对你们的感觉呢？”沃尔普太太问，“以后它还会不会靠近你们？”

老板和那人同时看着她。“你的意思是？”老板说。

"它以后还喜不喜欢你们？"

"呃，"老板想了想，"不了，"他终于说，"老实说确实不会了。不再像原来的狗了。"

"有个办法你可以试试，"另外那人突然对沃尔普太太说："你要是真想治好那狗，有个办法你可以试试。"

"什么办法？"沃尔普太太说。

"你得带着那狗，"那人凑近了，比着手势说，"带它进一只里面有母鸡护着小鸡的笼子里。经过她的一番修理，往后它就再也不敢追杀任何一只鸡了。"

老板开始大笑，沃尔普太太困惑地看看老板，再看看另外那人，那人没有一丝笑容地看着她，他那双眼睛又大又黄，像猫眼。

"会发生什么事呢？"她疑惑地问。

"把它两只眼睛挖掉，"老板简单明了地说，"从此以后它再也看不见鸡了。"

沃尔普太太只觉得一阵晕眩。她侧过头笑了笑，为了不失态，她迅速离开肉摊走向店铺的另一头。老板跟肉摊后面的那个男人继续聊着，过一会儿沃尔普太太走出店外，吸到了空气。她决定赶快回家躺下，一直躺到吃午饭的时候，采买的事晚一点再说吧。

回到家她发现她没办法躺下，她得先把餐桌清理干净，把碗盘洗好，等她忙完这些事，也差不多就该是吃午饭的时候了。她站在食物架边上思忖着时，一个黑影穿过阳光到了门口，她知道淑女回来了。一时间她定定地站着，一动不动地看着淑女。大狗静静地、无害地走进来，仿佛它只是和几个朋友在草地上打滚嬉闹了一个早上，但是它四条腿上都有着斑斑的血渍，它起劲地喝着水。沃尔普太太第一个冲动是骂它，抓住它狠狠地打它，为它做出那些蓄意的、伤天害理的事情，一只这么漂亮的狗，一只在家里养得那么好的狗；沃尔普太太看着淑女安静地走过去，窝在炉子旁边的老地方，她无可奈何地转过身，从食物架上拿下一些罐头放到餐桌上。

淑女安静地待在炉子旁边，一直待到两个孩子叽叽喳喳地回家来吃午饭，它跳起来冲上前去迎接，就好像他们是外来客，而它是这栋房子的原住民。裘蒂扯着淑女的耳朵，说："妈，你知道淑女做了什么事吗？""你是一只坏狗狗，"她对淑女说，"你要被枪毙了。"

沃尔普太太又一阵晕眩，她赶紧把餐盘摆上桌子。"裘蒂·沃尔普。"她说。

"它是坏啊，妈，"裘蒂说，"它是要被枪毙了啊。"

孩子们不懂，沃尔普太太告诉自己，死亡在他们眼里并不真实。要理智，她告诉自己。"坐下来吃饭，你们。"她平静地说。

"可是，妈，"裘蒂说，杰克也跟着说："是真的，妈。"

孩子们闹哄哄地坐下来，打开餐巾，看也不看地叉着饭菜，只顾着说话。

"你知道薛佛先生怎么说的吗，妈？"杰克塞了满嘴的食物问。

"你听啊，"裘蒂说，"我们来告诉你他说了什么。"

薛佛先生住在沃尔普家附近，很亲切的一个人，经常会给孩子们一些零钱，还会带男孩子们去钓鱼。“他说淑女要被枪毙了。”杰克说。

“还有铁刺。”裘蒂说。

“对，铁刺。”杰克说，“你听啊，妈咪。他说你应该给淑女买一条项圈……”

“一条非常坚固结实的项圈。”裘蒂说。

“你再买很多很粗的大铁钉，像铁刺一样，你要把这些钉子钉在项圈上。”

“钉一圈，”裘蒂说，“让我来说啦，杰克。你把这些钉子全部钉上去，就变成项圈上面的铁刺了。”

“可是项圈会松动，”杰克说，“这里让我来说。它会松动，你就把项圈围在淑女的脖子上……”

“然后——”裘蒂用一只手按住自己的喉咙，装出被勒住的声音。

“还没完，”杰克说，“还没完啦，笨。首先你要准备一根很长很长很长的绳子。”

“一根超级长的绳子。”裘蒂强调。

“你把绳子绑紧在项圈上，再把项圈围在淑女的脖子上，”杰克说。淑女就坐在他身旁，他凑近它，说：“我们就要把这个钉了超级尖刺的项圈围上你的脖子啰。”他亲了亲它的脑门，淑女深情地看着他。

“然后我们把它带去小鸡那边，”裘蒂说，“给它看那些鸡，我们把手放松。”

“让它去追那些鸡，”杰克说，“然后，然后，等它一靠近那些鸡，我们就用力地拽住那根绳子——”

“然后——”裘蒂又再装出被勒住的声音。

“那一圈尖刺就把它的头割掉了。”杰克戏剧化地作了结尾。

他们俩开始大笑，淑女看看这个看看那个，喘着大气，就好像也在大笑。

沃尔普太太看着他们，看着她的两个孩子，看着他们那双残酷的小手，看着他们晒得红通通的笑脸，这只腿上还沾有血印的狗跟他们一起开怀大笑着。她走到厨房门口，望着阴凉的绿色山丘，望着摇曳在午后微风中的苹果树。

“把你的头割掉，”杰克在说。

所有的一切在阳光中如此安逸可爱，宁静的天空，起伏的山林。沃尔普太太闭上眼睛，突然觉得有一双冷酷的手将她撂倒，锐利的尖刺紧箍在她的喉咙上。

# 您先请，我亲爱的阿方斯[①]

威尔森太太正要从烤箱里拿出姜饼的时候，听见强尼在外面跟一个人说话。

“强尼，”她叫唤着，“你要迟到啦。快进来吃午饭。”

“等一下，妈妈，”强尼说，“您先请，我亲爱的阿方斯。”

“您先请，我亲爱的阿方斯。”另外那个声音说。

“不，您先请，我亲爱的阿方斯。”强尼说。

威尔森太太开了门。“强尼，”她说，“你马上进来吃饭，等吃完了再玩。”

强尼跟在她后面慢吞吞地走进来。“妈妈，”他说，“我带波埃德回来跟我一起吃午饭。”

“波埃德？”威尔森太太想了一会儿，“我好像没见过。既然

① Alphonse and Gaston，美国漫画，作者是Frederick Burr Opper，1901年刊载在《纽约日报》上，内容描述两个礼貌过分周到的朋友，结果反被礼貌困住的故事。

请人家来了，亲爱的，就进来吧。吃饭了。”

“波埃德！”强尼大吼，“嘿，波埃德，快进来啊！”

“我来了。我要先把东西放下来。”

“快啦，不然我妈要发火了。”

“强尼，你这样对你朋友或是妈妈都很没礼貌啊，”威尔森太太说，“来坐下吧，波埃德。”

她转身招呼波埃德坐下的时候，看见他是个黑人小孩，个头比强尼瘦小，年纪相仿。他肩膀上扛着一堆劈好的木柴，“这些东西放哪儿，强尼？”他问。

威尔森太太转向强尼。“强尼，”她说，“你让波埃德做了什么？这些木柴怎么回事？”

“死掉的日本人，”强尼温和地说，“我们把他们固定在地上，然后用坦克车碾过去。”

“你好，威尔森太太。”波埃德说。

“你好，波埃德，你不该让强尼叫你扛那么多木柴的。坐下来吃饭吧，你们两个。”

“他为什么不应该扛这些木柴，妈？这都是他的木柴，我们在他家拿的。”

“强尼，”威尔森太太说，“吃饭。”

“当然，”强尼说。他拿起一盘炒蛋。“您先请，我亲爱的阿方斯。”

“您先请，我亲爱的阿方斯。”波埃德说。

“您先请，我亲爱的阿方斯。”强尼说。两个人吱吱咯咯地笑起来。

“你饿不饿，波埃德？”威尔森太太问。

“饿，威尔森太太。”

“那就别让强尼闹你。他总是不肯好好吃饭，你只管吃你的。饭菜多的是，你尽管吃。”

“谢谢，威尔森太太。”

“来，阿方斯。”强尼说。他把一大半的炒蛋都堆到波埃德的盘子上。波埃德看着威尔森太太把一碟炖西红柿摆在他的餐盘旁边。

“波埃德不吃西红柿的，对吗，波埃德？”强尼说。

“要说不吃西红柿的，强尼，不要因为你自己不喜欢吃，就把波埃德也拖下去。波埃德什么都吃。”

“打赌他不会吃。”强尼边说边捣着炒蛋。

“波埃德要长成一个强壮的男子汉，才能吃苦耐劳地工作啊，”威尔森太太说，“我相信波埃德的爸爸一定爱吃炖西红柿。”

“我爸爸想吃什么就吃什么。”波埃德说。

“我爸爸也是，”强尼说，“有时候他几乎什么都不吃。他是个小矮个儿，连一只跳蚤都不肯伤害。”

“我爸爸也是一个小矮个儿。”波埃德说。

“我相信他一定很强壮，”威尔森太太说。她有些犹豫，“他……在工作？”

“当然，”强尼说，“波埃德的爸爸在工厂做事。”

“看，是不是？”威尔森太太说。“他一定要有体力才行——工厂里那些工作，又抬又扛的。”

“波埃德的爸爸不需要做那些事，”强尼说，“他是领班。”

威尔森太太有被打败的感觉。“你妈妈做什么呢，波埃德？”

“我妈妈？”波埃德显得很吃惊，“她就照顾我们小孩啊。”

“喔。那，她没有工作？”

“她干吗工作，”强尼含着满口的炒蛋说，“你也没有啊。”

“你真的不吃一点炖西红柿吗，波埃德？”

“不用了，谢谢，威尔森太太。”波埃德说。

“不用了，谢谢，威尔森太太，不用了，谢谢，威尔森太太，不用了，谢谢，威尔森太太，”强尼说，“波埃德的姐姐要去工作了，她去当老师。”

“真是太好了，波埃德，”威尔森太太冲动地想要去拍拍波埃德的头，“我相信你们都为她感到很骄傲吧？”

“应该是吧。”波埃德说。

“那你其他的兄弟姐妹呢？我猜你们大家都很能自食其力地照顾自己吧？”

“家里只有我和琴恩，”波埃德说，“我现在还不知道我将来要做什么。”

“我们要做开坦克车的驾驶，我和坡埃德，”强尼说，“轰隆。”威尔森太太赶紧抓住波埃德的那杯牛奶，强尼的餐巾扣环这时候突然就变身成了一辆坦克，重重的犁过整张餐桌。

“看着，强尼，”波埃德说，“这里有个散兵坑，我在对你扫射。”

威尔森太太经验老到地迅速从架子上拿下姜饼，小心地把它放在坦克和散兵坑中间。

“尽量多吃点，波埃德，”她说，“我想看你吃得饱饱的。”

“波埃德吃很多，只是比我少一点点，”强尼说，“我的个子比他大。”

“你的个子没有多大，”波埃德说，“我可以把你打跑。”

威尔森太太深深地吸了一口气，“波埃德，”她说。两个孩子一起转头。“波埃德，强尼有几套衣服他穿起来小了，不过还很新很耐穿。我也有几件衣服，对你妈妈和姐姐或许还有些用处。你妈妈只要把它们改一改，你们都能穿得上，我很高兴送给你。在你走之前我会帮你打包，你和强尼就可以马上带回去给你妈妈……”她的声音愈变愈小了，她看见波埃德面有难色。

“可是我的衣服很多，谢谢你，”他说，“而且我妈妈好像不大会缝纫，反正需要什么我们就会去买。真的非常谢谢你。”

“我们没有时间带着这些旧东西四处走啦，妈妈，”强尼说，“今天我们要去跟同学玩坦克车。”

波埃德正想再拿一块姜饼的时候，威尔森太太把盘子拿走了。“有很多像你这样的孩子，波埃德，对于别人好心送衣服给他们都感激不尽呢。”

“假如你一定要他拿，波埃德会拿的，妈妈。”强尼说。

“我不是故意要惹你生气，威尔森太太。”波埃德说。

“我没有生气，波埃德，我只是对你感到很失望。好了，不必再多说了。”她开始收拾餐桌上的碗盘，强尼拉起波埃德的手往门口走。

“拜啦，妈妈。”强尼说。波埃德站定一会儿，注视着威尔森太太的后背。

“您先请，我亲爱的阿方斯。”强尼撑着门说。

“你妈妈还在生气吗？”威尔森太太听见波埃德小声地问。

“我不知道，”强尼说，“她有时候怪怪的。”

“我妈也是。”波埃德说。他迟疑着，“您先请，我亲爱的阿方斯。”

# 查尔士

我儿子罗力上幼儿园的那天，他不再穿有围兜的灯芯绒工装裤，改穿上系腰带的蓝色牛仔裤；眼看着他跟隔壁的大女孩一起走出去的那个早上，我清楚地看见我生命中的一个时代宣告结束，我那爱撒娇的，待在托儿所里的小小孩已经变成了一个穿起长裤，大摇大摆，走到转角也不记得回头向我挥手再见的家伙了。

他回家同样是那副样子，前门砰地推开，帽子往地板上一扔，声音也突然变成了粗嗓门，他嚷着，“这里有人在吗？”

午餐的时候他很嚣张地跟他爸爸说话，把牛奶泼到他妹妹身上，大谈他老师说我们不可以随便乱叫上帝的名字。

“今天上学好不好啊？”我刻意漫不经心地问。

“好。”他说。

“你有没有学到什么啊？”他爸爸问。

罗力冷冷地看他一眼。“我什么也没学到。”他说。

“随便什么，”我说，“一点都没学到？”

“老师打一个男生的屁股，”罗力对着他的牛油面包说。“因为他太坏。”他满口面包的补上一句。

“他做了什么呢？”我问，“他叫什么名字？”

罗力想了想，“叫查尔士，”他说。“他很坏。老师打了他，罚他站角落。他真的太坏了。”

“他做了什么？”我再问，可是罗力滑下椅子，抓了一块饼干，走开了，他爸爸还在说着：“嗨，儿子啊。”

第二天午餐的时候，罗力一坐下来就说：“今天查尔士又做坏事了。”他咧开嘴笑着说，“今天查尔士打了老师。”

“天哪，”我说，我特别留意不得随便叫上帝的名字，“我猜他一定又被打屁股了？”

“当然，”罗力说。“往上看。”他对他爸爸说。

“什么？”他爸爸抬起头往上看。

“往下看。”罗力说。“看我的大拇指。啊呀呀，你这个大傻子。”他开始发疯似的狂笑。

“查尔士为什么打老师？”我马上问他。

“她要他用红色的蜡笔着色。”罗力说，“查尔士要用绿色的蜡笔着色，所以他打老师，她就打他屁股，她说没有人会跟查尔士玩，可是大家都跟他玩。”

第三天——开始上学的第一个星期三——查尔士故意弹跷跷板把一个女生的头撞流血了，老师罚他下课留在教室里不准出去玩。星期四查尔士在说故事课的时间在角落罚站，因为他不停地用脚蹬地板。星期五查尔士被罚擦黑板，因为他扔粉笔。

星期六我对我先生说：“你觉得罗力上幼儿园是不是不太对？那种蛮横不讲理的样子，说话没大没小，那个叫查尔士的男孩尤其是个坏榜样。”

“没事的，”我先生笃定地说，“像查尔士这种人到处都有。倒不如现在就遇上来得好。”

星期一罗力回家晚了，带回来一大堆消息。“查尔士，”他在上山坡的时候嚷着。我焦虑地等在前门口的台阶上。“查尔士，”罗力一路吼着上来，“查尔士又做坏事了。”

“快进来吧，”等他一走近，我就说，“等着你吃午餐呢。”

“你知道查尔士做了什么吗？”他跟我走进门，“查尔士在学校一直吼一直吼，他们派一年级的一个男生去报告老师，老师叫查尔士闭嘴，所以放学以后查尔士被留在学校。所以所有的小朋友都留下来看着他。”

“他在做什么呢？”我问。

“他只是坐着。”罗力说，他爬上餐桌的椅子。“嗨，爸，你这个老拖把。”

“查尔士今天在下课后被罚留在学校，”我跟我先生说，“大家都陪着他。”

“这个查尔士长什么样子？”我先生问罗力，“他姓什么？”

“他个子比我大，”罗力说，“他没有雨鞋，他从来不穿夹克。”

星期一晚上是第一次家长会，只是孩子感冒了，我去不成，我真的好想去认识一下查尔士的母亲。星期二罗力突然说："今天我们老师有一个朋友来学校看她。"

"查尔士的妈妈？"我和我先生异口同声地问。

"才不是，"罗力轻蔑地说，"是个男的，来教我们做体操，大家要碰到自己的脚趾头才行。看。"他爬下椅子，弯下腰，手碰到他的脚趾头。"像这样，"他说。他严肃地回到座位上，拿起叉子，"查尔士没做体操。"

"那还好，"我由衷地说。"查尔士不想做体操吗？"

"才不是，"罗力说，"查尔士对老师的朋友太坏了，所以不准他做体操。"

"又怎样啦？"我说。

"他踢了老师的朋友，"罗力说，"老师的朋友要查尔士像我刚才那样碰脚趾头，查尔士就踢他。"

"他们会怎么处理查尔士呢，你觉得？"罗力的爸爸问他。

罗力煞有其事地耸耸肩膀。"叫他退学吧，我猜。"他说。

星期三星期四还是老套：查尔士在说故事课大吼大叫，打一个男生的肚子，男生哭了。星期五查尔士又被罚放学以后留下来，其他小朋友也跟着不能放学。

幼儿园上到第三个星期的时候，查尔士已经成了我们家里的一个代号了。如果小宝宝一个下午都在哭，那她就是查尔士；罗力把他的小车装满泥巴，在厨房拖来拖去，那罗力就是查尔士；甚至我先生，他的手肘勾到了电话线，桌上的电话、烟灰缸和花瓶全部都被扯了下来的那一刹那，他就说：“好像查尔士。”

到了第三和第四个星期，查尔士好像有了彻底的转变。第三个星期的星期二，罗力在午餐的时候脸色难看地说：“查尔士今天乖得不得了，老师给他一个苹果。”

“什么？”我说，我先生谨慎地加上一句，“你是说查尔士？”

“查尔士，”罗力说，“他分蜡笔、收拾课本，老师说他是她的小帮手。”

“怎么会？”我不敢置信地问。

“他是她的小帮手，就这样。”罗力耸了耸肩膀说。

“这会是真的吗，这个查尔士？”那天夜里，我问我先生。“真会发生这样的事吗？”

“等着瞧吧，”我先生带着嘲弄的口气，“碰上像查尔士这样难搞的人，搞不好他又是在要花样吧。”

他好像错了。整整一个星期，查尔士都是老师的小帮手，每天他都在分发东西，收拾东西，谁也不用在放学后留下来了。

“下星期又要开家长会了，”一天晚上，我跟我先生说。“这次我一定要去看看查尔士的妈妈。”

“去问问她查尔士究竟怎么回事，”我先生说，“我很想知道。”

“我也想知道。”我说。

在一切回归正常的那一个星期的星期五。“你知道查尔士今天做了什么？”罗力在午餐的时候问，那口气有一点点怪。“他叫一个女生说一个字，她说了，老师就用肥皂洗她的嘴巴，查尔士哈哈大笑。”

“什么字？”他爸爸蠢蠢的问，罗力说：“我必须小声地告诉你，这个字太难听了。”他爬下椅子，转到他爸爸那里。他爸爸低下头，罗力开心地凑在他耳朵边小声说。他爸爸两眼瞪得好大。

“查尔士叫小女生说这个？”他一个字一个字地问。

“她说了两次，”罗力说，“查尔士叫她说两次。”

“那查尔士后来呢？”我先生问。

“没事，”罗力说，“他分蜡笔啊。”

星期一早上查尔士不找那女生了，由他自己来说那个难听的字，而且说了三四次，每一次都被老师用肥皂洗嘴巴。他还扔粉笔。

我准备去幼儿园开家长会了，我先生陪我走到门口。“开完会，请她来家里喝杯茶吧，”他说，“我想看看她。”

“希望她在。”我诚心地说。

“她一定在，”我先生说，“我看没有查尔士的妈妈这家长会也不必开了。”

开会的时候我坐立难安，扫描着每一张安详自在的脸孔，试着判读哪一张脸孔暗藏着查尔士的秘密。在我眼里没有一个人有心慌意乱的样子。会议上没有一个人站起来为她儿子的种种行为道歉，更没有一个人提起过查尔士。

会后我找到罗力的幼儿园老师。她端着一个托盘，盘子上有一杯茶和一块巧克力蛋糕，我的盘子上是一杯茶和一块棉花糖蛋糕。我们一面小心地护着盘子，一面微笑。

“我一直很想见你，”我说，“我是罗力的妈妈。”

“我们大家对罗力都很感兴趣。”她说。

“啊，他很喜欢上幼儿园，”我说，“他一天到晚都在说幼儿园的事。”

“刚开始在适应方面有些小麻烦，大概在第一个、第二个星期的时候，”她一本正经地说，“不过现在他已经是个很不错的小帮手了，当然偶尔还会有些过失。”

“罗力通常适应得很快的，”我说，“我想这次是受了查尔士的影响吧。”

“查尔士？”

“是啊，”我笑着说，“你一定忙坏了，幼儿园里出了这么个查尔士。”

“查尔士？”她说，“我们幼儿园里根本没有查尔士啊。”

# 穿着亚麻的午后

房间很长很阴凉，装潢摆设舒适得体，大窗户外面有绣球花丛，地板上有摇曳的花影。房间里每一个人都穿着亚麻——小女孩穿着有蓝色宽腰带的粉红色亚麻洋装，凯托太太穿一身褐色的亚麻套装，戴一顶黄色亚麻料的大帽子，小女孩的祖母蓝依太太，穿着白色的亚麻洋装，凯托太太的小儿子霍华，穿着蓝色亚麻衬衫和短裤。小女孩看着她的祖母，心里想着，她好像《爱丽丝梦游仙境》里那个穿着白色纸衣的绅士喔。我就是书里那个穿着粉红色纸衣服的绅士，她想着。蓝依太太和凯托太太其实住同一条街，每天都见面，但今天是正式的拜访，所以她们在喝茶。

长形房间的一头是一扇很大的窗户，窗前有一台钢琴，霍华坐在那里。他在弹《诙谐曲》，弹得很用心，拍子不疾也不徐。我去年就弹了，小女孩想着，G大调小诙谐曲。蓝依太太和凯托太太仍旧手握着茶杯，耳朵听着霍华的弹奏，眼睛看着他，时不时地两人互看一眼微微一笑。只要我愿意，现在我还是会弹，小女孩想着。

霍华弹完了《诙谐曲》，溜下琴凳，走过来严肃地坐在小女孩身旁，等候他母亲的下一个指示。他个子比我大，她想着，可是我年纪比他大。我十岁。如果他们现在叫我弹奏，我会说不。

“你弹得很好啊，霍华。”小女孩的祖母说。沉默了好几分钟，气氛很凝重。然后，凯托太太说：“霍华，蓝依太太在跟你说话。”霍华看着他搁在膝盖上的两只手，低声地嘟囔着。

“我觉得他进步很大，”凯托太太对蓝依太太说，“他不大喜欢练习，不过进步蛮多的。”

“海莉很爱练琴，”小女孩的祖母说，“她在钢琴前面一坐就是好几个钟头，编一些曲调，边弹边唱。”

“她在音乐方面大概真的有天分，”凯托太太说，“我常常怀疑霍华到底有没有从音乐里得到什么教益。”

“海莉，”蓝依太太对小女孩说，“你要不要为凯托太太弹一首曲子？弹一首你自己编的小曲。”

“我一首也不会。”小女孩说。

“你当然会的，亲爱的。”她祖母说。

“我好想听一首你自己编的小曲，海莉。”凯托太太说。

“我一首也不会。”小女孩说。

蓝依太太看看凯托太太，耸了一下肩膀。凯托太太点点头，现出一个夸张的嘴形，“害羞。”接着转头得意地看着霍华。

小女孩的祖母用力把嘴唇抿出一道甜甜的笑容。“海莉啊，”她说，“就算我们不想弹什么小曲，我想我们也该让凯托太太知道，音乐还称不上是我们的最强项。我想我们应该表现另外一项最拿手的东西。海莉她，”她转向凯托太太继续往下说：“写了一些诗。我想请她朗诵给你听听，因为我觉得——也许是我的偏见吧，”她很谦虚地哈哈笑着，“就算那只是我的偏见吧，不过这些诗写得真的好。”

“喔，真的！”凯托太太说。她看着海莉，兴致勃勃。“哎呀，亲爱的，我不知道你还会这个！我可真的想听一听。”

“来，为凯托太太朗诵一首你写的诗吧，海莉。”

小女孩看着她的祖母，看着她脸上的甜笑，看着身体向前倾的凯托太太，看着坐在那里张着嘴，眼睛发光的霍华。“我不会。”她说。

“海莉，”她祖母说，“就算你背不出来，你还是有写下几首啊。我相信凯托太太一定很乐意听你为她朗读的。”

得意又好笑的感觉在霍华心中逐渐逐渐地增强，顷刻间排山倒海地冲了上来。“诗，”他在沙发上笑弯了腰，“海莉写诗。”他肯定会把这件事告诉整条街上的小孩，小女孩心想。

“我相信霍华一定是妒忌。”凯托太太说。

“啊，”霍华说，“我才不要写诗。你再怎么逼，我也不会去写诗。”

“你也没办法逼我，”小女孩说，“写诗的事都是骗人的。”

好长的一阵静默。然后——“海莉啊！”小女孩的祖母难过地说。“你怎么这样跟你祖母说话呢！”凯托太太说。“我觉得你应该道歉，海莉。”小女孩的祖母说。凯托太太说：“是啊，应该要的。”

“我又没做什么，”小女孩嘀咕着，“对不起。”

祖母的语气很严厉，“现在去把你的诗拿出来念给凯托太太听。”

“我真的没有，奶奶，”小女孩急切地说，“真的，我真的一首诗也没有。”

“好，我有，”祖母说，“你去书桌最上面那个抽屉里拿来给我。”

小女孩盯着她祖母抿成一条线的嘴巴和阴沉的眼睛，犹豫着。

“霍华去帮你拿吧，蓝侬太太。”凯托太太说。

“没问题，”霍华说。他跳起来奔到书桌前，拉开抽屉。“那是长什么样子的？”他大声嚷着。

“在一只信封里，”祖母肯定地说，“一只土黄色的信封，上面写着‘海莉的诗’。”

“有了。”霍华说。他从信封里抽出几张纸，仔细看了一会儿。“你看，”他说，“海莉的诗——关于星星。”他拿着纸，笑呵呵地奔向他母亲。“你看，妈妈，这就是海莉写的星星的诗！”

“拿过去给蓝侬太太，亲爱的，”霍华的母亲说，“先拆开信封是非常不礼貌的行为。”

蓝侬太太拿着信封和诗篇一并递给海莉。“是你来读还是由我来？”她和蔼地问。海莉摇摇头。祖母对着凯托太太叹了口气，拿起第一张纸。凯托太太热诚地倾着身，霍华挨在她的脚边，抱着膝盖，把脸抵着他的腿免得笑场。祖母清清嗓子，对海莉笑一笑，开始朗读。

“《黄昏的星星》。”她读着。

“当黄昏暮色降临，
黑暗渐渐聚集，
夜间的怪物群起叫唤，
只有风吹着孤单的声音，

我等待第一颗星星出现，
我寻找它银色的微光，
当青绿色的薄暮开始笼罩，
一颗孤星华丽的闪亮。”

霍华再也忍不住了，“海莉居然写星星的诗！”

“啊，太美了，海莉亲爱的！”凯托太太说，“真的太美了，真的。我不明白你为什么要害羞不肯说。”

“对吧，海莉？”蓝依太太说，“凯托太太也认为你的诗写得很好。现在你是不是觉得刚才那样的表现很不应该？”

他一定会去告诉整条街上的小孩，海莉想着。“不是我写的。”她说。

“哈呀，海莉！”她祖母大笑，“你用不着这么谦虚，孩子。你写的诗好得不得了。”

“我从书里抄来的，”海莉说，“我在一本书里看到，就把它抄下来给我的老奶奶，说是我写的。”

“我不相信你会做这种事，海莉。”凯托太太疑惑地说。

“我就做了，”海莉固执到底，“我就是从书里抄来的。”

“海莉，我不相信。”她祖母说。

海莉看着霍华，他正以一种佩服的眼光看着她。“我从一本书里抄来的，”她对他说，“有一天我在图书馆里找到的书。”

“我真不敢相信她说的，她怎么会做这种事？”蓝侬太太对凯托太太说。凯托太太摇了摇头。

“那本书叫作——”海莉想了一会儿，“叫作《自修写诗》，”她说，“就是这样。我一个字一个字地把它抄下来。我根本不会写诗。”

“海莉，真是这样吗？”她祖母说，接着转向凯托太太。“我要替海莉向你道歉，居然读了一首抄袭的诗给你听。我做梦也没想到她会欺骗我。”

“啊，他们会的，”凯托太太一副不以为然的样子，“他们为了得到注意和赞美，有时候什么花招都会使。我相信海莉绝对不是故意——呃，不诚实。”

“我真的这么做了，”海莉说，“我要大家以为是我写的。我说了我是故意的。”她走过去从祖母毫无反抗的手里拿走了那张纸。“以后你再也看不到这些诗了。”她说。她把纸藏到背后，藏到大家都看不见的地方。

# 花园

在佛蒙特的大宅院里一起住了将近十一年之后，两位温宁太太，母亲和媳妇，就跟那些共同生活在一起的女人一样，连长相都越来越像，在同一个厨房里忙活，用同一种方式料理家务。尽管年轻的温宁太太过去是只塔尔波特猎犬[①]，把黑头发剪得短短的，现在却是标准的温宁太太，镇上最古老家族里的一个成员，她的黑发开始变灰，甚至连变灰的位置也跟她婆婆最初长出灰发的位置相同，都在两边的太阳穴。两个人都有一张五官鲜明的瘦脸，一双表情丰富的手，尤其在清洗碗盘、剥豌豆皮或是擦拭银器的时候，那双手的和谐度更远远超过了她们心灵上的契合。有时候，在早餐桌上，年轻的温宁太太坐在她婆婆旁边，她的小女儿坐在她身边的幼儿座上，她会想着，她们现在的样子一定很像新英格兰壁纸上某种制式

① Talbot，白色猎犬，是米格鲁与寻血猎犬的祖先，因为用处不大又需要照顾，现已绝种。这个词现在成为素行良好的猎犬代号。

化的图案：母亲、女儿和祖母，背景应该是普利茅斯石[1]或协和桥[2]之类的。

在这个大冷天的早上，一如平常，她们慢慢地喝着咖啡，舍不得离开这个烧着煤炉，气氛愉快，干净又有食物的大厨房。她们静静地坐着，小女儿早已吃完了她的早餐，一个人安静地在她专属的小角落里玩着玩具，温宁家的孩子玩的玩具几乎千篇一律，都在同一只厚重的木头箱子里。

“春天好像永远不来了，”年轻的温宁太太说，“冷得烦了。”

“天气就这样，总会冷一阵子。”她婆婆说。她开始动作利落地收拾碗盘，这表示闲坐的时间结束，干活的时间到了。年轻的温宁太太立刻站起来帮忙，心里不下一千次地想着，婆婆永远不会放弃在这个家里的主导地位，除非实在老到动不了，没办法抢在别人前头为止。

“我真希望有人住进那栋老别墅，”年轻的温宁太太说。她拿着餐巾往餐具间走，走到一半停了下来，语带渴切地说：“要是在春天之前有人搬进来就好了。”年轻的温宁太太很久以前就想把别墅买下来，她希望丈夫能够自食其力，跟自己的孩子一起生活在属

---

① 普利茅斯岩又称为移民石，上面刻着“1620”的字样，据传是新移民涉过浅滩，踏上美洲大陆的第一块石头，供养在普利茅斯的港边。普利茅斯岩位于美丽的小镇普利茅斯，属于美国马萨诸塞州，在波士顿东南部的普利茅斯海湾边，距离波士顿55公里。

② 协和桥，气势雄伟，建于1791年，由工程师贝豪奈设计，桥身建筑石料取自巴士底狱，其寓意是“人民可以继续藐视旧城堡”。

于自己的房子里，可是现在，既然习惯了她夫家世代相传的这栋位在山顶的老宅院，对于小别墅，她已经把渴望转化成了善念，衷心地希望能看到一些幸福快乐的年轻人住进去。她听说别墅卖掉了，在新屋难求的情况下，现在老房子变得很抢手，所以她每天都在注意着新屋主入住的迹象。每天早上她在后阳台张望，看看别墅的烟囱口有没有烟气出现。每天下山去采买的路上经过别墅，她总会放慢脚步，留意着屋子里的动静。别墅是一月卖掉的，现在，过了将近两个月，外观上似乎更漂亮了，没有一点损伤，白雪轻柔地覆盖着杂草丛生的花园，窗户上垂挂着冰柱，屋子仍旧空空荡荡，温宁太太已经不再抱任何希望会有谁在那儿入住了。

温宁太太把餐巾收进储物间，撕了一张日历，再拿起洗碗巾走到水槽边加入她婆婆。“已经三月了。”她没精打采地说。

“昨天小店里的人很确定的告诉我，”她婆婆说，“这个星期，那栋别墅要开始粉刷了。”

“那表示真的有人要住进去了！”

“那么小间的屋子顶多一两个礼拜就刷完了。”老温宁太太说。

然而，快到四月的时候新屋主才搬来。雪几乎都化了，化成一条条带着冰块的小河在街道上奔流。地面泥泞难行，天空阴沉灰暗。再过一个月或许第一批新绿就要在林间大地绽现，但四月里多半还是冷雨和风雪的坏天气。小别墅里面已经粉刷过，新的壁纸也贴上了。前门台阶修整过，破掉的窗子也镶上了新的玻璃。不管天空多灰暗，雪水多肮脏，小别墅看上去整洁牢靠，天气放晴的时候，油漆工再回来粉刷屋子的外墙。温宁太太站在别墅步道的尽头，试着把它现在的样子跟她多年前想象中的样貌对照，那时她还抱着自己能够住进去的希望。当时她想在门廊旁边种玫瑰；这个不难，她要好好的规划一座色彩缤纷的花园。她要把屋子的外墙全部刷成白色，这也不难。因为别墅已经出售了，她没办法走进去，不过她仍记得那些小小的房间，那些向着花园的窗户，配上了色泽鲜艳的窗帘和小小的花坛会显得更加明亮，她还想着要把小小的厨房漆成黄色，楼上是两间阁楼式的卧室，天花板顺着屋檐向两边斜垂下来。温宁太太站在潮湿的步道上，望着别墅看了好久，才依依不舍地走向山下的小店。

几天后，她终于从杂货店老板那里听到了新住户搬来的消息。他拿绳子绑着三磅重的汉堡肉——这是温宁一家人一顿饭的数量——笑嘻嘻地问，“见到你们的新邻居了吗？”

“已经住进来了？”温宁太太问，“别墅里的人？”

“今天早上那位女士来过了，”老板说。“那位女士和一个小男孩，看起来人很和气。听说她丈夫过世了。长得挺好看的一位女士。”

温宁太太在镇上出生，杂货店老板的父亲常给她吃糖果和甘草片，当时现在的老板还是个高中生。后来，她十二岁，老板的儿子二十岁那年，温宁太太还曾偷偷地希望他会跟她结婚呢。现在他胖了，一个胖胖的中年人，他仍旧叫她海伦，她也仍旧叫他汤姆，但是她现在是温宁家的人，跟他说话的口气也随着改变，即便她心里百般不愿意，但如果肉质不好，牛油的价格太高，她还是会不客气地说他几句。她知道每当他称呼新搬来的邻居“女士”的时候，就有特别的意思了，这跟他把对方叫作“那女人”或者“那个人”是有所不同的。温宁太太知道他在其他顾客面前提起两位温宁太太都以“女士”相称。她迟疑了一会问：“他们真的搬来住了？”

“恐怕非得住上一阵子不可了，”老板耍冷幽默地说，“她买了一整个礼拜吃的和用的东西。”

拎着包裹上山的路上，温宁太太一直在用心的观察别墅里的动静。走到别墅的步道时，她刻意放慢脚步，尽量不让自己的窥探表现得太明显。烟囱看不到一丝烟气，屋子附近也看不见任何家具，不像一般人在搬新家的样子，不过有一辆半新不旧的车停在别墅前的街上。透过窗户，温宁太太好像看见有几个移动的身影。凭着一股冲动她转回步道，走向别墅的前门廊，只有在踏上台阶的时候稍稍挣扎了一下。她敲门，购物袋挂在手臂上，门开了，她低下头看见一个小男孩，暗自高兴，这孩子跟她的儿子年纪差不多。

“哈啰。”温宁太太说。

“哈啰。”男孩说。他很正经的打量她。

“你母亲在家吗？”温宁太太问。“我过来看看有没有什么需要帮忙的。”

“我们都搬好了。”男孩说。他正准备关门，一个女人的声音从屋里传出来，“大卫？你在跟谁说话吗？”

“那是我妈妈。”小男孩说。那女人走到他身后，把门稍许开大了些。“什么事？”她说。

温宁太太说：“我是海伦·温宁。我住在这条街上，隔三户人家左右，我想说或许可以帮上一点忙。”

“谢谢你。”那女人有些迟疑地说。她比我年轻，温宁太太想着，还不到三十吧。而且漂亮。温宁太太一目了然，为什么老板会称呼她是一位女士了。

“有人来住进这栋屋子真好。”温宁太太不好意思地说。从那女人的头上望过去，看得见小小的玄关，然后是稍大的客厅，再远些，靠左边那扇门进去就是厨房，楼梯在右手边，精致的楼梯栏杆新油漆过；他们把走廊漆成了浅绿色，温宁太太笑容可掬地向着门口的女人，心里想着，她做得很好，就该是这个样子，她懂得美化房子。

那女人很快地也露出笑脸，说：“要不要进来坐坐？”

她稍微退开让温宁太太进屋，温宁太太忽然惊觉她会不会太躁进[1]了，太热心了……“我真希望自己不要这么冒失，”她向着那女人冲口而出，“只是长久以来我一直想要住到这里来。”我干吗要说这个啊，她实在想不通。年轻的温宁太太已经很久没有出现这种不经大脑就直接把话说出来的情况了。

“来看我的房间。”小男孩热切地说，温宁太太笑看着他。

“我有个儿子跟你一样大，”她说，“你叫什么名字？”

---

① 冒进，轻率前进。

“大卫，”小男孩挨着他的母亲说，“大卫·威廉·麦克连。”

“我的儿子，”温宁太太一本正经地说，“叫作霍华·塔伯特·温宁。”

小男孩不知该说什么的抬头看着他母亲，温宁太太忽然觉得自己在这栋向往已久的小房子里有些局促不安起来。她说：“你几岁了？我儿子五岁。”

“我五岁。”小男孩仿佛第一次才认清了这个事实似的说。他又看了看他母亲，她优雅地说：“要不要进来看看我们整修过的样子？”

温宁太太把杂货包裹搁在绿色玄关一张细脚的桌几上，跟随麦克连太太走进客厅。客厅是L型的，有几扇窗户，温宁太太曾经想要为这些窗子装上华丽的窗帘，在窗口布置上一些花坛。踏进这间温宁太太熟悉的房间，她立刻满意地松了口气，一切都很对。每样东西，从壁炉里的柴火架到桌上的书刊，如果年轻个十一岁，温宁太太肯定也会这样摆设。虽然有些不太正式，质地或许也不如年轻的温宁太太想要的选择，但仍旧很像样，无可挑剔。壁炉台上有一张大卫的照片，边上的一张，温宁太太猜想应该就是大卫的父亲。矮几上摆着一只好看的蓝碗，在L型角落的一个架子上竖着一排橘色的彩盘。还有一张抛光的浅棕色餐桌和几把椅子。

“很可爱，”温宁太太说。这里本来应该是我的，她想着，她站在门口又再说一次，“非常可爱。”

麦克连太太走向壁炉旁的扶手椅，从把手上拿起一块蓝色的软布料。“我在做窗帘，”她伸出一根手指，用指尖触摸着那只蓝碗。“我习惯以这只蓝碗作为屋子的中心点，”她说，“窗帘也是相同的蓝色，还有地毯——就快送过来了！——设计图案也一样是蓝色。”

“跟大卫的眼睛很搭。”温宁太太说，麦克连太太又笑了，她这才发现跟麦克连太太的蓝眼睛也很搭。太多的吻合令温宁太太简直不知如何是好，她忍不住地说：“你是不是把厨房漆成黄色？”

“是啊，”麦克连太太惊讶地说，“快进来看看吧。”她带头穿过了L型的客厅，绕过那一排橘色的彩盘走进厨房，厨房里亮着上午的阳光和新漆，还有光洁的铝合金厨具。温宁太太看着电咖啡壶、威化饼烤模和烤面包机，想着，总共两口人，相信她做饭不会太麻烦。

“等我有了花园，”麦克连太太说，“我们几乎可以从每个窗户都看见。”她朝那几扇厨房的大窗户比个手势，说：“我很爱花园。只要天气一放晴，我想我大概会把一大半的时间都花在这上头。”

“这是很适合有花园的一栋屋子，”温宁太太说，“我听说以前这里的花园是这条街上数一数二的漂亮。”

“我想也是，”麦克连太太说，“我要在屋子四面全部种上花。有了这样一栋别墅真的是可以的，你知道。”

我知道，啊，我当然知道，温宁太太心酸地想着，想着这本应属于她的一座美丽花园，而不是像现在温宁大宅周边的那一整排金莲花，她也是很仔细地照顾着；温宁大宅周围的花就是长不好，因为老大的枫树林把整个院子的阳光都遮住了，这片枫林在屋子建造时就已经长得很高了。

麦克连太太把楼上的浴室也漆成黄色，垂檐下面的两间小卧室漆成绿色和玫瑰红。“全部都是花园的颜色。”她开心地对温宁太太说。温宁太太想到了温宁大宅那些卧室里严肃又不搭调的配色，她叹了口气，对窗槛底下摆两张座椅的构想赞赏不已。大卫的卧室是绿色的，他的小床紧贴着窗户。“今天早上，”他郑重其事地告诉温宁太太，“我看见窗外有四条冰柱挂在我的床铺旁边。”

温宁太太逗留的时间远远超过了她的预期；即便麦克连太太亲切又热诚，她还是觉得她的造访有些过头，她已经从礼貌变成了好奇。这还是其次，真正迫使她离开的是突发的罪恶感，她包裹里的三磅汉堡肉，还有温宁家的男人等着吃的午餐。临走时，她向站在门口的麦克连太太和大卫挥手道别，并且邀请大卫来家里跟霍华一起玩，也邀请麦克连太太过来喝茶，欢迎他们找个时间上来一起吃午餐，而所有这些邀请都没有经过她婆婆的同意。

她勉勉强强地回到大宅，绕过闩紧的前门，从步道走向后门，冬天全家人都习惯从这里出入。她走进厨房，婆婆抬起头气冲冲地说：“我打电话到店里，汤姆说你一个钟头前就离开了。”

“我在小别墅那儿待了一会。”温宁太太说。她把包裹搁在桌上，迅速地把包裹里的东西取出来，甜甜圈放在盘子上，汉堡肉放进锅里。身上仍穿着大衣，头上还包着丝巾，她用最快的速度忙活着，婆婆在厨房餐桌上一边切面包一边静静地看着她。

“把大衣脱了，”婆婆终于开口，“你丈夫马上就到家了。”

十二点，屋子里人声嘈杂，厨房地板上全是泥脚印。老霍华，温宁太太的公公，从田里回来，先在玄关把帽子大衣挂好，再进来跟老婆和媳妇说话。小霍华，温宁太太的丈夫，从谷仓回来，先把推车收拾好，向太太点个头，再亲亲母亲。小小霍华，温宁太太的儿子，从幼儿园回来，一头冲进厨房，嚷着：“可以吃饭了吗？”

等着吃饭的小宝宝，扒在高脚椅子上拿着银碗，这只碗最早是老霍华的母亲用过的。温宁太太和她婆婆快速地把餐盘摆上餐桌，多年的经验累积，她们对于谁最后一个到，哪时候该上菜，在时间上都能拿捏得恰恰好。在这里，温宁家三代就在这一段短暂的时间里安静又高效率地吃着，每个人都急于回到自己的工作岗位：农场、磨坊、电动火车、洗碗盘、缝纫、午睡。温宁太太一面喂着婴儿，一面留意婆婆的态度，今天的动作好像比平常更强势，她想，最起码她又给他们添了一个霍华，有着温宁家的眼睛和嘴巴，光凭这个就值得换取她的吃和睡了吧。

饭后，男人回去工作，小孩都上了床，宝宝在睡午觉，小小霍华抱着蜡笔和图画簿，温宁太太跟婆婆坐在一起缝缝补补，她提起了那栋别墅。

“真的太完美了，”她说，“样样都美。她打算等到全部完工之后，比如窗帘什么的，再请我们去她家参观。”

“我跟布莱克太太正在聊，”老温宁太太说，感觉像是在表示认同。“她说那个丈夫出车祸死了。她名下有一笔钱，我看她是决定要在这里住下了，为了小孩的健康吧。布莱克太太说他一副营养不良的样子。”

“她喜欢花园，”温宁太太说，她手里仍拿着针线。“她打算屋子周围都是大花园。”

“那她需要帮手才行，”老妇人不苟言笑地说，“那可是一座大得不得了的花园啊。”

“她有一只好漂亮的蓝碗，妈妈。你一定爱，几乎就像银的一样。”

“有可能，”老温宁太太顿了一下说，“有可能她的家人过去在这里待过，所以她会选择这里。”

隔天，温宁太太刻意慢慢地走过别墅，隔天又慢慢地走过，再隔天、再隔天同样如此。在第二天的时候，她看见麦克连太太在窗口，便向她挥挥手，第三天，她在步道上遇见了大卫。“你什么时候过来看我儿子啊？”她问他。他正经八百地看着她说：“明天。”

在第三天，住麦克连家隔壁的博登太太跑去了，他们做了苹果派，事后她向所有的邻居描述了那个黄色厨房和那些晶亮的电器用品。另外一个邻居，她的先生去帮麦克连太太生火炉，她说麦克连太太是新寡。几乎每天都有一个当地人过去造访麦克连太太，小温宁太太经过的时候，常常会在窗口瞧见一些熟悉的面孔，要不就是向站在门阶上跟麦克连太太闲聊的熟人挥手打招呼。麦克连太太搬来大约一个星期的时候，小温宁太太有天在杂货店碰见了她，她们一起回山上，聊着大卫要不要上幼儿园的事。麦克连太太想尽量拖延一些时间再说。小温宁太太问她，“你不会觉得被绑住了吗，他这样成天地跟着你？”

“我喜欢这样，”麦克连太太开心地说，“我们彼此做伴。”小温宁太太这才想起麦克连太太在守寡，她觉得自己真是太莽撞了。

天气渐渐暖和，新来乍到的绿意出现在树梢和潮湿的地面，小温宁太太和麦克连太太成了好友。她们俩几乎天天在杂货店碰面再一起上山，大卫来过两次，跟霍华一起玩电动火车，有一回麦克连太太上来接他，待在大厨房里喝咖啡，两个男孩绕着餐桌跑圈圈，温宁太太的婆婆出去串门子了。

“好老的一栋房子，”麦克连太太抬头望着暗暗的天花板说。“我爱老房子，安全又温馨，曾经有那么多人在里面心满意足地生活过，那是多么骄傲的一种感觉。新房子就不会有这种感觉。”

“这个阴沉的老地方，”温宁太太说。穿着玫瑰红毛衣，一头柔润亮丽的秀发，麦克连太太成了这间厨房里的一个娇点，温宁太太知道这是她无论如何也没有办法复制的。“能住到你那栋屋子里要我给什么都愿意。”温宁太太说。

“我也好爱它，”麦克连太太说，“我从来没这么快乐过。这里的每个人都那么好，房子又漂亮，我昨天种了不少花。”她哈哈笑着，“以前我坐在纽约的公寓里，就老是在做种花种草的梦。”

温宁太太看着两个男孩，心想着霍华长得高又壮，比大卫高出半个头多，大卫那么的矮小瘦弱，又那么的黏母亲。“这对大卫很有益处的，”她说，“看他脸颊都红润起来了。”

“大卫很喜欢。”麦克连太太赞同地说。听见母亲叫自己的名字，大卫立刻跑过来把头腻在她腿上，她摸着他的头发，他的发色跟她的一样闪亮。“我们该回家了，乖大卫。”她说。

“说不定我们的花昨天就开始长了。”大卫说。

渐渐地，白天变得越来越长越来越热，麦克连太太的花园展现出了缤纷的色彩，开始看得出一些眉目了，现在虽然还很稚嫩，相信到了这个夏末一定会芬芳浓郁，明年的夏天也一样，就算再十年后的夏天也不会变。

“比我预想的更好呢，”麦克连太太站在花园门口对温宁太太说，“花草在这里长得似乎比其他地方都来得好。”

放了暑假，大卫和霍华每天都玩在一起，霍华整天自由自在。有时候霍华会留在大卫家里吃午餐，再一块儿到麦克连家的后院种菜。温宁太太总在上午去杂货店的路上到麦克连太太家打个转，大卫和霍华两个孩子抢在她们前面，边走边玩。他们一起拿信，在回程的路上一起读信，有了麦克连太太做伴，温宁太太回到温宁大宅时的心情要比以前快乐多了。

有天下午，温宁太太把小宝宝放进霍华的推车里，带着两个儿子到乡间漫步。麦克连太太采了一枝皇后蕾丝，把它放在推车里。两个小男孩发现了一条花斑蛇，想要把它带回家。回山上的时候，麦克连太太帮忙拉着载了宝宝和皇后蕾丝花的婴儿车，半路上他们停下来歇息，麦克连太太说：“你看，从这里一路上去都看得见我的花园。”

位在小山顶上的花园还只是一个彩色的斑点，他们站在那儿望了一会儿，小宝宝把皇后蕾丝扔出了推车。麦克连太太说：“我常常想从这里远远地看着它。”她顿了一会，忽然说：“那个漂亮的小孩是谁啊？”

温宁太太看了一眼，笑起来。“他很迷人对不对？”她说，“那是比利·琼斯。”她也学麦克连太太那样仔细地看着他。他是个十二岁左右的男孩，静静地坐在对街的一堵墙上，两手捧着下巴，默默地看着大卫和霍华。

“他好像一尊年轻的雕像啊，”麦克连太太说，“乌溜溜的，我们过去看看他的脸好不好？”她往前走，想把他看得更清楚，温宁太太跟着她。“我认不认识他的父母——？”

“琼斯家的小孩有一半黑人的血统，”温宁太太赶紧说，“不过他们个个都长得好漂亮，你真该看看那个女孩。他们住在城外。”

霍华的声音在夏日的空气里清晰无比。“黑鬼，”他在说，“黑鬼，黑小鬼。”

“黑鬼。”大卫笑呵呵地跟着说。

麦克连太太惊得一喘，说：“大卫！”这语气令大卫立刻转过头来。温宁太太从来没听过她这位朋友出现过这样的语气，她也紧盯着麦克连太太。

“大卫，”麦克连太太再说一次，大卫很慢很慢地走过来。

"我听见你在说什么？"

"霍华，"温宁太太说，"别去闹比利了。"

"快去跟人家说对不起，"麦克连太太说，"马上去跟他说对不起。"

大卫泪眼汪汪地看着他母亲，再走到街沿，朝对街喊着："对不起。"

霍华和温宁太太浑身不自在地站着，对街的比利·琼斯抬起了头，看着大卫，再看麦克连太太，看了很久。然后他两只手又捧住了他的下巴。

麦克连太太突然喊着，"年轻人——可以请你过来一下吗？"

温宁太太吓住了，她瞪着麦克连太太，对街的男孩没有动静，温宁太太厉声呼叫，"比利！比利·琼斯！快过来！"

男孩抬起头看他们一眼，慢慢从墙上下来，慢慢过街。当他走到离他们五尺的时候，他停下来，等着。

"哈啰，"麦克连太太温和地说，"你叫什么名字？"

男孩对着她看了一会，再看温宁太太。温宁太太说："他叫比利·琼斯。问你话要回答啊，比利。"

"比利。"麦克连太太说，"我很抱歉我的孩子对你说话这么不礼貌，他年纪还小，也弄不清楚自己在说些什么。不过他也觉得很对不起你。"

"没关系。"比利说，眼睛仍旧盯着温宁太太。他穿着一条旧牛仔裤、一件破白衬衫，光着脚。他的皮肤和头发都是同一个颜色，泛着金光的深咖啡色，他的头发微微的自然卷，活脱就像花园里摆设的一尊雕像。

“比利，”麦克连太太说，“你愿不愿意来帮我做事？赚些零用钱？”

“当然。”比利说。

“你喜欢园艺吗？”麦克连太太问。比利认真地点点头。“因为，”麦克连太太热诚地继续往下说，“我很需要有个人来帮忙整理我的花园，你要做的就是这件事。”她停了一下再说：“你知道我住在哪儿吗？”

“当然。”比利说。他的眼睛离开了温宁太太，对着麦克连太太看了一会，那对褐色的眼睛毫无表情。他的视线又再回归到温宁太太脸上，温宁太太在看跑开的霍华。

“好，”麦克连太太说，“你明天能来吗？”

“当然。”比利说。他等了一会儿，看看麦克连太太再看看温宁太太，然后跑回对街，翻过刚才坐在上面的那一堵墙。麦克连太太赞赏地望着他。她向温宁太太笑一笑，拽了一把推车，开始往山上走。快到小别墅的时候，麦克连太太才开口说话。“我最受不了的就是，”她说，“听那些孩子随便攻击人家没有办法改变的一些事实。”

“他们都很奇怪，琼斯那一家人，”温宁太太忙不迭地说。“父亲是个打杂工的，说不定你见过他。你知道——”她的声音忽然低了下去——“母亲是个白人，是这里的人。一个本地女孩，”

为了让这位外地来的人听得更明白，她特别强调地说。“比利两岁那年她离开了那个家，跟一个白人跑了。”

“可怜的孩子们。”麦克连太太说。

“他们还好，”温宁太太说，“有教会照顾，这是当然的，大家也经常会给他们一些东西。那女孩子现在长大了也能工作了，她十六岁，只是……”

“只是什么？”见温宁太太欲言又止，麦克连太太追问。

“呃，很多人在说她，你知道的，”温宁太太说，“总是会想着她母亲的事情吧。另外还有个男孩，比比利大两三岁。”

他们停在麦克连家的门前，麦克连太太摸摸大卫的头发。“歹命的孩子。”她说。

“小孩子们都用难听的话骂他，”温宁太太说，“没办法。”

“唔……”麦克连太太说，“可怜的孩子。”

隔天，洗完碗盘，温宁太太和婆婆联手把它们一一收好，老温宁太太随兴地说：“布莱克太太跟我说，你的朋友麦克连太太向街坊邻居打听怎么联系琼斯家那个男孩。”

“她大概想找个人帮忙整理她的花园吧，”温宁太太心虚地说，“那么大个园子，她需要帮手。”

“这是哪门子的帮忙，”老温宁太太说，“你把他们的情形告诉她了？”

“她好像很同情他们。”温宁太太在餐具间里面仔细地排着餐具。她借着排餐盘的时间整理一下自己的思绪。她不应该这么做，她想，她的心思却拒绝给她一个正当的理由。无论如何，她最后的想法是，她应该先来问我才对。

第二天，温宁太太和麦克连太太从杂货店回山上，顺路到别墅小坐一会儿。她们坐在黄色的厨房里喝着咖啡，两个小孩在后院玩耍。正在讨论可不可以在苹果树中间架吊床的时候，有人敲厨房门，麦克连太太开门见一个男人站在那里。

“有什么事？”她客气地问，等着对方说话。

“早安，”男人说。他摘下帽子，向麦克连太太点个头。“比利告诉我，你在找人到你花园来打工。”他说。

“啊……”麦克连太太不自在地瞟着温宁太太。

“我是比利的父亲。”男人说。他朝后院点点头，麦克连太太看见比利·琼斯坐在一株苹果树下，抱着胳臂，两眼盯着脚边的青草。

“你好。”麦克连太太不置可否地说。

“比利告诉我，你说要他来你花园打工，”男人说，“这个，我想以他的年纪，夏天出来打工好像太吃重了，这么好的天气他应该出来多玩玩。这份工作倒是很适合由我来做，所以我过来看看，不知道你找到人没有。”

他很高大，非常像比利，除了比利的头发只是稍微地卷，他父亲的头发卷得超厉害，头上有一圈印子，这是帽子压出来的痕迹。比利的皮肤是深咖啡色，他父亲的皮肤更黑，几近古铜色。他的动作，跟比利一样，非常优雅，他的眼睛也是同样深邃的褐色。“我很愿意在这座花园里工作，”琼斯先生看着周遭说，“这地方太好了。”

“谢谢你特地过来，”麦克连太太说，“我的确需要帮手。”

温宁太太不作声地坐着，她不想在琼斯先生面前说话。她想，她真该先问过我，这根本不可能……琼斯先生默默地站着，恭敬地听着，麦克连太太在说话的时候，他的黑眼睛注视着她。“这些工作让比利这样一个小孩子来做确实太重了，”她说，“我一个人实在忙不过来，所以才想找个人来帮忙。”

“那好，”琼斯先生说，“这个忙我一定帮得上。”他微微笑着说。

“好，”麦克连太太说，“那，就这么说定了。你想什么时候开始？”

“马上就开始行吗？”他说。

“太棒了，”麦克连太太热烈地说，接着侧过脸对温宁太太说：“不好意思，失陪一下。”她从门边的架子上取下园艺手套和大草帽。“天气太好了，你说是不是？”她随口问着，踏进了花园，琼斯先生站开一边让她过。

“你回去吧，比利。”琼斯先生边走边喊，他们走向屋子的一侧。

“啊，为什么不让他留下来？”麦克连太太说。他们走出了视线，温宁太太能听见她的声音。“他可以在花园里玩，说不定他会喜欢……”

温宁太太坐在那里对着花园看了一会儿，琼斯先生跟随着麦克连太太走到拐角，这时，霍华的小脸出现在门边，他说：“嗨，是不是该回去吃饭了？”

“霍华，”温宁太太轻声地说，他进来走到她身边。“你先回去，”温宁太太说，“我一会儿就回去。”

不等霍华抗议，她又说：“快走吧。你要是提得动，顺便帮我把这包东西带回去。”

霍华被她后面这句话打动了，他立刻提起那包杂货，包裹的重量使得他的肩膀一紧，以他的年龄来说，他的肩宽已经超出了正常的宽度，这一点完全像他的父亲和祖父，他站得稳稳的。“我是不是很强壮？”他得意非凡地问。

“非常强壮，”温宁太太说，“跟奶奶说我马上回去。我得跟麦克连太太说声再见再走。”

霍华离开了，温宁太太听着他提了那一大袋杂货吃重的脚步声，听着他穿过前门走下台阶。温宁太太站起来靠门边站着，麦克连太太回来了。

“你要走了吗？”麦克连太太说，她看见温宁太太穿上了外套。“不把咖啡喝完？”

“我得赶紧去追上霍华，”温宁太太说，“他先跑走了。”

“真对不起，都是我害的。”麦克连太太说。她站在门口，温宁太太的身边，眼睛望着花园。“一切都太美好了。”她快活地笑着。

她们俩一起穿过屋子，蓝色的窗帘已经挂上，蓝色图案的地毯也已经铺在了地板上。

“再见。”温宁太太站在前门的台阶上说。

麦克连太太一脸的笑容，顺着她的目光，温宁太太转身看见了琼斯先生，他脱了衬衫，壮硕的背部在太阳下闪闪发亮，他正弯着腰拿着大镰刀在处理屋旁的野草。比利在附近树荫底下躺着，在逗弄一只灰色的小猫咪。“我不久就会有一座全镇最美的花园了。”麦克连太太自豪地说。

“今天以后你不会再找他来打工了吧？”温宁太太问，“你顶多只是叫他做今天一天的工吧？”

“可是其实——”麦克连太太露出一个勉为其难的笑容，不再说下去，温宁太太抱着怀疑的眼光对她注视了一会儿，转过身，生气又尴尬地走了。

霍华提着杂货袋安然无恙地回到家，婆婆已经在排餐具了。

“霍华说你叫他先回家，”她婆婆说，温宁太太只简单地应了一句，“我看时间晚了。”

翌日上午，温宁太太下山去杂货店，路过小别墅，她看见琼斯先生在屋旁熟练地使着镰刀，比利·琼斯和大卫坐在前门阶上看他干活。“早啊，大卫。”温宁太太招呼他，“你妈妈准备好要上街了吗？”

“霍华呢？”大卫问，他坐着不动。

“他今天跟他奶奶待在家里。”温宁太太轻松地说，“你妈妈准备好了吗？”

“她在给我和比利做柠檬汁，”大卫说，“我们要在花园里喝。”

“那替我告诉她，”温宁太太立刻说，“就说我赶时间，我要先走了。待会儿再跟她见面。”她急匆匆的下山去了。

在杂货店里，她遇见哈瑞斯太太，这个女人的母亲之前在温宁家为老太太工作了将近四十年。“海伦，”哈瑞斯太太说，“你头发越来越白了。你不要再这样忙东忙西的了。”

几个星期以来，这是头一次温宁太太在店里没有麦克连太太做伴，她腼腆地笑笑说她也觉得需要一个假期。

“假期！”哈瑞斯太太说，“换你先生去做做家务，反正他闲着没事。”

她哈哈大笑，摇了摇头。“闲着没事？”她说，“温宁这一家人！”

温宁太太正要走开，哈瑞斯太太抢着说，她的笑声里突然多了一分尖锐的好奇心。“你那位打扮光鲜的朋友呢？平常你们不都是一起上街的吗？”

温宁太太礼貌地笑笑。哈瑞斯太太说，边说又边笑，“真不敢相信她居然穿那种鞋，我真是开了眼界。那双鞋！”

趁她再次哈哈大笑的时候，温宁太太立刻逃到肉摊，跟老板热烈地讨论起猪腿肉的好坏。哈瑞斯太太只是说出了大家在说的话，她想着，难道他们在背后都是这么说麦克连太太的吗？他们都这样嘲笑她吗？想到麦克连太太，她就想到那安静的屋子，柔和的色调，在花园里的母与子。麦克连太太的鞋是黄绿两色的厚底拖，跟温宁太太的正统白皮鞋比起来当然很怪异，可是跟麦克连太太的小屋和她的花园在一起，简直是绝配……哈瑞斯太太来到她身后，又是笑着说："怎么搞的，现在那个琼斯在帮她做工啊？"

温宁太太匆匆地赶回山上，经过小屋没看见半个人影，婆婆在家门前等她，看着她走完最后一小段路。"今天回来得真早，"她婆婆说，"麦克连出去了吗？"

温宁太太没好气地回说："哈瑞斯太太的那些笑话把我从店里赶出来了。"

"露西·哈瑞斯离开她那个无药可救的男人并没什么不对。"老温宁太太说。婆媳俩一起绕过屋子走向后门。温宁太太发觉树林底下的小草长得又浓又绿，屋旁的金莲花也十分亮丽。

"我有件事要跟你说，海伦。"老温宁太太说话了。

"是？"她媳妇说。

"是麦克连那孩子，是关于她的事，我的意思是。你和她很熟，你应该劝劝她，跟她好好谈谈那个在她家打工的黑人。"

"我也这样想。"温宁太太说。

"你真的跟她说过吗？你跟她说了那家人的事吗？"

"我说了。"温宁太太说。

"他天天都在那儿，"她婆婆说，"而且打赤膊干活，连衬衫也不穿，在屋里进进出出。"

那天晚上，博登先生来访，他是住麦克连太太隔壁的邻居。他来找霍华·温宁谈工厂里新到的一批瓦片板。温宁太太在前面房间，坐在婆婆旁边在桌上做针线，博登先生忽然转向温宁太太，略微抬高了声音说："海伦，我希望你告诉你那位朋友麦克连太太，叫她的孩子别碰我的菜园。"

"大卫吗？"温宁太太下意识地说。

"不是，"博登先生说，温宁一家人全都看着小温宁太太，"不是，是另外一个，黑皮肤的那个。他老是在我们家后院乱闯。太让我生气了，那孩子随随便便糟蹋别人的产业。你们知道，"她说着转向两位霍华·温宁先生，"你们知道，那真的会叫人抓狂的。"一阵静默，博登先生沉重地站起来，"我看该向各位说晚安了。"

全家人送他到门口，然后默默无言地回屋。我必须想个办法才行，温宁太太想着，要不了多久大家就不会来找我了，他们会派个代表出来跟我说话。她一抬头，发现婆婆正看着她，两个人立刻同时垂下了目光。

结果，第二天上午温宁太太比平常提早下山采买，她和霍华还没走到麦克连的小屋就先过马路，从对街走下山。

"我们不去看大卫吗？"霍华问。温宁太太不当回事地说："今天不了，霍华。今天下午你爸爸也许会带你去工厂。"

她甚至连看都不看麦克连的小屋，只顾着赶紧跟上霍华。

那以后，温宁太太偶尔会在杂货店或是邮局里碰见麦克连太太，两个人还是聊得很愉快。经过一两个星期之后，温宁太太对于走过小屋不再感到尴尬，甚至有一两次她还能坦然地看着它。花园整治得越来越漂亮了；琼斯先生宽厚的背部经常在树丛中出现，比利·琼斯不是坐在台阶上，就是跟大卫在草地上躺着。

有天上午在下山的途中，温宁太太听见大卫·麦克连和比利·琼斯这两个孩子之间的一段对话。他们在树丛里，她听见熟悉的大卫高八度声音说着，“比利，你今天要不要跟我一起盖房子？”

“好啊。”比利说。温宁太太故意稍微地放慢脚步听着。

“我们用树枝来盖一栋大房子，”大卫兴奋地说，“等到房子盖好了，我们去问我妈咪可不可以在那里吃午饭。”

“单单用树枝盖不出房子来的，”比利说，“你还要有木头和木板。”

“还有椅子桌子碗盘，”大卫赞同地说，“还有墙壁。”

“问你妈咪可不可以搬两张椅子出来，”比利说，“那我们就可以假装这整座花园都是我们的家。”

“我再去拿些饼干过来，”大卫说，“那我们就可以请我妈妈和你爸爸一起来我们的家。”温宁太太从步道走过去的时候还听见两个孩子在大声嚷嚷。

你不得不承认，她好像在做批判似的对自己说，你不得不承认他确实为这座花园做了很多事；它确实是整条街上最漂亮的一座花园。而比利的表现就好像他跟大卫可以平起平坐似的。

炎炎夏日，每天都是一样的热，一样的漫长，所以，那一阵小雨究竟是下在昨天还是前天，也已经分不清了。晚餐后，温宁一家人在院子里纳凉，在暖呼呼的黑地里，温宁太太才有机会坐在她先生的边上，摸一下他的胳臂。她绝无可能去教霍华热情地扑向她，把头枕在她的腿上，也不可能去鼓励他逾越温宁家的敷衍示爱方式，但是她很能安慰自己，至少他们是完整的一家人，这是实在而值得尊重的一件事。

炎热的天气持续着，为了延迟在大太阳底下上山的苦行，温宁太太在杂货店里待的时间变长了。她在店里跟老板聊天，跟镇上其他那些年轻的妈妈们，跟她婆婆的老朋友们，聊天气，聊镇上不愿意兴建游泳池的事，聊在秋季开学前必须完成的工作，聊水痘，聊恳亲会。一天上午她在店里遇见博登太太，两个人谈着各自的先生，谈着天气，谈着小孩子在热天里的活动，博登太太话题一转。“对了，这个星期六是强尼六岁生日，他要办一个生日派对。霍华能来吗？”

“太好了。”温宁太太说，她立刻想到了他的白短裤、蓝衬衫和一件包装精美的礼物。

“大概有八个小朋友，”博登太太的口吻看似漫不经心，就像那些明明非常用心在为孩子办派对的爱心妈妈们一样。“要在我们家吃晚饭，当然——三点半左右把霍华带过来就可以了。”

“真的很棒，”温宁太太说，“他听了一定高兴极了。”

“我本来想让他们都在外面玩，”博登太太说，“可是这种天气。所以也准备了一些在室内玩的游戏，还有晚餐。尽量简单就是了——你知道的。”她犹豫着，手指一圈又一圈的画着咖啡罐的边缘。“呃，”她说，“我希望你不要介意我这样问你，假如我不邀请麦克连家的孩子，你没关系吧？”

一时间温宁太太有些不舒服，她停了一会儿，稳住声音轻松地说：“你决定就好，我没关系的。你何必问我呢？”

博登太太大笑。“我还以为他没来你会介意呢。”

温宁太太起了疑心。事情不对劲了，大家好像知道什么却瞒着我，装出若无其事的样子，这种情形以前从来没发生过；我是温宁家的人，不是吗？“真的，”她摆出温宁大宅的气势说，“我为什么要介意呢？”我是不是太小题大做了？她心里嘀咕着，我是不是太毛躁了？我是不是应该不去理会？

博登太太显得很尴尬，她把那罐咖啡放回架子上，认真地研究起货架上其他的东西。“对不起，我不该提这事的。”她说。

温宁太太觉得她应该再说些什么，说两句清楚表明自己立场的话，博登太太下次就再也不敢用这种口气对待一个温宁家的人了，至少不会用“我希望你不要介意我这样问你”的问话方式。“毕竟，”温宁太太字斟句酌地说：“她现在就像比利的第二个妈。”

博登太太不敢置信地转身看着温宁太太，表情十足地说：“天哪，海伦！”

温宁太太耸耸肩膀一笑，博登太太也笑。温宁太太说：“我真的替那个孩子难过。”

博登太太说：“那么可爱的一个孩子。”

温宁太太才说了一句：“现在他和比利一天到晚都在一起。”抬起头看见麦克连太太就站在货架间隔道的尽头望着她；很难判断她到底有没有听见她们的谈话。温宁太太镇定地对麦克连太太看了一会儿，不慌不忙地说：“早，麦克连太太。你的孩子今天早上去哪了？”

“早，温宁太太。”麦克连太太说着就离开了间隔道，博登太太抓着温宁太太的胳膊，做出一个忍到极限的表情，两个人再也憋不住，她和温宁太太同时放声大笑。

过后不久，温宁大宅院里枫林底下的草地依旧一片绿油油，温宁太太每天经过小屋的路上，她注意到麦克连太太的花园持续受着酷热的煎熬。花朵在大太阳下枯萎了，不再鲜明亮丽。青草也有些泛黄了，麦克连太太最引以为傲的玫瑰更是明显的凋谢了。琼斯先生始终酷酷地干着他的活。有时弯着腰用手挖着土，有时杵在屋旁架棚子，修剪树木，蓝色的窗帘始终了无生气地垂着。麦克连太太在杂货店里对温宁太太依旧笑脸相向。有一天，她们俩在麦克连太太的花园门口遇上了，麦克连太太稍微迟疑一下说：“你可以进来坐一会儿吗？如果你有时间，我想跟你谈一谈。”

“可以啊。”温宁太太礼貌地说，她跟着麦克连太太走上步道，步道两旁仍旧花团锦簇，但不知怎么的就是少了光彩，好像夏天的酷热把地上的活力全部烤干了似的。在熟悉的客厅里，温宁太太很有礼貌，很矜持地坐在高背椅子上，麦克连太太照旧坐在她的扶手椅上。

“大卫好吗？”温宁太太开口问，因为麦克连太太似乎没有发话的意愿。

“他很好，”麦克连太太说，跟以前一样，只要提到大卫她就有了笑容。“他跟比利在后面院子里玩。”

静默了片刻，麦克连太太看着茶几上的那只蓝碗说：“我想要问你的是，究竟怎么了？”

温宁太太矜持了半天，就在等待这个问题出现。“我不明白你的意思。”话说出口，她想，我的口气怎么那么像我婆婆，同时她也发现，这种感觉很好，她很享受；不管自己到底存了什么心，她忍不住地又说：“什么怎么了？”

“当然，”麦克连太太说。她盯着那只蓝碗，悠悠地说：“我刚来的时候，大家都好亲切，大家好像都很喜欢我和大卫，都乐意帮助我们。”

错，温宁太太想着，你绝对不可以随便说人家喜欢你，太俗气了。

“花园也整理得越来越好，”麦克连太太无助地说，“可是现在，大家连话都不跟我说了——以往我隔着围篱对博登太太说声‘早’，她就会走近来跟我闲聊花园什么的，现在她只说一声‘早’就回屋子里去了——甚至大家见到我连笑都不笑了。”

这真要命，温宁太太想，这简直幼稚，这是在发牢骚嘛。你怎么对别人，别人就怎么对你，她想。她好想走过去握住麦克连太太的手，请她快回头，再回到她从前的好样，但她只是坐得更直更挺地说：“你肯定误会了。我从来没听见人家在说什么。”

“你确定？”麦克连太太看着她，“你确定那不是因为琼斯先生在这里工作的缘故？”

温宁太太把下巴往上微微一抬，说：“谁会因为琼斯而对你不礼貌啊？”

麦克连太太送她到门口，两个人起劲地计划着下星期找一天一起去游泳，顺便野餐，温宁太太走下山的时候想，脸皮真厚，把过错怪到那家有色人种身上。

夏末将至，下了阵超大的雷雨，把持续很久的热魔咒破除了。一整夜的狂风暴雨，在树林间扫荡，把幼小的树丛和花朵连根拔起。小镇上有座仓库被击中了，电线被刮得打了结。早上温宁太太打开后门，发现院子里到处是断裂的枫树枝，青草几乎全躺平了。

她的婆婆来到她身后。“风雨真大呀，”她说，“有没有把你吵醒？”

“我醒过一次，去看看孩子们，”温宁太太说，“应该是三点左右吧。”

“我醒得晚一点，”她婆婆说，“我也去看了两个孩子，都睡得很熟。”

婆媳俩一起转身，进厨房准备早餐。

稍后温宁太太照常下山去杂货店；快走到麦克连的小屋时，看见麦克连太太站在屋子前面的花园里，琼斯先生站在她旁边，比利·琼斯和大卫在前门的廊檐底下。四个人沉默地看着好大一根树枝从博登家的院子横过来倒在花园的正中央，不但砸烂了大半的花从，还压垮了一个盛开着的郁金香花坛。正当温宁太太停下脚步观看的时候，博登太太走了出来，她在她家的前门廊查看灾情，麦克连太太唤着："早啊，博登太太，你们家有棵树好像有一部分倒在我们这里了。"

"好像是。"博登太太说着就回到屋里，直接把门关上。

温宁太太看见麦克连太太静静地站了一会儿。她抬起头几乎用一种很期盼的眼神看着琼斯先生，她和琼斯先生就这样相对看了好久。然后麦克连太太说了，在风雨过后的清新空气中，她的声音显得很轻快："你看我是不是该放弃了，琼斯先生？是不是该回到城里，再不要看什么花园了？"

琼斯先生沮丧地摇了摇头，麦克连太太垮着疲惫的肩膀，慢慢地走过去坐在台阶上，大卫挨着她坐下。琼斯先生气愤地抓住那根粗大的树枝，用足力气又摇又拽，他的肩膀因为出力绷得死紧，但是粗大的树枝只略微动一下，仍旧牢牢地卡在花园里。

"算了，琼斯先生，"麦克连太太说，"留给下一任住进来的人去处理吧！"

琼斯先生仍旧不肯收手，这时大卫忽然站起来嚷着："温宁太太来了！嗨，温宁太太！"

麦克连太太和琼斯先生同时回头，麦克连太太挥手招呼："哈啰！"

温宁太太转过身，一言不发的，非常高姿态的，朝山上走，走向温宁老宅。

# 小桃和我奶奶还有水手们

这是旧金山每年都有的一段时间——风轻云淡，空气里弥漫着新鲜的海味。再过些时候，大风起了，你就可以上市场大道，凡内斯街和卡尼街上逛逛，舰队进港了。当然，那已经是好久以前的旧事，不过现在可以去金门大桥转转，这个时节大桥不设闸门管制，会出现很多战舰。甚至有过航空母舰和驱逐舰，我记忆中还曾有过一艘潜水艇，在当时对我和小桃来说，它们通通都是战舰。这些战舰安安静静的浮在水面上，清一色的灰，街上满满的都是水手，一波接一波，逛大街看橱窗。

我从来不知道这些舰队进来干什么，我奶奶非常肯定地说是来加油的。只是每当大风吹起，我和小桃就会变得特别警觉，走路的时候两个人靠得更紧，说话更加小声。虽然我们离舰队少说也有三十里路，即使背对着大海，也能感受到那些战舰远远地跟在我们后面，尤其当我们眯起眼睛远眺的时候，几乎可以越过这么大段距离，直接望见某个水手的脸。

都是那些水手惹的祸，当然。我母亲跟我们说那些追着水手跑的女孩子，奶奶跟我们说那些追着女孩子跑的水手。我们告诉小桃的妈妈说舰队进港了，她就会认真地说："千万别靠近那些水手啊，你们两个。"有一次，我和小桃那年十二岁，舰队来了，我妈妈叫我们站在她面前，她对我们仔仔细细地看了一会儿，转过身对我奶奶说："我不赞成两个年轻女孩晚上单独跑去看电影。"我奶奶说："荒唐，他们不会上岸跑那么远的，我很懂那些水手。"

但是她们早答应过的，我和小桃一星期可以看一次电影，她们派了我十岁的弟弟陪着去。这是头一回，我们三个人一起去看电影，我妈妈再三地看着我和小桃，又很不放心地看着我那一头红色卷发的弟弟，像是要说什么，瞄了我奶奶一眼又不说了。

我们住在柏林根[1]，离旧金山说近不近，说远不远，所以院子里看不见棕榈树，但我和小桃每年的春装外套却又都是到旧金山的大商场去买的。小桃的妈妈会把买外套的钱交给小桃，小桃再把钱交给我妈妈，然后在我妈妈的张罗下，我和小桃就有了同色同样的新外套。因为小桃的妈妈身体不好，没办法去旧金山逛街采购，更别提带着我和小桃了。所以每年，等到刮起大风，舰队进港之后，我和小桃就会穿上特别为这趟行程准备的耐磨厚丝袜，各自拎着一只硬纸袋，里头装着一面镜子，一毛钱幸运币，一条一半握在手里、一半让它垂下来的雪纺手帕，坐进我妈妈的车子里，我们坐后座，

① Burlingame，位于旧金山半岛上，早期旧金山的郊区。

妈妈和奶奶坐前面，四人一起驶向旧金山和舰队。

我们习惯早上出发，在猪哨子餐馆吃午餐，就在我和小桃快要吃完浇了巧克力酱和坚果粒的巧克力冰淇淋的时候，奶奶拨电话给奥立佛叔叔，约他在舰队停泊的港边见面。

约我叔叔奥立佛来的原因，一部分因为他是个男人，另一部分因为大战期间他在一艘战舰上担任过报务员，还有一部分是因为我另外一个叔叔，保罗叔叔，当时仍在海军服役（我奶奶认为他跟其中一艘战舰有密切的关系，那艘战舰不知道是叫圣塔弗利塔，还是波利塔，或者也可能是卡美利塔），奥立佛叔叔可以就近打听看有谁刚好认得他。等我们一上小船，我奶奶就会说——那口气仿佛她过去从来没想到过似的："看，那边那个人很像一位军官耶。奥立佛，你过去随便问问看，看他认不认得保罗。"

奥立佛，他自己曾经也是其中的一分子，倒不觉得我和小桃会有什么危险，何况还有我妈跟我奶奶跟着，可是他喜欢大船，所以愿意陪着我们，等我们一上船他就走开了。我们几个战战兢兢地走在干净的甲板上，怯生生地看着那些救生艇，奥立佛叔叔深情款款地摸过救生艇灰色的油漆之后，就自顾自地去找他的无线电发报机了。

每次我们在接驳码头跟奥立佛叔叔碰面的时候，他都会给我和小桃一人一支冰棒，他还会指着周围的船一一把它们的名字告诉我们。他会跟码头上的水手聊天，或早或晚会适时地提一句，"我在海上待过，一七年的时候。"那水手就会毕恭毕敬地点点头。离开接驳码头登上战舰的扶梯时，我妈妈会悄悄地叮咛我和小桃，“拉住裙子。”我和小桃爬着梯子，一手抓着扶手，一手抓着裙子，把裙摆整个往前拢。我奶奶总是一马当先走在最前面，我妈妈和奥立佛叔叔殿后。上了船，我妈妈就挽起我或是小桃的手臂，我奶奶则挽住另外那个，大伙慢慢地从船头走到船尾，凡是准我们看的地方我们全看了，除了最底层，因为我奶奶害怕。

我们严肃地参观了船舱，甲板（我奶奶说是船尾），信号灯，她说是船舷（对我奶奶来说左右两边都是船舷；她相信右舷是上方，所以最高的桅杆永远都指向北极星）。我们还看了大炮——凡是枪炮都叫大炮——奥立佛叔叔向我奶奶保证，这些大炮随时都上了炮弹的。“防止叛乱。”他这样跟我奶奶说，算是善意的欺骗吧。

战舰上总是有很多观光客，奥立佛叔叔喜欢聚集一小撮年轻人围着他，听他解说无线电发报系统作业的过程。每当他说到他在一七年当过报务员，就有人会问：“你有没有发过求救讯号？”奥立佛叔叔沉重地点点头，说：“不过，今天我还是好端端的在这里跟你们说故事。”

有一次，奥立佛叔叔在讲他一七年的往事，我妈妈和奶奶还有小桃倚着船栏杆在看海，我看见一位穿着很像我妈妈的女士，就跟着她走了很长一段路，等她转过身来，我才发现她不是我妈妈。这下我迷路了。心里记着奶奶说过的，只要脑袋清楚人就安全，我站定一会儿，环顾四周，最后跟我单独面对面的，是一个制服上有很多穗带的高个子男人。那一定是船长，我想，他一定会照顾我的。

他很有礼貌。我告诉他说我迷了路，我说我妈妈、我奶奶、我朋友小桃和我叔叔奥立佛都在船上，可是离我有一段距离，我不敢一个人走回去。他说他会帮我找到他们，说着他就挽起我的手臂带我走了。走没多久，我们就遇到了我妈妈和我奶奶急匆匆地在找我，小桃拼命地跟在她们后面。我奶奶一看见我就奔了过来，一把拽住我的胳膊，把我从船长身边拉开，不断地摇晃着我。“你简直把我们给吓死了。”她说。

“她只是迷路了。”船长说。

“还好我们及时把她找到了。”我奶奶拽着我走向我妈妈。

船长鞠个躬走了，我妈妈拽住我另一只胳膊，不断摇晃我。“你不害臊吗？”她说。小桃严肃地瞪着我。

“可是他是船长——”我才开口。

“那是他说的，”我奶奶说，“他只是一个水兵。”

“一个水兵！”我母亲边说边东张西望地在找那艘接驳船带我们回去。“去找奥立佛，告诉他说我们看够了。”她对我奶奶说。

由于那晚发生的事情，从此去看舰队就成了绝响。像往常一样，我们先把奥立佛叔叔送回家，再由我妈妈和我奶奶带着我和小桃去“旋转木马”吃晚餐。每回我们都在参观完舰队之后到旧金山吃晚餐，看一场电影，入夜时分才回柏林根。我们一直都在“旋转木马”餐馆吃晚饭，那里的饭菜都放在旋转台上，转到你面前的时候就可以随手拿起来吃。选择这家餐馆是因为我和小桃都爱，它就在舰队附近，称得上是旧金山最危险的一个地方，因为每拿一道菜你就得付一毛五，一道接一道的计算，我和小桃完全抱着豁出去的心态。这最后一晚，我和小桃损失了四毛五，最主要的原因是小桃不知道那份摩卡奶油甜点里面放了一堆椰子。我和小桃选的电影客满，电影院外面的查票员却跟奶奶说有很多空位。我妈妈拒绝排队等退钱，所以奶奶说那就进去吧，碰碰运气说不定会有座位。一发现两个位子空着，奶奶就把我和小桃推上前，我们坐了下来。电影放到一半，小桃旁边的两个位子空了，我们赶紧找我奶奶和我妈妈，小桃东张西望的，忽然一把抓住我的胳膊。“你看。”她的口气好像在怨叹，只见两个水手朝着这两个空位走了过来。他们走到这儿的时候，正巧我妈妈和我奶奶从另一头往这边走，我奶奶像个大声公①似的说：“你们不要骚扰这两个女孩啊。”隔几排刚好又空出了两个位子，她们只好将就着坐了下来。

坐我边上的小桃挨过来扒着我的手臂。

“他们在做什么？”我小声问。

“他们只是坐着，”小桃说，“你看我该怎么办？”

我小心谨慎地弯着身体偷看。“别理他们，”我说，“说不定他们就会走开了。”

“你可以说话，”小桃惨兮兮地说，“他们又不坐在你旁边。”

“可是我就在你旁边，”我理智地说，“那是很近的。”

我又把身体向前倾。“他们在看电影。”我说。

---

① 原指手持扩音器。引申为某人一个人说话大声粗暴，惹人讨厌、不按规矩做事。

“我受不了了，”小桃说，“我要回家。”

恐慌的感觉压倒性地漫了上来，所幸妈妈和奶奶看见我们在通道上狂奔，立刻带我们出了电影院。

“他们说了些什么？”奶奶严厉的问。“我去告诉查票员。”

我妈妈说只要小桃镇定下来能好好说话，她就带我们去隔壁的茶店请我们一人喝一杯热巧克力。进到店里坐下来之后，我们对我妈和我奶奶说现在觉得好多了，我们把热巧克力改成了巧克力圣代。小桃甚至又开心起来了，就在这时店门推开，两名水手走进来。小桃笔直地跳起来，躲到我奶奶的椅子后面，抖抖索索地紧紧抓着我奶奶的手臂。“不要让他们看到我，”她哭喊着。

“他们跟踪过来的，”我妈妈紧张地说。

我奶奶两手揽着小桃。“可怜的孩子，”她说，“和我们在一起你很安全。”

那天晚上小桃待在我们家过夜，她不敢回去。我们派我弟弟去小桃家，告诉她母亲小桃跟我睡，还告诉小桃的母亲她买了一件有公主线的灰呢大衣，很耐穿，衬里很厚很暖和。那一整年她都穿着。

# 第三部

# 对谈

医生看起来很专业很体面。阿诺太太稍微放心了，不安的情绪也稍稍缓和了一些。她倾身让他为她点烟时，她知道他已经注意到她的手在发抖，她带着歉意地笑笑，他却一脸严肃地看着她。

“你好像很烦躁。”他严肃地说。

“我确实很烦躁。”阿诺太太说。她试着放慢速度，有条有理。“这是我特地来看你的原因，这次我没去找墨菲大夫——我们常看的那位医生。”

医生微微皱了皱眉。“我先生，”阿诺太太继续，“我不想让他知道我很担心，墨菲大夫很可能会认为这事必须告诉他。”医生点点头，不置可否，阿诺太太注意到了。

“是什么问题？”

阿诺太太深呼吸。“医生，”她说，“怎么看得出一个人疯了？”

医生抬起头。

“真糟糕，”阿诺太太说，“我其实不是这个意思。不这么说，我也不知道该怎么说才好。”

“疯狂这件事比你想象的来得复杂。”医生说。

“我知道很复杂，”阿诺太太说，“这是我唯一可以确定的一件事。我的意思，疯狂就是。”

“对不起，你的意思是？”

“这就是我的麻烦事，医生。”阿诺太太往后靠，从包包底下拿出手套，仔细地把手套放在包包上，然后把手套拿起来，再放回到包包底下。

“你不妨说出来听听。”医生说。

阿诺太太叹口气。“别人好像都明白，”她说，“就我不明白。哪。”她身体向前倾，说话的时候一只手比画着。“我不明白人们的生活方式。本来一切都那么的简单。在我小的时候，我生活的那个世界里，好多人也都生活着，大家一起过日子，一切都安安稳稳的。”她看着医生。他又开始皱眉，阿诺太太继续，她的声音略微提高了。“哪。昨天早上我先生在上班的路上买份报纸。他总是买《时报》，总是在同一个摊位买，昨天那个摊位上《时报》卖完了，晚上他回家吃晚饭，他说鱼烧焦了、甜点太甜了，他整晚就坐在那里自言自语。”

“他可以换个摊位去买买看，”医生说，“城里的报摊往往比本地报摊的报纸到得晚些。”

“不是，”阿诺太太说得很慢很清楚，“我想我最好再说一遍。在我小的时候——”她说，忽然又停下来。“哪，”她说，“有没有所谓身心失调的药物？或者国际卡特尔组织？或者官僚集权？”

“这个——”医生开始说。

“它们究竟是什么意思？”阿诺太太坚持到底。

“处在国际危机的这段时间里，”医生温和地说，“比方说，你会发现一些文化模式迅速地崩坏……”

“国际危机，”阿诺太太说，“模式。”她开始默默地哭泣。“他说那个人没有权力不为他保留一份《时报》，”她歇斯底里地说，一面在口袋里找手帕。

“接着他就开始讲地方上的社会计划和附加税的征收，地理政治学概念和紧缩型的通货膨胀。”

“阿诺太太，”医生绕过办公桌，“这个情况我们真的帮不上忙。”

“那什么才能帮得上忙呢？”阿诺太太说，“是不是除了我，大家都疯了？”

“阿诺太太，”医生慎重地说，“我希望你要自我克制。在现在这样一个混沌不清的世界，疏离现实经常——”

“混沌不清，”阿诺太太说。她站了起来。“疏离，”她说，“现实。”医生还来不及阻止，她已经走到门口打开门。“现实。”她说着，走了出去。

# 伊丽莎白

闹钟响的时候，她正躺在阳光炽热的花园里，四周的草坪一望无际。闹钟的声音惹人厌，一种不得不理会的警讯；她在艳阳下不自在地动了动身子，知道自己醒了。她睁开眼，在下雨，她看见窗户白色的轮廓衬着灰色的天空，她翻个身想要把脸埋在那一片青草地里，但现在是早上，习惯在叫她起床，硬生生地把她拖进这个闷沉沉的下雨天。

肯定已经过了八点。闹钟说的，暖炉的叶片开始噼啪作响，两层楼底下的街道上听得见嘈杂的人声。她勉强把脚从毛毯里抽出来踩到地板上，勉强把自己撑在床铺的边沿。等到她站起来，穿上浴袍，无聊乏味的一天又这样开始了，经过第一波与闹钟的拉锯战之后，她开始做例行事务：淋浴、化妆、穿衣、早餐，这是一天的开始，让她可以忘掉那一片青草地和热烘烘的太阳，让她可以期待晚餐和夜色。

因为下雨，又没什么大事，她随便抓了件衣服穿上。一身灰呢套装，她知道她太瘦，这套衣服不合身，背在身上显得好重，里面搭了一件怎么穿都不舒服的蓝衬衫。她对自己的脸太熟悉了，也用不着花时间慢慢上妆，每天到下午四点左右，瘦削苍白的脸颊会发热，看起来比较饱满，口红的颜色配上她的黑发感觉太紫，穿了蓝衬衫，眼睛应该涂一些眼影，可是今天早上她想，其实，几乎每天早上站在镜子前面她都会这样想，但愿我是个金发美女。她从来不肯承认的是，她的黑发里已经有了几缕灰色的影子。

她在只有一间房的公寓里来回穿梭，带着一份习惯成自然的笃定。在这间小公寓里住了四年多，对它的一切都已了如指掌，她需要一个庇护的时候，它给她想要的温馨，夜里突然醒来的时候，它稳稳地站在那里守护着。它也会放松，让自己变成一派凌乱邋遢的模样，像今天这样的早晨，它只想急着把她赶走，继续去睡它的回笼觉。她昨晚看的书面朝下地趴在茶几上，旁边的烟灰缸也没清理。她脱下来的衣服搭在椅背上，等着今天早上送洗。

穿戴起大衣和帽子，她迅速地整理好床铺，把皱纹拉平，把该洗的衣服塞到柜子后面，她想，今天晚上我来吸尘、大扫除，顺便清理浴室，回家之后我要洗热水澡、洗头、修指甲。等她锁上房门，下楼梯的时候，她又想，或许我可以顺便买几块鲜艳的布料回来做沙发套和窗帘。可以利用晚上的时间来做，以后早上醒来的时候，这屋子就不会显得那么暗沉。黄色，对了，我可以买一些黄色的盘子，沿着墙壁摆成一排。就像《仕女》杂志上的样子，她站在前门口自嘲地告诉自己，年轻有为的职业妇女和她的一栋豪宅。最适合接待一位年轻有为的职业男士。但愿我能够有一个可以收折的，一边是书柜，一边是书桌，打开就是一张十二人座大餐桌的东西。

她站在门内，正一边戴手套，一边希望雨快快停的时候，楼梯口的一扇房门打开了，一个女人说："谁啊？"

"是我，史泰尔小姐，"她说，"安德森太太吗？"

门开得更大，一个老女人探出头来。"我还以为是常去你那里的那家伙，"她说，"我一直想找他，他老是把雪橇搁在门外，害我差点把腿都折断了。"

"我真希望不必出去。这种坏天气。"

老女人走出房间走到前门口。她撩开门帘，抱着胳膊往外看。她穿着脏兮兮的家居服，两相对照，史泰尔小姐的灰呢套装突然显得干净又暖和。

"我等着逮住那家伙已经等了整整两天了，"老女人说，"他神出鬼没的，进进出出都没一点声音。"她吱吱歪歪地笑着，拿斜眼瞟着史泰尔小姐。"前天晚上差一点就给我逮着了，"她说，"他还是那样悄悄地下楼。给我瞧个正着，"她又是一阵吱吱歪歪的笑声。"我猜想所有的男人都是悄悄的下楼。好像都在害怕什么似的。"

"啊，时间差不多了，我看我得走了。"史泰尔小姐说。她仍旧站着不动，在踏出门口走进雨里，走进人群之前，她还是犹豫着。她住的这条街很安静，再过一会儿就会有孩子们的嬉闹声，好天气的时候，有一个街头艺人在这一带演奏手风琴，今天下雨，所有的一切看起来都脏脏的。她讨厌穿雨鞋，因为她的脚纤细好看。下雨天她习惯走得很慢，小心翼翼地走在小水洼之间。

时间很晚了，转角的药妆店里只有几个人还坐在柜台边。她坐上高脚凳，晚就让它晚吧，她耐心地等候店员把她点的柳橙汁送过来。“哈啰，汤米。”她无精打采地说。

“早，史泰尔小姐，”他说，“天气真差。”

“可不是，”她说，“不出门的好日子。”

“今天早上我人是来了，”汤米说，“但我心里只想回家睡大觉。真该有一条下雨不上班的法律。”

汤米矮小丑陋机灵。看着他，史泰尔小姐想着，他跟我一样，每天早上不得不起床上班，全世界的人都一样。这阵雨，在起床上班和一大堆的烂事当中，不过是一个点缀而已。

“下雪没关系，”汤米继续说着，“天热也没关系，我就是讨厌下雨。”

他突然回头，有人在叫他，他立刻手舞足蹈地滑向柜台另一头，热诚地站到那位顾客面前。“天气有够差，对吧？”他说，“真希望我现在人在佛罗里达。”

史泰尔小姐啜着橙汁，回忆着梦境。花朵和暖意才上心头，就被屋外滂沱的冷雨打得无影无踪。

汤米端着她的咖啡和一盘吐司转了回来。“早上只有咖啡最能提神。”他说。

“谢谢，汤米，”她无感地说，“对了，你的剧本怎么样了？”

汤米热情有劲地抬起头。“嘿，”他说，“我完成了，我本来正要告诉你。已经全部完工，前天寄出去了。”

真有趣，她想，一个药妆店的店员，早上要起床吃饭走路，还有模有样地写着剧本，就跟其他一般人一样，就跟我一样。“很好啊。”她说。

“我把它寄给了朋友告诉我的一个经纪人，他说那个经纪人很好。”

“汤米，”她说，“你为什么不把剧本给我呢？”

他大笑，垂下眼看着手里握着的糖钵。“是这样的，”他说，“我朋友说你们不会要我写的这些东西，你们要的，喜欢的，都是那些从外地来的人，究竟是好是坏也弄不清楚。哼，”他激动地说：“我才不是随便相信杂志广告的那种人。”

“我明白。”她说。

汤米身体向前倾。“别生气，”他说，“你知道我的意思，你对你们那行可比我清楚多了。”

“我没生气，”她说。汤米又匆匆忙忙地走开了，她心想——等我跟劳勃告状去。等我去告诉他，这卖汽水的家伙说他是个白痴。

“啊对了，”汤米从柜台那头走了过来，“你看我得等多久？他们看稿要花多少时间，那些经纪人？”

“两三个星期吧，”她说，“也许更久。”

“我想也是，”他说，“你要续杯吗？”

“不了，谢谢。”她说。她滑下高脚凳，走过去买单。他们说不定真会买那个剧本，她想着，那以后我就到对街的汉堡店去吃早餐吧。

她走进雨里，看见她那班公交车停在对街。她不管号志灯，冲了过去，挤进那一群等着上车的人群中。也许因为汤米和他的剧本的关系，她把一肚子的火气都发泄在推挤上面，一个女的回过头冲着她说："你推什么推？"她赌气似的用手肘朝那女的肋骨上一顶，就先上了公交车。她投完铜板，抢到最后一个空位，听见那个女人的声音。"就有这种人，自以为了不起，可以乱推乱挤。"她看看周遭，看有没有人知道那女的在说谁：坐她旁边靠窗的男人两眼发直地盯着前面，标准一副早起无神的公交车乘客模样。前座两个女孩望着窗外，那个女人就站在她旁边的走道上，还在继续说。"有些人自以为世界上只有她的事才是大事。"公交车上没一个人在听，每个人都是湿答答的，又挤又不舒服。那女人继续独白——"你以为别人都没有搭公交车的权利啊。"

她隔着那男的望向窗外，涌入公交车的人群终于把那女人推离了走道。到站的时候，她反倒有些胆怯起来，她推推挤挤地走到车门口，那女人站在那里盯着她，好像要把她的脸牢牢记住似的。"干瘪老太婆。"那女人大声说，周围的人哈哈大笑。

史泰尔小姐摆出不屑的表情，踩稳步子下了车，她站在街沿抬头看，公交车开走了，那女人的脸仍旧隔着车窗盯着她。她冒雨走向老旧的办公大楼，心想，那个女人是存心等人找茬，我真该回她几句。

“早，史泰尔小姐。”电梯服务员说。

“早。”她说。她走进电梯的铁栅门，就往板壁上一靠。

“坏天气，”服务员说。他稍候一会，关起了电梯门。“不出门的好日子。”

“是啊。”她说。我真该回呛那个女的几句，她还在想。我不该放过她的，一天居然是这样的开始，真倒霉，我真该回呛她，至少让我自己舒服一点。至少让这一天有个好的开始。

“到了，”服务员说，“你现在总算有一段时间不必外出了。”

“真好。”她说。她出了电梯，穿过走廊走到办公室。里面亮着灯，把门上的“劳勃·谢克斯，文学书籍经纪公司”几个字凸显出来。她心情大好，想着，劳勃一定来了。

她为劳勃·谢克斯工作了将近十一年。初来纽约的那个圣诞节她二十岁，一个瘦瘦黑黑的女孩，衣服头发都打点得干净整齐，怀着适度的企图心，手里抓着包包，心里害怕着地铁。她凭着一则征人广告，还没找到住的地方就先跟劳勃·谢克斯会了面。随便看到的一则广告，一家书籍经纪商征求一名助理，伊丽莎白·史泰尔身边没有人可以商量，不知道这份工作究竟是好是坏，她怯生生地向人问了地址就去应征了。这家经纪商是劳勃·谢克斯和一个瘦瘦的、脑筋很灵活的男人合开的，瘦子很不喜欢伊丽莎白，两年后，她怂恿劳勃·谢克斯出来自立门户，开了家经纪公司。公司的门上支票上全是劳勃·谢克斯的名字，伊丽莎白只管躲在她的办公室里，写信，存档，偶尔出来跟劳勃·谢克斯讨论一些可行的案子。

在这八年里，他们花费很多的心血，努力把公司打造成一个严谨专业的环境——一个完全不讲究门面，没空花时间讨好顾客的地方。门一打开是一间很小的接待室，黄黑色的油漆已经两年没粉刷，两张廉价的咖啡色克鲁米椅子，咖啡色的油布地板，墙上有一个画框，画着一瓶花，画框底下的小办公桌，一周五天都由一位黯淡无光的威尔森小姐占据着，一面吸鼻子一面接听电话。威尔森小姐的办公桌之外，是一目了然的两扇门，没有任何延伸的效果，十分符合劳勃·谢克斯的要求。左边的门上写着“劳勃·谢克斯”，右边的门上则是“伊丽莎白·史泰尔”，透过碎石玻璃门，隐约看得见紧贴着房门和墙壁的两扇窄窗，两间办公室合并起来，就跟接待室的大小相仿，唯一象征性地在保护谢克斯先生和史泰尔小姐个人隐私的，就是一块漆得很像墙壁的人造纤维隔板。

每天上午伊丽莎白·史泰尔总是怀抱着一些想法走进办公室，或许这个环境可以稍做改善，让它变得比较像样，譬如装个百叶窗或是嵌板，或者添一个功能性的书架，摆上几套经典文学和劳勃·谢克斯有九成把握可以脱手的一些新书。再或者添一只小茶几，放上几本昂贵的杂志也好。威尔森小姐觉得能有一台收音机就会很理想，但是劳勃·谢克斯想要的是有厚厚的地毯、结实的办公桌，外加一大批秘书的豪华办公室。

今天早上办公室显得比平常愉快舒服，可能因为外面还在下雨，也或者因为已经亮了灯，暖炉也开动了。伊丽莎白·史泰尔走到自己的办公室，打开门说：“早，劳勃。”反正办公室没有其他人，不必假装把隔板当成墙壁。

“早，丽莎，”劳勃对伊丽莎白说，“你过来一下，好吗？”

“让我把大衣脱了。”她说。办公室角落有一个迷你衣橱，她挤到办公桌后面，把大衣挂进衣橱里。她看到桌上有一些信件，四五封信和一只鼓鼓的信封，想必是稿件。她摊开那些信件，确定其中没有特别重要的讯息之后，走出办公室，打开了劳勃的那扇门。

他趴在桌上，一副专心的姿态。微秃的头顶向着她，圆厚的肩膀把窗户的下半部全遮住了。他的办公室几乎跟她的一模一样：一个很小的档案柜，一张作者的签名照，这是公司少数几个有名的作家之一。照片上写着“给劳勃，致上最深的感谢，杰姆。”当劳勃·谢克斯跟那些求好心切的作者会谈的时候，最喜欢以它为例子。关上门，伊丽莎白离那张斜放在办公桌边的会客椅就只剩一步的距离，她坐下来，两脚往前一撑。

“今天早上我全身都湿透了。”她说。

“天气坏透了。”劳勃头也不抬地说。只有单独跟她在一起的时候，他才会把平常不轻易流露的真性情释放出来，让自己的脸上出现疲惫和愁容。他穿着他那件高级的灰西装，待会儿，周围有其他人的时候，他就会像一个标准的高尔夫球手，一个吃上等牛排和爱看美女的男人。“天气坏透了。”他又重复一遍。他抬头看着她。“丽莎，”他说，“那个该死的部长又来了。”

“怪不得你愁眉苦脸，”她说。她正准备开始抱怨，告诉他公交车上遇见的女人，要求他坐要有坐相，可是现在什么都不必说了。“可怜的劳勃。”她说。

“他写了张字条，”劳勃说，“今天上午我就得去一趟。他又是在那间该死的出租套房。”

“你打算怎么跟他说？”

劳勃站起来转到窗口。只要离开座位，除了窗口，他也没处可转了；要是在开心的好日子，她或许会拿他的体重开个无伤大雅的玩笑。“谁知道该怎么跟他说，”劳勃说，“我会做出一些承诺吧。”

我当然知道你会，她想。苗头不对的时候劳勃会出什么招数，她早就摸得一清二楚。她可以想象劳勃会热情地握着那老头的手，嘴里称呼着“您老”，挺着肩膀，赞扬那老头写的诗：“好，您老写得太好了。”然后什么都满口答应，就为了脱身。“你会给自己找来麻烦的。”她婉转地说。

劳勃突然快活地笑了起来。“至少有一段时间他不会再来烦我们了。”

“你应该给他打个电话，或是写封信。”她说。

“为什么？”她看得出他显然对于来找麻烦和他所谓的敷衍、不负责任的想法感到很得意。他决定先搭地铁进城，剩最后两条街的时候再派头十足地叫出租车，然后跟那老头无趣地枯坐，聊上一个钟头，纯粹是敷衍，他称之为假殷勤。

让他去感觉良好吧，她想。反正去的是他，不是我。“你不应该让人家以为公司的事由你一人独当，”她说，“你太天真了。”

他又大笑，绕过办公桌拍拍她的头。“我们合作得很好，不是吗，丽莎？”

“是。”她说。

他现在开始认真想到这一点了。他把头抬高，音量放大。“我会告诉他说有人想把他的一首诗放进选集里。”他说。

“千万别先给他什么钱，”她说，“他拿得够多了。”

他从小衣橱里取出大衣，特意为今天穿的高级大衣，随便地往手臂上一搭。戴上帽子，再从桌上拎起公文包。“老头子的诗全在这里面，”他说，“在他面前朗读几首就可以消磨掉不少时间了。”

“祝你旅途愉快。”她说。

他再拍拍她的头，伸手开门。“这里交给你了？”

“我尽力就是了。”她说。

她跟随他走出门，准备回到自己的办公室。他走到一半停下来，并不回头。“丽莎？”他说。

“怎么？”

他想了一会儿。“好像有件什么事要告诉你，”他说，“没关系。”

“午餐时候见？”她问。

“我大概十二点半回来。”他说。

他关上门，她听见他的脚步声强势地走过走廊、走向电梯。忙碌的脚步声，她想着，唯恐这栋可怕的老建筑物里有人在注意偷听。

她在办公桌前坐了片刻，边抽烟边许愿，如果能把办公室的墙面漆成浅绿色该多好。或许晚上加个班，她就可以自己动手了。漆这么一间办公室顶多只要一罐油漆，她挖苦地想着，说不定剩余的油漆还够漆整栋楼的门面呢。她熄了烟，我在这行做得够久了，她想着，说不定哪天让我们签到了一个百万金客户，到时候就能搬进一间真正像样的、有隔音墙的办公楼了。

桌上的信件都没好事。一张她看牙医的账单，一个俄勒冈州客户的来信，几张广告，一封她父亲的来信，那只鼓鼓的信封自然是稿件。她把标着“请汇款”的广告单和牙医账单扔了，把稿件和客户的信搁下，先拆父亲的来信。

一如他一贯的风格，开头是“最亲爱的女儿”，结尾是“你至亲至爱的父亲”，信中告诉她饲料店的生意不好，她加州的妹妹又怀孕了，老吉尔太太前两天问起她，向她问好，自从她母亲过世之后，他发现自己越来越寂寞。最后他祝她一切安好。她把信往字纸篓一扔，扔在牙医账单上。

俄勒冈州那位客户的来信，是想知道三个月前寄来的稿件结果如何；那只鼓鼓的信封里装着一份手写稿，来自阿伦登的一个年轻人，他希望稿件立刻脱手，其他费用由稿酬中扣除。她把稿子随便翻了翻，每翻一页稍微看几个字，看到一半停下来，从头把这一整页看完，然后又再折回头再看。她的眼睛盯着稿纸，手伸进办公桌最底层的抽屉，一阵翻找，从文件底下找到一本十分钱的小记事本，本子一半已经写满了笔记。她打开空白页，从稿件上抄下一段，想着，这里可以改一下，把男的改成女的。她做了笔记“用女性，名字随便，除了海伦。”这是故事中女人的名字。她放下记事本，把稿件推到一边，摇起放打字机的嵌板。她取出一张纸，上头印了“劳勃·谢克斯，文学书籍经纪公司／伊丽莎白·史泰尔，小说部门”，塞进打字机里。她正在打年轻人的姓名和地址——“平信，阿伦登”这些字的时候，听见外间的门开了又关。

“哈啰。”她打声招呼，没有抬头。

“早。”

她抬头看，这个声音太高太孩子气了。进来的是个高大的金发女孩，女孩一副旁若无人的姿态走过小小的接待室。

“你要找我吗？”伊丽莎白问，她的手仍停留在打字键盘上。假如上帝要把一个客户送上门，她想，不妨送一个“文学”一点的来。

“我要见谢克斯先生。”女孩说。她等在伊丽莎白办公室的门口。

“他有要紧事出去了，”伊丽莎白说，“你有没有预约？”

女孩迟疑着，好像在怀疑伊丽莎白的职权。“好像没有，”她终于说，“我是要来这里工作的。”

看样子他似乎有些事情瞒着我，伊丽莎白想着，那个没胆的。“我明白了，”她说，“进来坐下。”

女孩有些腼腆地走进来，可是看不出任何胆怯的样子。他可能认为这件事应该由他来管，不关她的事，伊丽莎白想。“是谢克斯先生叫你来这里工作吗？”

“是这样的，”女孩断定伊丽莎白是可以信任的，“星期一五点左右我在这栋楼里每一家公司找工作，到了这里，谢克斯先生带我逛了一圈，他认为我蛮适合这份工作。”她想了想，“当时你不在。”她补一句。

“很可能，”伊丽莎白表示赞同。他星期一就知道了，她想，而我到星期三才发现？我是等到人家星期三来上班了才发现。“我还没问你的名字。”

“妲芬妮·希尔。”女孩温顺地说。

伊丽莎白在备忘录上写下“妲芬妮·希尔”，她看着这几个字，那神情好像是在做什么重大的决定，又有点像是在看“妲芬妮·希尔”这几个字写出来的效果。

“谢克斯先生说——”女孩才开口又停住了。她的声音很高，稍微一激动，两只褐色的小眼就瞪得好大，而且拼命地眨。她的头发倒是不错，淡金色，卷卷的堆在头顶上。她看起来很俗气很笨拙，为了第一天上班还盛装打扮了一番。

“谢克斯先生怎么说的？”伊丽莎白问她，那女孩似乎已经整个没了生气。

“他说他对现在这个女孩不太满意，他要我接她的位子，他要我今天过来，因为他昨天会跟她说我今天要来。”

“好，”伊丽莎白说，“你应该会打字吧？”

“会一点。”女孩说。

伊丽莎白看了看打字机里的那封信，说：“那，你就去坐外面那张办公桌，接接电话、看看书什么的。”

“是，史泰尔小姐。”女孩说。

“请把我的门带上。”伊丽莎白说。她看着女孩走出去，小心地关上门。她想对这女孩说的话还没说完，或许等午餐的时候见了劳勃再说。

这意味着什么呢，她突然慌张起来，威尔森小姐在这里的时间跟我一样久。他是不是想用自己的一套方式来整顿这间办公室？他还不如买一个书柜。谁来教这个怪女孩写信接电话，做到像威尔森小姐那样？就是我，她终于想到。要靠我把劳勃从不切实际的冲动里拉拔出来，就跟以往一样。为了这间悲惨的小公司，为了一个赚钱的机会，尽心尽力。而且说不定哪天五点以后，妲芬妮会帮我油漆墙壁。说不定，妲芬妮最擅长的就是油漆。

她把注意力回到打字机里的那封信上。给一个新客户一份鼓励。她心里早有一套简单的公式，她毫不犹豫地开始了，她打字没有技巧也不够专业，但是速度很快。“亲爱的博登先生，”她写着，“我们对你的来稿有高度的兴趣。你的布局十分细腻，我们相信其中的角色——”她暂停下来看稿件，随便翻了一页——“蒙塔格女士，尤其精彩。当然，为了吸引广大的市场，故事本身必须要由一个专业的编辑做一些修润，这是我们提供给客户的一项最完整最实际的服务。我们的稿酬——”

“史泰尔小姐？”

伊丽莎白隔着纤维隔板说：“如果有事，希尔小姐，进来说。”

一会儿希尔小姐开门走进来。伊丽莎白可以看见她的包包放在外间的办公桌上，口红和粉盒摆在包包旁边。“谢克斯先生什么时候回来？”

“大概下午之前。他去跟一个客户谈重要的事情，”伊丽莎白·史泰尔说，“怎么，有人来电话？”

“没有，我只是问问。”希尔小姐说。她关上门重重地走回她的办公桌。伊丽莎白再看了看打字机里的信，转过椅子把两只湿脚搁到窗子底下的暖炉上。过一会儿，她又拉开桌子最底层的抽屉，这次她拿出一本平装再版的悬疑小说。两脚架着暖炉开始阅读起来。

因为下雨，因为心情不好，因为十二点四十五分劳勃还没回来，伊丽莎白很不舒服地坐在餐馆的窄椅子上，她给自己点了一杯马丁尼，看着那些无趣的人进进出出。餐馆很挤，一双双踩着雨水进来的脚把地板都弄湿了，屋子里又暗又闷。伊丽莎白和劳勃一星期总有两三次来这里吃午餐，从他们在附近这栋大楼里开始营业起。第一次来的时候是夏天，伊丽莎白穿了一件轻薄的黑洋装——她到现在还记得。只是现在不能穿了，她太瘦——戴着白色的小帽和白色的手套，面对即将展开的新生涯，既开心又兴奋。她和劳勃隔着桌子手握着手，热烈地谈着：他们只打算在这栋老旧的大楼里待一年，最多两年，到时候他们就会有足够的钱搬去上城区。到时候来找劳勃·谢克斯文学书籍经纪公司的客户都会是有实力有名气的大作家，带来的全都是畅销的稿件。编辑们会跟他们一起上大馆子吃午餐，喝一杯饭前酒那更是稀松平常的事。第一批订购的，印有“劳勃·谢克斯，文学书籍经纪公司／伊丽莎白·史泰尔，小说部门”的公司信笺没有如期交货，他们就是在那天午餐的时候设计了信纸上的抬头。

他到了，背对着餐厅门，一脸倦容。他的声音很平静。“总算谈成了，”他说。他惊讶地看着那只空的马丁尼酒杯，“我连早饭都还没吃。”他说。

“跟部长谈得很辛苦吗？”

“可怕，”他说，“他希望他的诗选在今年出版。”

“你怎么跟他说？”伊丽莎白尽量把口气放轻松。那件事先搁着，有的是时间，她想着，等他有空再说。

“我不知道，”劳勃说，“我哪记得跟他说了些什么？”他重重地坐下，“不就是尽力而为之类的。”

这意思就是他搞砸了，伊丽莎白认为。如果干得好，他就会一五一十地说给我听。她突然好累，肩膀垮了下来，愣愣地看着那些进进出出的人。我要怎么说呢，她想，要怎么说才能让劳勃听明白呢？

“什么事闷闷不乐？”劳勃突然问。“又没有谁让你不吃早餐就赶去该死的上城区。”

“今天早上很不好过，”伊丽莎白说。劳勃抬起头，等着。“早上蹦进来一个新人。”

劳勃仍旧等着，他的脸有些微泛红，斜眼瞄着她。他在等，等着看她说些什么再决定是要道歉，还是生气，还是当个玩笑一笔带过。

伊丽莎白看着他。这就是劳勃，她想着。他要做什么，他要说什么，一个星期里每天他会戴哪条领带，我通通都知道，十一年来这些事我一清二楚，十一年来我一直在想办法让他听懂我说什么。十一年前我们坐在这里，手握着手，他说我们一定会成功。“我在想当年创业我们在这里吃午餐的情形，”她平静地说，劳勃一脸的迷惑。“我们刚刚开始创业的那一天，”她重复一遍，说得更加明确。“你还记得杰姆·哈瑞斯吗？”劳勃点点头，微微张着嘴。“我们应该会赚大钱的，因为杰姆打算把他的朋友全部引荐给我们，后来你跟杰姆打了一架，从此就没再见过他，他的朋友一个也没上门，现在我们手上的客户就是你那位部长朋友和你办公室墙上那幅杰姆的画。签了名的，”她说，“签了名，还写了‘敬赠’，他要是赚钱，我们还可以去跟他周旋一下，甚至是现在。”

“伊丽莎白。”劳勃说。他面有难色，一方面觉得很受伤，一方面又怕别人听见她说的话。

“甚至连我家转角药妆店的那个男孩。”伊丽莎白盯着他看了一会。“妲芬妮·希尔，”她说，“天哪。”

“我明白了，”劳勃意味深长地笑了笑，“妲芬妮·希尔。”看见女服务生过来，他转身。“小姐，”他大声说，再转向伊丽莎白，“我看你应该再喝一杯，让心情好一点。”女服务生在看他，“两杯马丁尼。”他说完再回头面对伊丽莎白，脸上堆着笑。“我干脆喝早餐吧。”他说着把手伸过去碰了碰伊丽莎白的手。

“听我说，”他说，“丽莎，原来你恼的是这件事。我真是笨，我还以为你怕我把部长的事搞砸了。听我说，妲芬妮这件事没什么不对，我只是想换个人让这个地方看起来明亮一些。”

“你可以油漆墙壁。”伊丽莎白毫无表情地说。见劳勃看着她，她又说：“没事。”他神情严肃地倾身向前。

“这样吧，”他说，“如果你不喜欢这个妲芬妮，叫她走就是了。一点问题也没有。我们还是合作无间啊。”他别开视线，若有所思地笑着。“我记得那些日子，没错。我们会创造奇迹的。”他降低了声音，怜爱地望着伊丽莎白，“我认为我们还是可以的。”

伊丽莎白突然没来由地哈哈大笑。“以后你下楼梯必须走得更轻一点，”她说，“大楼管理员的太太以为你就是把雪橇放在走廊上的那个人，害她差一点摔断腿。”

“别开我玩笑了，”劳勃说。“伊丽莎白，看见你为了妲芬妮·希尔这样的人心烦，令我很难过。”

“那可不。”伊丽莎白说。忽然间她把劳勃看成了搞笑的对象。能一直维持这种感觉倒也好，她想，没事开个玩笑捉弄一下。“哪，你要喝的早餐来啦。”她说。

“小姐，”劳勃对女服务生说，“我们要点午餐。”

他慎重地把菜单递给伊丽莎白，一面对女服务生说：“鸡肉卷和炸薯条。”

伊丽莎白说：“一样，谢谢。”顺手递回了菜单。女服务生走开，劳勃端起一杯马丁尼交给伊丽莎白。“你很需要这个，女孩。”他说。他拿起另外一杯，看着她，又再一次降低了声音，同样是充满感情的口气，说：“敬你，还有我们成功的未来。”

伊丽莎白露出甜美的笑容，浅尝一口。她看得出劳勃在做挣扎，他不知道该一口气喝光，还是假装没兴趣似的慢慢啜饮。

“喝得太快会不舒服的，亲爱的，”她说，“你没吃早餐。”

他细致的小啜一口，把酒杯放下。“现在我们来认真讨论一下妲芬妮吧。”他说。

“我认为她还是走的好。”伊丽莎白说。

他似乎很受惊吓。“当然，如果你希望那样，”他硬邦邦地说。“但这好像有点说不过去，同一天叫人家来又叫人家走，就因为你的妒忌。”

“我没有妒忌，”伊丽莎白说，“我从来没说我妒忌。”

“办公室里我就不能用一个好看一点的女孩子。”劳勃说。

“你可以，”伊丽莎白说，“我只是要一个会打字的人。”

“妲芬妮做事能力没问题的。”

“劳勃——”伊丽莎白欲言又止。完了，她想，我不想再跟他开玩笑了。我多希望能回到像一分钟前那样的感觉，不要像现在这样。她仔细地看着他，他的红脸，稀薄泛灰的头发，杵在桌上的厚实肩膀。他把头往后仰，挺着下巴，他知道她在看他。他觉得我令人生畏，她想，他是个男人，现在他在恫吓我了。“让她留下来吧。”伊丽莎白说。

“总算，”劳勃往后靠，服务生把餐盘放在他前面，“总算，”服务生离开，他继续把话说完，“我在自己的公司毕竟还是有雇用人的决定权。”

“我知道。”伊丽莎白无可奈何地说。

“你不要老是为一些小事情小题大做。”劳勃说。他嘴角向下垮，拒绝接触她的目光。“我可以自己管理这间公司。”他再重复一遍。

“我哪天真要是离开了，你会怕得要死，”伊丽莎白说，“吃你的午餐吧。”

劳勃拿起叉子。“当然，”他说，“如果只是因为妒忌而破坏了原本愉快的合伙关系，那太可惜了。”

“放心，”伊丽莎白说，“我哪里都不会去的。”

“希望如此。”劳勃说。他认真地吃了一会儿。“这样吧，”他突然放下刀叉说：“我们先试用她一个礼拜，到时候如果你还是觉得她没有威尔森小姐好，就让她走。”

“可是我不——”伊丽莎白才起了个头，随后又改口说：“好。这样我们就可以发现她究竟合不合适了。”

“好主意，”劳勃说，“现在我觉得舒服多了。”他又把手伸过桌面，这次只拍拍她的手。“丽莎真是好得没话说。”

“你知道吗，”伊丽莎白说，“我觉得好有趣。”她望着店门口。“我好像看到了一个熟人。”

劳勃转身朝门口看。“谁？”

“你不认得的，”伊丽莎白说，“我家乡的一个男孩。应该不是同一个人。”

“你在纽约老是以为碰见了熟人。”劳勃说着回过身拿起叉子。

伊丽莎白想着，八成是因为跟劳勃谈起从前，外加喝了两杯的关系，我已经多少年没想起法兰克了。她哈哈大笑，劳勃停下刀叉说：“你到底怎么了？人家还以为有什么问题呢。”

“我只是在想，”伊丽莎白说。一时间她觉得非要向劳勃说出来不可，她已经把他看成最熟稔的老友，几乎就像是自己的老公。“我已经多少年没想起这家伙了，”她说，“一大堆的往事一下子全部回笼了。”

“过去的男朋友？”劳勃毫无兴趣地说。

听到这句话，伊丽莎白心中又兴起一阵跟十五年前完全相同的慌乱。“啊，不是不是，”她说，“他带我去跳过一次舞。是我母亲打电话给他的母亲，请他带我去的。”

“加巧克力酱的巧克力冰淇淋。”劳勃对女服务生说。

“咖啡，”伊丽莎白说，“他是一个很棒的男孩。”她对劳勃说。我怎么停不下来了？她想着，已经多少年没去想他了。

“对了，”劳勃说，“你有没有告诉妲芬妮，她可以外出午餐？”

“我什么也没跟她说。”伊丽莎白说。

“那我们得赶快，”劳勃说，“那可怜的孩子八成饿坏了。”

法兰克，伊丽莎白想着。“说正经的，”她说，“你跟部长做了什么决定？”

“待会儿再跟你说，”劳勃说，“等我理好了头绪。目前我也不确定我们到底做了什么决定。”

他准备突如其来地告诉我，伊丽莎白想，让我没时间思考。其实不就是答应自掏腰包帮部长出版那本诗集。要不就是他跑路，一切由我来收拾。再不然就是有人来告我们。如果纯吃饭，法兰克一定不会来这种地方，他一定会到一个安安静静，人家会称呼他“先生”，周围都是美女的地方。“反正也无所谓了啦。”

“确实也是，”劳勃说。他显然觉得，在回去公司面对妲芬妮·希尔之前，有必要再做一次强调。“只要我们并肩作战，任何事都难不倒我们的，”他说，“我们合作得太好了，丽莎。”他站起来转身取他的大衣和帽子。他的西装皱了，他很不自在地晃着肩膀，显然这套西装令他很不舒服。

伊丽莎白喝完最后一口咖啡。“你越来越胖了。”她说。

他盯着她，眼神惶恐。“你觉得我又该节食了吗？”他问。

他们一起走进电梯，各自占着一个角落，怔怔地望着电梯的铁栅栏，想着各自的心事。从他们搬进这栋楼起，这座电梯每天上上下下何止六次八次，甚至连十次都有，两人有时候开心，有时候彼此生闷气，有时候开怀大笑，有时候吵得不可开交；电梯管理员很可能要比伊丽莎白的女房东或是劳勃办公室对门的那对年轻夫妇更了解他们，他们每天还是要进这座电梯，电梯管理员还是每天彬彬有礼的跟他们说话，背对着他们站在那里，跟着上上下下，偶尔稍微介入他们的争吵，尽量保持微笑。

今天他说：“天气还是很糟啊？”劳勃说：“糟透了。”管理员说：“应该定个法律来制止它。”他让他们出了电梯。

“真不知道他怎么看我们的，那个管理员。”伊丽莎白跟随劳勃走进走廊。

“可能他只想能够有机会离开那座电梯，坐坐办公室吧。”劳勃说。他打开办公室的门说：“希尔小姐？”

妲芬妮·希尔坐在接待处的办公桌前，正在看伊丽莎白外出午餐时留下的悬疑小说。“哈啰，谢克斯先生。”她说。

“你从我桌上拿来的吗？”伊丽莎白太惊讶了，不假思索地说。

“这样不对吗？”妲芬妮问。“我实在没事可做。”

“我们可以找很多事让你做，小姐，”劳勃诚心地说，神气活现的样子又出来了。“抱歉让你等这么久还没吃午餐。”

“我已经出去买了些东西吃了。”妲芬妮说。

“太好了，”劳勃说，他朝伊丽莎白瞄了一眼。“这些事我们都需要好好的来安排一下。”

“今后，”伊丽莎白犀利地说，“没有经过允许不要随便进我的办公室。”

“没问题，”妲芬妮有些吃惊，“你要把书拿回去吗？”

“你留着吧。”伊丽莎白说。她走进自己的办公室关上了门。她听见劳勃在说：“史泰尔小姐不喜欢别人动她的东西，希尔小姐，”接着，“请来我办公室一下。”还真的好像隔开了好几个房间似的，伊丽莎白想。她听见劳勃快步走进他的办公室，妲芬妮咚咚地跟在他后面，门关上了。

她叹着气想着，只要我假装真的有隔间，劳勃就会当真。她发现打字机上除了临走时打了一半的信件之外，还竖着一张字条。她拿起字条用心地看着，暂时不理会隔间那边那个员工的说话声。字条是威尔森小姐写的：

史泰尔小姐，没人告诉我有个新来的女孩，因为我已经做了这么久，我觉得你应该要知会我一声。我想她一定可以靠自己学习这些工作。请转告谢克斯先生，请他把我的薪水寄到我家，地址在档案里，他知道的。有一位罗伯·亨特先生来电话找你，希望你回他一个电话，他住在旅馆里，爱迪生之家。请转告谢克斯先生务必要把钱寄过来，这个月算到今天一共是两个星期，外加临时通知有一个星期的加发。爱莉丝·威尔森。

她肯定气疯了，伊丽莎白想，等不及地要拿钱，她肯定是气疯了，我猜第一个告诉她的人是妲芬妮，她的感觉就跟我一样；他绝对不会寄钱给她的。她听见劳勃的声音在说："这是一个很可怕的行业，称得上是最伤心的。"他在谈兼职写作，她想，妲芬妮很可能是在倾诉她的生活史。

她走出自己的办公室转到劳勃的门口，敲敲门。如果劳勃问："哪位？"她想，那我就说，"电梯管理员，我上来坐一会儿。"结果，劳勃说："进来吧，丽莎，干吗那么见外。"

"劳勃，"她开了门说，"威尔森小姐来过，留了张字条。"

"我忘记告诉你了，"妲芬妮说，"我还没来得及说。她说要谢克斯先生把钱寄给她。"

“真是遗憾，”劳勃说，“她应该昨天就告诉我的。她这么做实在太不应该了。”妲芬妮坐在唯一的另外一张椅子上，他犹豫半天说：“坐这里吧，丽莎。”

伊丽莎白等他准备要站起来了才说：“没关系，劳勃，我要去工作了。”

劳勃仔细地读完威尔森小姐的短信。“希尔小姐，”他说，“记下来，支付威尔森小姐的薪水和她要求加发一个星期的款项。”

“我没有记事本之类的东西。”妲芬妮说。伊丽莎白从劳勃桌上拿了一本便条纸和铅笔递给她，妲芬妮慎重地把这句话记在本子的第一页上。

“这个亨特是谁？”劳勃问伊丽莎白，“你以前的男朋友？”

我就知道不该告诉他的，伊丽莎白想。“好像是我父亲家乡的一个老朋友。”

“那最好回个电话。”劳勃把字条递还给她。

“我会，”伊丽莎白说，“你不觉得也该写封信给威尔森小姐解释一下？”

劳勃显得有些烦躁，他说：“这件事今天下午由希尔小姐来办吧。”

伊丽莎白尽量不去看妲芬妮，说：“好主意，正好给她一些事情做。”

她走出去轻轻地关上门，为了表面上的隐私，她走进自己的办公室也顺手把门带上。她知道劳勃一定会听她讲电话，她脑子里升起一幅奇怪的画面，劳勃和妲芬妮，两个人安静地坐在办公桌的两边，两张严肃的大脸微微转向隔间板，用心听着伊丽莎白和她父亲的老友通电话。

她查看电话簿里旅馆的号码，听着劳勃说："就告诉她说我们由衷地感到抱歉，但形势非我所能掌控之类的。口气尽量轻松愉快。记得告诉她日后如有新的职位，我们一定最先考虑她。"

伊丽莎白拨了电话，同时等待着劳勃那边突然的静默。她请旅馆职员转接罗伯·亨特先生，他接起了电话，她把声音压低，说："罗伯叔叔吗？我是莎莎。"

他热诚地回应。"莎莎！好高兴听到你的声音。妈妈以为你太忙了不会回电话的。"

"她跟你一起来的？太好了，"伊丽莎白说，"你们两个都好吗？爸好吗？"

"都好，"他说，"你好吗，莎莎？"

她继续压低音量。"很好，罗伯叔叔，过得蛮好的。你到这里多久了？准备待多久？我什么时候可以看到你？"

他大笑。"妈妈在那头跟我说话，你在这头跟我说话，"他说，"你们两个说的话我一个也听不清楚。最重要的，你好不好？"

"我很好。"她再说一遍。

"莎莎，"他说，"我们好想见你。有太多话想跟你说了。"

"我非常忙，"她说，"不过我很想跟你碰个面。你会待到什么时候？"

“明天，”他说，“只来了一两天而已。”

她飞快地盘算着，声音并不中断，“哎呀，”口气遗憾又沮丧，“你为什么不早点让我知道呢？”她说。

“妈妈要我告诉你大家都好爱你好想你，”他说。

“我好难过，”她说。内疚加强了她的语气。“我不知道怎么才能跟你见面。不然明天上午呢？”

“这，”他说得很慢，“妈妈一心想明天去长岛看她姐姐，明天一早就要去车站了。我们在想今天晚上看你可不可以跟我们见个面。”

“天哪，”伊丽莎白说，“今天晚上我有个饭局，不能取消的。是跟一个客户。”她说：“你知道的。”

“真是太不巧了，”他说，“我们要去看表演，本来想你可以一起去。妈妈，”他叫着，“我们去看的表演叫什么？”他等了一会说：“她也不记得了。是旅馆帮我们买的票。”

“我好希望我能去，”她说，“我真的好希望我也能去。”她不去想他们因为她而多买一张票，她只想着两个老人孤单地在一个陌生的城市里吃着晚餐假装欢庆的样子。他们特意为我保留了今天晚上。“如果今晚约的是别人，我无论如何一定会取消，可是这是我们最好的一个客户，我真的不敢。”

“当然不要。”电话那头似乎沉默了好久，伊丽莎白忍不住急切地说：“爸爸还好吗？”

“很好，”他说，“大家都好。我想他很希望你可以回家。”

“我猜想他一定很寂寞。”伊丽莎白尽量不让她的声音透露出任何讯息。她只想快点结束谈话，让自己脱离亨特二老和她的父亲还有那些絮絮叨叨的，要她回家的各种暗示。现在我住在纽约，她告诉自己，老人家的声音持续地唱着独角戏，诉说着她的父亲和很久很久以前她曾经认识的那些人。我现在一个人住在纽约，我用不着再记得那些人。现在我肯跟他说话，罗伯叔叔应该高兴。

“我好高兴你来电话，”她突然卡进他的声音里说，“我必须回去工作了。”

“当然当然，”他满怀歉意地说，“好，莎莎，给我们大家写写信，好吗？妈妈要我向你问好。”

他们抓着我不放，她想。他们还想阻挠我，用那些信件，用“你至亲至爱的”那些字眼，用不断你来我往的爱。“再见。”她说。

“找时间回老家来看看。”他继续。

“我会的。再见。”伊丽莎白说。她正准备在他的“再见”声中挂上电话，不料，“啊，等等，莎莎——”他忽然又想起了什么。我真的受不了了，她想。

现在她开始听见隔壁办公室劳勃的声音了，“对于接电话之类的事情我想你应该都知道了。”

“是的。”妲芬妮说。

伊丽莎白转向打字机，面对那一封永远打不完的博登先生的回信，劳勃和妲芬妮·希尔还在谈话，提到一些客户的名字和接待室办公桌上的两个分机按钮，接着她听见他们一起走到接待室，在试分机，两个小朋友，她想着，在扮家家酒。偶尔她会听见劳勃的笑声，过了一会儿，妲芬妮也在笑，很慢很惊讶的笑声。尽管她努力集中精神在回复博登先生关于稿酬的事，耳朵却忍不住跟着劳勃和妲芬妮游走在办公室里。有一两次，说话的声音超出了原来的音量，他听见劳勃用非常世故的口吻说："一个安静的小餐馆。"他的音量降回到原来的谨慎，她告诉自己，他在说以后谈话的地点。她不作声，她不要表现得像一个入侵者，她等着妲芬妮在接待处坐定了，劳勃也开始回自己的办公室了。她才说："劳勃？"

没有声音，忽然他走了过来打开她办公室的门。"你知道我不喜欢你隔着办公室吼。"他说。

她停顿一下，转换语气。"我们今天晚上要一起吃饭吧？"她问。他们一星期在一起吃四到五次晚餐，通常就在平时午餐的那间餐馆，要不就在劳勃或伊丽莎白的住处附近找个小餐馆。当她看见劳勃的嘴角往下垮，不着痕迹地把头侧向外面那间办公室的时候，她把声音略微提高了。"我今天晚上特地推掉了一些约会，"她说，"我有很多事要跟你谈一谈。"

"说实话，丽莎，"劳勃说，声音很低，速度很快，"今晚恐怕不行。"不知道他是不是在重复几分钟前她在电话上讲的话，只见他露出一副懊恼的表情，"我今天晚上有个饭局，不能取消的，是跟一个客户。"伊丽莎白一脸错愕，他又说："是部长，今天上午我答应了他，晚上跟他一起吃晚饭。刚才我一直没机会告诉你。"

“那当然不能取消，”伊丽莎白轻松地说。她等着，望着劳勃。他不自在地坐在她办公桌的边角，心不在焉地把玩着一支铅笔，想离开又怕太突兀。我在干什么？伊丽莎白猛地惊觉，在玩捉迷藏吗？“你为什么不去看场电影什么的？”

劳勃苦笑。“但愿我能。”他说。

伊丽莎白伸出手把那支铅笔拿开。“可怜的劳勃，”她说，“你太焦虑了。应该去散散心轻松一下。”

劳勃皱起眉头。“为什么？”他说，“这不是我的办公室吗？”

伊丽莎白尽量放柔了语气。“你应该走出去，离开这里几个小时，劳勃，我是说真的。你今天下午不能再工作了。”她决定让自己再多要一点小小的心机。

“更何况今天晚上你还得去见那个讨厌鬼。”她说。

劳勃的嘴开了又闭，最后他说：“这种坏天气，我什么都没办法思考了。这雨下得我快疯掉了。”

“我知道，”伊丽莎白说。她站起来，“去把帽子戴上，穿好大衣，公文包和其他的东西全部留在这里，”她把他推向门口，“去电影院待一两个钟头再回来，你会感觉超棒，就可以精神百倍地去跟部长谈了。”

“这种天气我不想再出去。”劳勃说。

“别说了，去刮刮胡子，”伊丽莎白说。她开了门，看见妲芬妮·希尔在盯着她看。“去理个发，”她边说边摸着他的后脑勺。“这里有我和希尔小姐，没问题的。对吗，希尔小姐？”

“当然。”妲芬妮说。

劳勃有些别扭地走进了办公室，不一会儿就带着湿答答的大衣和帽子走出来。

“我不知道你为什么一定要我出去。”他说。

“我不知道你为什么一定要待在这里，”伊丽莎白护送他到门口。“像你现在这副样子，做什么事都做不好的。”她把门打开，他走了出去。“待会儿见。”

“待会儿见。”劳勃踏上了走廊。

伊丽莎白一直看着他进了电梯，才把门带上，转向妲芬妮·希尔。“给威尔森小姐的信写好了吗？”她问。

“我正在写。”妲芬妮说。

“写好了拿进来给我。”伊丽莎白走进自己的办公室关起门，坐下来。法兰克，她想着，绝对不会是法兰克。如果是他，他一定会打招呼，我并没有改变那么多。如果真是法兰克，他在这附近做什么呢？想他有什么用，她想，反正又找不到他了。

她从办公桌一角取过电话簿，搜寻法兰克的名字；没有，她把范围扩大一些，查H开头的，手指顺着书页画下来，找到了杰姆·哈瑞斯。她拉过电话，拨了号码，等待。接听的是一个男人，她说：“是杰姆·哈瑞斯吗？”

“是的。”他说。

“我是伊丽莎白·史泰尔。”

“哈啰，”他说，“你好吗？”

“我一直在等你跟我联络，”她说，“好久不见了。”

“确实很久了，”他说，“只是我抽不出空——”

“我是想问你一件事，”她说，“你记不记得法兰克·戴维斯？”

“我记得，”他说，“他现在做什么？”

“我正想问你呢。”她说。

“啊。这个……”

她等了一会儿，再继续，“改天我要你请我吃一直没兑现的那顿晚餐。”

“没问题，”他说，“我再给你电话。”

啊，有了，她想。“我们已经太久没见面了。不如这样吧，”她让自己的口气听起来像是突发的奇想，像是完全出乎预料的一件事，“干脆就在今天晚上如何？”他好像要开始说话，她又接着说：“我真的好想见你。”

“是这样的，我小妹来了。”他说。

“她不能一起过来吗？”伊丽莎白问。

“哦，”他说，“应该可以。”

“好啊，”伊丽莎白说，“你们先来我家喝一杯，带小妹一起，让我们好好叙叙旧。”

“我再打给你？”他问。

“我马上要出去了，”伊丽莎白直截了当地说，“今天一整个下午我都不在公司。我们就约七点吧？”

“好的。”他说。

“我好高兴我们今天晚上就能见面，”伊丽莎白说，“待会儿见啦。”

挂断电话，她在位子上坐了一会儿，手仍搁在话筒上，心想着，老好人哈瑞斯，只要人家说话一快，他就没辙，他在这里八成什么样的烂活都干过了。她忍不住笑了，笑声很快被中断，妲芬妮在敲门，伊丽莎白说：“进来。”妲芬妮小心地开了门探头进来。

“我把信写好了，史泰尔小姐。”她说。

“拿过来吧，”伊丽莎白说，接着又补上一句，“谢谢。”

妲芬妮走进来，伸长了胳臂把信递过来。“写得不太好，”她说，“不过这是我自己写完的第一封信。”

伊丽莎白对那封信扫了一眼。“没关系，”她说，“坐，妲芬妮。”

妲芬妮拘谨地坐在椅子的边缘。“往后靠，”伊丽莎白说。“我只有这一张椅子，我不希望你把它坐断了。”

妲芬妮往后靠，两只眼睛睁得好大。

伊丽莎白仔细地打开包包，取出一包烟，在找火柴。“等一下，”妲芬妮殷勤地说，“我有。”她冲到外面的办公室拿了一盒火柴回来。“你留着用，”她说，“我还有。”

伊丽莎白点了烟，把火柴放在桌子的边缘。“哪，”她开口了，妲芬妮身体向前倾。“你来这里之前在哪工作？”

“这是我的第一份工作，”妲芬妮说，“我刚来纽约。”

“你从哪里过来的？”

“水牛城。”妲芬妮说。

“所以你来纽约是为了赚钱？”伊丽莎白问。我也是为此而来的呀，亲爱的妲芬妮，她想着，而我已经赚到钱了。

“我不知道，”妲芬妮说，“我父亲带我们来的，因为他哥哥需要他帮忙做生意。我们一两个月前才刚刚搬过来。”

假如我有一个能照应我的家庭，伊丽莎白想，我就不会跟着劳勃·谢克斯工作了。“你读到什么学历？”

“我在水牛城读到高中，”妲芬妮说，“在商职也读过一阵子。”

“你想当作家吗？”

“不想，”妲芬妮说，“我想做经纪人，像谢克斯先生那样。还有你。”她补上一句。

“这是个很不错的行业，”伊丽莎白说，“你可以靠这行赚很多钱。”

“谢克斯先生就是这么说的。他很内行。”

妲芬妮这会儿胆子大多了。她敢盯着伊丽莎白的香烟看，也能安稳自在地坐在椅子上。

伊丽莎白忽然觉得好疲倦，妲芬妮一点也不好玩。“我和谢克斯先生吃午餐的时候谈起过你。”她刻意地说。

妲芬妮笑了。在她笑的时候，在她坐着的时候，看不出架在两只小脚上的身体有多大的时候，妲芬妮其实是个很吸引人的女孩。尽管褐色的眼睛很小，还有那一头乱发，但是妲芬妮其实非常有吸引力。我太瘦了，伊丽莎白边想边说，口气愉悦，“我想你最好把威尔森小姐的这封信重写一遍，妲芬妮。”

“没问题。”妲芬妮说。

“告诉她，”伊丽莎白继续往下说，“叫她尽快回来上班。”

“回来这里？”妲芬妮问，语气中开始出现惊恐。

“回来这里，”伊丽莎白说。她微微笑着，“恐怕谢克斯先生没有勇气告诉你，”她说，“我和谢克斯先生，除了是事业上的合伙人，也是非常要好的朋友。谢克斯先生经常利用我们的交情，把一些吃力不讨好的工作都交给我来办。”

“谢克斯先生什么也没跟我说。”妲芬妮说。

“我想也是，”伊丽莎白说，“尤其在我看到你好像把这里当成你家似的长驱直入的时候。”

妲芬妮害怕了。她蠢到连哭都不会，伊丽莎白想，不过她还是要把话跟她说清楚。“当然，”伊丽莎白继续，“我很不喜欢做这种事。如果我想办法帮你另外再找一份工作，也许你会觉得好过一点。”

妲芬妮点点头。

“说得更直白一些，”伊丽莎白说，“因为谢克斯先生稍早特别提到这一点，就是男人都很在意的那件事——你的外表。”

妲芬妮垂眼看着她那件前面鼓得像帐篷似的大洋装。

“可能，”伊丽莎白说，“你自己也已经知道了，我这么直白真的很不礼貌，不过我认为如果不穿这身软绸洋装，你给人家的印象会更好，以后找到工作也会更顺利。你现在的穿着，呃，好像你真的就是从水牛城来的似的。”

“你要我穿套装之类的？”妲芬妮问。她说得很慢，并没有怀恨的语气。

“素净一些，不要太张扬就是了。”伊丽莎白说。

妲芬妮上上下下地端详着伊丽莎白。“像你穿的这种套装？”她问。

“套装很好。”伊丽莎白说，“还有，试试看把头发梳直。”

妲芬妮温柔地摸着她的头顶。

“尽量梳得整齐一些，”伊丽莎白说，“你的头发很漂亮，妲芬妮，如果你把它整理得端庄些，上班看起来就更合适。”

“像你那样？”妲芬妮看着伊丽莎白夹着一些灰白的头发。

“随便你怎么弄，”伊丽莎白说，“只要别像一个拖把。”她把头一转，盯着办公桌，过了一会妲芬妮站起来。“把这个拿回去，”伊丽莎白举着威尔森小姐的那封信，“照我刚才交代的重写。”

“是，史泰尔小姐。”妲芬妮说。

“写完信你就可以回家了，”伊丽莎白说，“把信留在办公桌上，还有你的姓名和地址，谢克斯先生会把你今天的工资寄给你。”

“我不在乎他寄不寄这些钱。”妲芬妮突然说。

伊丽莎白抬起头，稳稳地看着她。“你认为你有资格批判谢克斯先生的决定吗？”她问。

伊丽莎白动也不动地坐在位子上等着看妲芬妮的动作；一直到办公室的门被轻轻带上，妲芬妮走回自己的办公桌，四周一片凝重的沉默。她现在坐在座位上，伊丽莎白想着，她在考虑。然后，终于，妲芬妮的包包发出一点小小的声响，按扣打开了，一只手在一堆钥匙、证件里翻找。她在找粉盒，伊丽莎白想，她要看看我对于她外表的说法是不是真的。她在怀疑劳勃到底说了什么，他是怎么说的，我有没有添油加醋或只是轻描淡写。我应该告诉她，他说她是只肥猪，或者她是他看到过最丑的丑东西，这样她可能会当场昏倒。现在她到底在做什么？

妲芬妮非常清楚地飙了一句“该死”。伊丽莎白在椅子上往前挪，她不想漏掉任何一丁点的动静。出现平静的打字声了，妲芬妮在打威尔森小姐的信。伊丽莎白慢慢地摇了摇头，笑了起来。她拿妲芬妮给的火柴点起一支烟，火柴盒仍旧留在桌上，她无所谓地看了看回复博登先生的那封信，信仍旧留在打字机里。她一只手臂勾到椅子背后，烟叼在嘴里，用一根手指慢条斯理地打着，“去你的，博登。”再从打字机上把这一页撕下来扔进字纸篓里。今天我只做了这么丁点的事，她告诉自己，在看着妲芬妮那张脸说话之后，这些都没关系了。她看着办公桌，一堆待回的信，一篇等着回信的专业编辑写的评论，一些读者的抱怨，她想着，我要回家。回家洗个澡，打扫一下，为杰姆和他小妹准备些东西。现在就等着妲芬妮离开。

“妲芬妮？”她喊。

稍许的迟疑。“是，史泰尔小姐？”

“你还没写好吗？”伊丽莎白说，她现在有精神用比较温和的语气说话了。“给威尔森小姐的这封信应该很简单吧。”

“我正准备要走。”妲芬妮说。

“别忘了留下你的姓名和地址啊。”

房间另一边一阵静默，伊丽莎白隔着门，提高音量，“你听见了吗？”

“谢克斯先生知道我的姓名和地址，”妲芬妮说。外间的门打开了，妲芬妮说：“再见。”

“再见。”伊丽莎白说。

她在家附近的转角下了出租车，付过车费，包包里还有一张十块钱的纸钞和一点零钱，加上公寓里的二十多块，这些，在开口向劳勃要求加薪之前，就是她全部的家当了。她很快盘算一下，决定从家里拿十块钱出来打发今天晚上。杰姆·哈瑞斯应该会请她吃晚饭，那么，十块钱用来应急和付车费，明天再找劳勃拿钱就是了。包包里的钱用来买酒和做鸡尾酒的材料，她在转角的酒店买了一瓶麦酒，五分之一加仑的，下次劳勃来家里时还有得喝。她把酒瓶夹在胳臂底下，走进熟食店，买了姜汁汽水，犹犹豫豫地选了一袋薯条、一盒子脆饼干和铺在饼干上的肝泥香肠。

她不习惯招待客人。晚上她和劳勃总是两个人安安静静地在一起，很少跟人接触，除了偶尔一个客户或者也是偶尔一个邀他们出去的老朋友。因为他们没有结婚，劳勃不太愿意带她出去，也许他觉得有些尴尬吧。他们都在小饭馆进餐，难得在家里或是转角的小酒吧喝点小酒，到附近的电影院看场电影。在伊丽莎白必须要邀请朋友来家里的时候，劳勃都不会在场。他们曾经在劳勃的大公寓里开过一次盛大的派对，大概是为一个客户之类的，那个派对办得很惨，宾主都不欢，从此以后再没办过，受邀的机会也只有一两次。

所以，伊丽莎白虽然总把“过来喝一杯”挂在嘴边，等到人家真的来了，结局几乎都很糟。她爬上楼回到自己的小窝，手里抱着、下巴抵着的全是采买来的包裹，她再三地担心着那些流程：喝酒、递饼干、拿外套。

屋子里的状况令她震惊。今天早上急急忙忙赶着出门，什么都没整理。再说，这间公寓是为伊丽莎白量身打造的，也就是说，这里住的是一个每天早上赶着出门，既不快乐也没指望的年轻女性，没什么能力或者根本就没有能力表现优雅，每个孤单丑陋的黄昏都是一张椅子一本书一只烟灰缸，每个夜晚都在梦里见到炙热的草地和浓艳的阳光。这里不可能会出现三五个人随意坐着举杯畅谈的景象。夜幕初升，屋里只亮起一盏台灯，四边角落暗蒙蒙的，看起来温暖惬意，但是只要一坐上扶手椅，或是用手摸一摸那看起来像是上过亮漆的灰色茶几，你就会看出那廉价的椅子有多硬，那茶几也落漆了。

伊丽莎白抱着那些包裹在门口站着，用心而仔细地看着她的小窝，仿佛会有一只爱心之手把这里全部抚平。一阵下楼的脚步声逼使她赶紧进到屋里，关上门，一进入屋内，憧憬全没了。她把脚踩在毫无光泽的地板上，门把上有一个脏污的手指印。劳勃的，伊丽莎白想着。

她推开遮掩小厨房的落地窗门，把包裹放下。小厨房占着一面墙，迷你式的炉灶卡在一只碗橱底下，冰箱上面是水槽，水槽过去是两个架子，上面排放着她收藏的瓷器：两个瓷盘、两套咖啡杯碟和四只玻璃杯。另外还有一个长柄小锅、一个煎锅和一个咖啡壶。所有的家具都是几年前在廉价商店买的，她规划了一个小巧完整的厨房，有了这间厨房，她可以下厨为自己和劳勃做一些烧烤，甚至烘焙一些小派和饼干，她穿起黄色的围裙，三不五时地犯一点新手的小过错。刚来纽约的时候，她的厨艺还相当不错，能够炸猪排和马铃薯，这些年来，除了偶尔犒赏自己做一些富奇软糖之外，她几乎没有再接近过炉灶，那些厨艺也忘光了。烹饪，就像其他那些她所熟知的东西，是一种令她成为幸福女人最实用的知识（“最能抓住男人的心。”她母亲经常这么认真地说），只是在她现在的日常生活里，这东西早就没有什么作用，顶多只是偶尔的点缀罢了。

她必须把那四只玻璃杯拿下来清洗，长久待在没遮盖的架子上，杯子沾满了灰尘。她查看冰箱。牛油和鸡蛋已经在冰箱里放了一段时间，食物柜里的面包和咖啡也是，她连一顿早餐都没吃成，就已经有霉味了。因为她经常晚起，极少有时间为自己做早餐。

现在才四点半，她有的是时间打扫洗澡更衣。她最在意的是打扫。她抹桌子，清空烟灰缸，放下抹布再整理床铺，把床单拉平。

她很想把三张小地毯拿起来好好地掸一掸，再刷洗地板，可是才看了一眼浴室就令她气馁了。待会儿他们一定会进出浴室，那地板那浴缸甚至那墙壁都需要刷洗。她打开热水龙头，把抹布浸泡在热水里，最后总算把地板抹干净了。她从小储藏室里拿出干净的毛巾，趁着放洗澡水的时间去收拾房间。

经过一番折腾之后，屋子看起来仍旧是老样子，在下着雨的午后光影里，仍旧灰暗冷淡。她挣扎着想了片刻，奔下楼去买了一些鲜花，突然又觉得可能会超支；反正，他们待在屋里的时间很短，一间有吃有喝的屋子总该显得亲切温馨一点了吧。

等她洗完澡已经快六点，天色暗得可以亮起茶几上的台灯了。她赤脚走过房间，感受着那份干净清爽，闻得到自己身上的香水味，沾了热水的头发微微卷着。清爽干净的感觉令她兴奋，今晚一定会很开心，她一定会很成功，美妙的人生一定会从今夜开始展开。跟着这份感觉，她从衣橱里挑了一件暗红色的丝质洋装，式样很年轻，少了几丝灰发，她看上去不过二十来岁。她选了条厚重的金项链戴上，心想着，我可以穿那件高级的黑大衣，即使下雨也无妨，穿得好看就有好心情。

穿衣打扮的时候她想到了她的家。说实在的，这间公寓没救了，就算挂上黄色的窗帘或是图画都没用。她需要一间新的公寓，一个开朗愉快的地方，有着大窗户和白色的家具，全天都有日照。换新公寓需要钱，她需要一份新的工作，杰姆·哈瑞斯一定会帮这个忙。今晚将会是以后一连串快乐餐会的开始，建立起一份美好的情谊，为她带来一份新的工作，一间充满阳光的公寓。她计划着她的新生活，她完全忘了杰姆·哈瑞斯，忘了他那张阴沉的脸，忘了他尖细的声音。他成了一个陌生人，一个挺拔黝黑的男人，用一双深情的眼睛看着她走过房间，他是一个爱慕她的人，一个深沉内敛的男人，需要阳光，需要温暖的花园，需要如茵的青草地……

# 一家老字号

康寇尔太太和她的大女儿海伦坐在客厅里，做针线活聊天取暖。海伦放下手边缝补的袜子，走向通往花园的落地窗门。“真希望春天快点来。”她正说着，门铃响了。

“天哪，”康寇尔太太说，“这什么公司啊！整块地毯的线头全松散了。”她弯着身子收拾四周乱七八糟的材料，海伦过去应门。她面带微笑地开了门，门外的女人手一伸，立刻开口说话。“你是海伦？我是弗莱曼太太，”她说，“请原谅我这个不速之客，我实在太想见你和你母亲了。”

“你好。”海伦说，“请进来吧？”她把门开大，弗莱曼太太进了门。她小小的，黑黑的，穿了一件很时髦的豹皮大衣。“你母亲在家吗？”她问海伦，这时康寇尔太太从客厅里走了出来。

“我就是康寇尔太太。”海伦的母亲说。

“我是弗莱曼太太。”弗莱曼太太说，“鲍勃·弗莱曼的母亲。”

“鲍勃·弗莱曼。”康寇尔太太重复了一遍。

弗莱曼太太带着歉意地笑着。“我以为你的孩子一定提起过鲍勃。”她说。

“当然提过，”海伦突然说。“妈妈，就是查理在信上常常提起的那个人。只是一时很难联系起来，”她对弗莱曼太太说，“因为感觉上查理现在好像隔得太远了。”

康寇尔太太不断点头。“当然当然，”她说，“请进来坐吧。”

弗莱曼太太跟随着康寇尔母女进入客厅，在一张没有堆着针线活的椅子上坐了下来。康寇尔太太朝着房间挥了挥手。“太乱了，”她说，“我和海伦时常在忙这些事情。这些都是厨房里的窗帘。”她补充一句，拎起了手边的布料。

“做得真好。”弗莱曼太太礼貌地说。

“来，说说你的儿子吧。”康寇尔太太接着说，“真是，我怎么没马上想起这个名字呢？不知道怎么的，我一直把鲍勃·弗莱曼和查理还有军队连在一起的，突然在这里见到他母亲觉得挺奇怪的。”

弗莱曼太太哈哈大笑。“我也有同感，”她说，“鲍勃信上说他朋友的妈妈就住这附近，离我们才几条街而已，他说我为什么不来拜访一下。”

“我很高兴你来。”康寇尔太太说。

“现在我们对鲍勃的情形知道的大概跟你不相上下了，”海伦说，“查理在信上经常提到他。”

弗莱曼太太打开小包包。“我这里甚至还有一封查理写来的信，”她说，“我想你们一定也想看一看。”

“查理写信给你？”康寇尔太太问。

“只是一张纸条。他很喜欢我寄给鲍勃的烟丝，”弗莱曼太太解释，“上次我寄包裹给鲍勃的时候顺便也带了一罐给他。”她一面把信递给康寇尔太太，一面对海伦说：“对你们的情形我简直如数家珍了呢，鲍勃跟我说得太多了。”

“啊，”海伦说，“我知道鲍勃在圣诞节的时候给你们买了一柄日本武士刀。放在圣诞树底下一定很可爱。那是查理帮他从一个男孩手里买过来的呢——你听说那件事了吗，当时他们差点跟那个男孩打起来？”

“是鲍勃差点跟人家打起来，”弗莱曼太太说，“查理很聪明，他没插手。”

“不对吧，我们听说惹出麻烦的那人是查理。”海伦说。她和弗莱曼太太一起大笑。

“也许我们不该互相交流，”弗莱曼太太说，“他们好像都是各说各话。”她转向康寇尔太太，康寇尔太太已经看完了信，递给海伦。“我刚才在跟你女儿说我听了好多夸赞你的话呢。”

“我们也听说了很多夸赞你的话。”康寇尔太太说。

“查理还拿你和你两个女儿的照片给鲍勃看。小的那个叫南西，对吧？”

“南西，对。”康寇尔太太说。

“嗯，查理真的很看重他的家人，”弗莱曼太太说。“他还给我写信，这不是太好了吗？”她问海伦。

“那个烟丝一定非常好。”海伦说。她稍稍犹豫了一会儿才把信递过去，弗莱曼太太把信收回小包包里。

“我很想哪天跟查理见见面，”弗莱曼太太说，“感觉上我好像已经跟他熟得不得了了。”

“我相信等他回来的时候也一定很想跟你见面的。”康寇尔太太说。

“我希望不会太久，”弗莱曼太太说。三个人沉默了一会，随后弗莱曼太太又兴致勃勃地说：“好奇怪啊，大家住在同一个镇上，结果却让两个离我们那么远的孩子来介绍我们认识。”

“在这个镇上要彼此认识并不容易。”康寇尔太太说。

“你们住这里很久了吗？”弗莱曼太太歉疚地笑笑。“我知道你先生，”她补上一句，“我姐姐的几个孩子都在你先生那所高中就读，他们都很称赞他。”

“真的？”康寇尔太太说，“我先生在这里住了一辈子。我是结婚的时候才从西部过来的。”

“那你也苦过来了，过日子或是交朋友之类的。”弗莱曼太太说。

“不会，我一点都没问题，”康寇尔太太说，“当然啦，我们的朋友绝大部分都是跟我先生同一所学校的人。”

“很可惜鲍勃没机会在康寇尔先生门下受教，”弗莱曼太太说。“那……”她站起来，“我很开心终于跟你们见面了。”

“我很高兴你特地过来，”康寇尔太太说，“感觉就像收到查理的信一样。”

“我知道收到信有多开心，就像我等鲍勃的来信那样。”弗莱曼太太说。她和康寇尔太太开始朝着门口走，海伦站起来跟着。“我先生对查理超有兴趣的，你知道。自从他发现查理入伍时念的是法律。”

“你先生是律师？”康寇尔太太问。

“他就是古伦活、弗莱曼和怀特联合律师事务所的弗莱曼，”弗莱曼太太说。“查理准备出来工作的时候，说不定我先生能够给他安插一个位子。”

“你们真是太好了，”康寇尔太太说，“查理要是听说了一定会感到很可惜。不瞒你说，事情总是那么凑巧，我们已经安排他去查尔士·沙特威那里工作了，他是我先生的一个老朋友。就是‘沙特威与哈瑞斯’。”

“我相信弗莱曼先生绝对知道这家公司的。”弗莱曼太太说。

“一家很不错的老字号，”康寇尔太太说，“康寇尔先生的祖父过去是公司合伙人。”

“您给鲍勃写信的时候也替我们向他问好。”海伦说。

“我会的，”弗莱曼太太说，“我会告诉他跟你们见面的事。非常开心。”她向康寇尔太太伸出手。

“我也很开心。”康寇尔太太说。

“告诉查理我还会再寄烟丝给他。”弗莱曼太太对海伦说。

“我一定会。”海伦说。

“好，那就再见了。”弗莱曼太太说。

“再见。”康寇尔太太说。

# 傀儡

这是一家很体面、料好又实在的餐馆，有很棒的大厨和一群自夸为夜总会级别的娱乐表演人。来这里的客人轻言浅笑，细嚼慢咽，即使账单稍微高过一般有娱乐表演的餐馆，大家也欣然接受。这是一家很体面，很讨喜的餐馆，单独两位女士也可以从容自在地走进来，享用一顿低调的豪华大餐。威尔金太太和史特劳太太轻轻踏上铺着地毯的楼梯，走进了餐馆，没有一个服务生抬头多看她们一眼，也没有几个客人转过头来，领班安静地走上前，向她们微微一鞠躬，转身指着最里面的几个空位。

“坐得那么远你会介意吗，爱丽丝？”威尔金太太对着史特劳太太说，显然今晚是她请客。“你不喜欢的话，我们可以再等一会儿。要不然就换个地方？”

“当然不会。”史特劳太太块头很大，戴着一顶满是花朵装饰的帽子，她欢喜地看着邻近桌位上的佳肴。“我坐哪里都行。这里真的好可爱。”

"好吧，"威尔金太太对领班说，"如果方便，尽量不要太后面。"

领班仔细地听着点点头，很优雅地穿过一排桌位往最后面走，一直走到靠近表演者们上下场的出入口，靠近老板娘一个人坐着喝啤酒的位子，靠近厨房的拉门。"没有再近一点的吗？"威尔金太太皱着眉对领班说。

领班耸耸肩，朝其他几个空桌位比了一下手势。一个是在柱子后面，另外一个是大桌，第三个等于是在乐队后面。

"这里就很好，珍，"史特劳太太说，"我们坐下来吧。"

威尔金太太还在犹豫，史特劳太太已经拉开椅子吁一口气坐了下去，一面把手套皮包放在旁边多出来的那张椅子上，再动手解开大衣的领口。

"我实在不大喜欢这个位子，"威尔金太太说着滑入了对面的座椅，"我觉得我们好像什么也看不见。"

"当然看得见，"史特劳太太说，"我们什么都能看得见，也能听得见。你要不要换到我这边来坐？"最后这句说得很勉强。

"当然不要，爱丽丝，"威尔金太太说。她接过服务生递上来的菜单，放在桌上快速地扫了一遍。"这里的东西很好吃。"她说。

"焗虾煲，"史特劳太太说，"炸仔鸡。"她叹息，"我真的饿了。"

威尔金太太毫无异议，迅速地点了菜，再帮忙史特劳太太做了决定。服务生一走，史特劳太太就舒舒服服地往后靠，侧转身望着这一整间餐馆。“这地方真不错。”她说。

“这里的人都很有水平。”威尔金太太说，“这家店的女老板就坐在那里，在你后面。我始终觉得她又干净又正派。”

“她大概连玻璃杯有没有洗干净都要管的，”史特劳太太说。她转向桌子，拿起皮包，把一包烟和一盒安全火柴掏出来摆在桌上。“我喜欢吃饭的地方干净舒服。”她说。

“他们可是赚了不少钱。”威尔金太太说，“好几年前，在他们扩大门面之前，我和汤姆常来这里。那时候真好，不过现在吸引了不少上流客层。”

史特劳太太十二万分满意地看着送到面前的蟹肉开胃小菜。“的确。”她说。

威尔金太太无动于衷地拿起叉子，看着史特劳太太。“昨天我收到了瓦特的来信。”她说。

“他怎么说？”史特劳太太问。

“他还不错，”威尔金太太说，“感觉上他好像有很多事都没告诉我们。”

“瓦特是个好孩子，”史特劳太太说，“你不用太担心。”

乐队突然开始演奏，声音奇大无比，灯光全暗，一盏聚光灯打在舞台上。

“我讨厌在暗的地方吃饭。”威尔金太太说。

“从后面那些门里透出来的光线够亮了。”史特劳太太说。她放下叉子转身望着乐队。

“他们派瓦特当助教。”威尔金太太说。

“他在班上一定很优秀。”史特劳太太说，“你看那个女孩的衣服。”

威尔金太太暗暗地转身，瞧着史特劳太太歪头指着的那个女孩。女孩从表演者休息室的那扇门走出来。她很高，皮肤很黑，一头丰厚的黑发，浓眉，穿着一件闪绿色的缎子服，超低胸，一边的肩膀上有一朵橘红色的大花。“我还真没见过这种衣服，”威尔金太太说，“她八成要上台跳舞。”

“她不算太漂亮，”史特劳太太说，“你快看跟她一起的那个家伙！”

威尔金太太再转头，很快地又转回来对史特劳太太微微一笑。“他看起来像只猴子。”她说。

“个子好小，”史特劳太太说，“我讨厌那些弱鸡似的金毛小个子。”

“以前这里的表演秀都很棒，”威尔金太太说，“有音乐，有舞者，有时还会有接受观众点唱的年轻帅哥。之前好像还有一名钢琴手。”

“我们的餐点来了。”史特劳太太说。音乐声慢慢停止，乐队指挥兼司仪开始介绍第一个节目，由一对舞者表演交际舞。掌声响起，一个高高的年轻男子和一个高的年轻女子从表演者的门里走出来，穿过宾客的桌位走入舞池，两个人朝着绿衣女孩和她边上的男人点头打招呼。

“这一对是不是很优雅？”威尔金太太望着翩然起舞的那对男女说，“这才叫赏心悦目。”

“他们得注意体重，”史特劳太太苛求地说，“你看看穿绿衣服那个女孩的身材。”

威尔金太太再转过身，“他们不会是丑角吧。”

“看起来不像，也不好笑。”史特劳太太说。她衡量着盘子上的那块牛油。“每次在吃好料的时候，”她说，“我就会想到瓦特，还有我们以前在学校里吃的那些东西。”

“瓦特信上说那里吃得很好，”威尔金太太说，“他还因此重了三磅呢。”

史特劳太太两眼一抬，“我的天哪！”

“怎么了？”

“他是表演腹语的，”史特劳太太说，“我可以确定他是。”

“腹语表演现在很受欢迎。”威尔金太太说。

“我小的时候看过一次，之后就没有再看过了，”史特劳太太说，“他有一个小小人——叫他什么来的？——就在那只盒子里。”她专注地看着，嘴巴微微地张开。“你看啊，珍。”

穿绿衣的女孩和那男的坐在一个桌位上，靠近表演者出场的门口。她身体往前倾，看着那个傀儡人，小傀儡人就坐在小个子男人的腿上。它就像是小个子男的分身，一个怪异的，木头做的分身——本尊是金发，傀儡是夸张的黄头发，还带着光滑的小卷和鬓角。本尊又小又丑，傀儡更小更丑，同样的大嘴，同样的凸眼，同样难看的礼服，连同那双一模一样，小到不能再小的黑皮鞋。

“不知道他们怎么会来了这么一个表演腹语的人。”威尔金太太说。

绿衣女孩趴过桌子，替傀儡人整整领带，把鞋绑好，把大衣肩膀拍平。等她靠回座位，那男的跟她说话，她爱理不理地耸了耸肩膀。

“我的眼睛简直离不开她那件绿衣服。”史特劳太太说。服务生拿着菜单轻轻地走过来，拘谨地等着她们点饭后甜点，他望着台上，这时乐队奏完了间奏。在史特劳太太终于决定点苹果派和巧克力冰淇淋的时候，司仪开始介绍腹语表演者：“……马莫杜克，跟他老爸一个模子出来的！”

“我希望别拖得太长，”威尔金太太说，“我们这位子反正是听不见。”

腹语表演者和傀儡坐在聚光灯下，两个人都咧着大嘴笑，话说得都很快。男人的脸紧挨着傀儡的笑脸，两人肩膀靠着肩膀。他们的对话非常快。观众热烈地笑着，傀儡说的多半是一些老笑话，大家听了不到一分钟就先笑了。

“我觉得他好可怕，”在一阵爆笑声中，威尔金太太对史特劳太太说，“好低俗。”

“瞧瞧我们那位穿绿衣裳的朋友，”史特劳太太说。那女孩倾着身，随着傀儡的每句话，露出紧张又兴奋的表情。原先她脸上的阴沉一扫而空，她跟着所有的人一起狂笑，两眼发亮。“她觉得好笑耶。”史特劳太太说。

威尔金太太缩起肩膀抖了一下。她捅着那盘冰淇淋。

“我始终不明白，”过了一会儿她说，“像这种地方，你知道，东西真的是很好吃，可怎么从来不会注意到甜点呢。永远就是这些冰淇淋。”

“没别的东西比冰淇淋更好了。”史特劳太太说。

“总该有些糕饼，或是布丁之类的，”威尔金太太说，“他们好像从来没花脑筋想过。”

“你做的无花果蜜枣布丁真是好到没话说，珍。”史特劳太太说。

“瓦特也说那是最好的——”威尔金太太才开口，就被突如其来的乐声打断了。腹语表演者和傀儡正在鞠躬，小个子男一躬倒地，傀儡礼貌地点了点头。乐队立刻开始演奏舞曲，男人和傀儡转身快步走下舞台。

“谢天谢地。”威尔金太太说。

绿衣女孩站起来，等候男人和傀儡回到桌位上。男人重重地坐下来，傀儡仍旧坐在他腿上，女孩再坐下，她挨着椅子边，急切地在问他什么。

“你在说什么啊？”他非常大声，也不看她。他朝服务生招手，服务生迟疑着，看了看他后面独自坐着的女老板。过一会服务生走向男人，女孩说话了，她的声音在轻柔的华尔兹乐声中十分清晰，“不要再喝了，乔伊，我们去别的地方吃东西吧。”

男人对服务生吩咐着，不理会女孩的手按着他的手臂。他转向傀儡，轻声轻气地说着话，傀儡夸张的笑脸朝女孩看着，然后再看向男人。女孩往后靠，从眼角瞟着餐馆的女老板。

“我才不要嫁给这种男人。”威尔金太太说。

“他绝对不是一个优秀的丑角。”威尔金太太说。

女孩又把身体向前倾，在争辩，男人继续对傀儡说话，还让傀儡点头表示赞同。女孩一只手搭上男的肩膀，男人肩膀一耸，头也不回地把她的手甩掉了。女孩又提高了嗓门，“你给我听着，乔伊。”她说。

“等一下，”男人说，“我先把这杯喝了。”

“对啊，你就放他一马，行吗？”傀儡说。

“你没必要现在喝，”女孩说，“你可以等会儿再喝。”

男人说：“听着，亲爱的，酒都已经点了。我不能现在就走啊。”

“你干吗不叫这个蠢货闭嘴呢？”傀儡对男人说，“每次人家开开心心的时候就来啰唆。你干吗不叫她闭嘴呢？”

“你不该这么说话，”男人对傀儡说，“这样不礼貌。”

“我爱怎么说就怎么说，”傀儡说，“她没办法叫我住嘴。”

“乔伊，”女孩说，“我有话要跟你说。听我的，我们去别处说话。”

“闭嘴，”傀儡对女孩说，“看在老天的份上可不可以闭上你的嘴？”

附近桌子上有些客人开始转过头来了，对于傀儡的大嗓门十分感兴趣，一面听着他说话，一面大笑。“拜托别说了。”女孩说。

“对啊，别多事，”男人对傀儡说，“我就只喝这一杯。她不会介意的。”

“他不会给你拿酒来的，”女孩不耐烦地说，“他们交代过了。他们不会让你在这里喝酒的，看你这种表现。”

“我的表现好得很。”男人说。

“现在是我在多事，”傀儡说，“该有人出面来告诉你啦，亲爱的，你一天到晚只会泼冷水。哪个男人都不会永远忍耐下去的。”

“别说了，”女孩焦虑地看着周遭，“大家都听见了。”

“那有什么关系？”傀儡说。他把那张开口笑的脑袋转向观众席，声音抬得更高。“男人只不过想稍微享受一下，她有必要像只冰袋似的扫人家的兴吗？”

“好了，马莫杜克，”男人对傀儡说，“对你老妈说话客气点。”

“嘿，跟这个老货说话还用得着挑时间吗，”傀儡说，“她要是觉得不爽，就让她滚回街上去。”

威尔金太太的嘴张开了，又闭上了。她把餐巾往桌上一放，站了起来。史特劳太太愣愣地看着她走过去，一巴掌掴在那傀儡的脸上。

等到她转身回自己的座位时，史特劳太太已经穿好大衣站着了。

“我们买单。”威尔金太太简单地说。

她拿起大衣，两人端庄无比地走向门口。这时候，男人和女孩坐在那里看着歪倒的傀儡，它的脑袋歪在一边。女孩伸出手把那颗木头脑袋扶正。

# 朦胧的七种类型①

书店的地下室感觉好大，一长排一长排的书一路延伸到昏暗的尽头，沿着墙面都是高耸的书架，地板上都是一摞摞的书堆。小书店干净整齐，从楼上盘旋而下的回旋梯底下，摆着一张书店老板兼业务的哈瑞斯先生的小办公桌，桌上堆满了目录，桌子上方亮着一盏肮脏的吊灯。这盏灯同时也照亮了哈瑞斯先生办公桌周边拥挤不堪的那些书架。再往前，一排排的阅览桌上方也有许多肮脏的吊灯，开灯关灯只要拉一下灯链就好，在准备打包结账的时候，顾客都会顺手把灯关掉。不管哪个作者或哪本书放在书架的哪个位置，哈瑞斯先生通通知道。这会儿，来了一个顾客，一个十八岁左右的男孩，他远远地站在一盏灯下，翻着一本从书架上挑选出来的书。偌大的地下室很冷，哈瑞斯先生和男孩都穿着大衣。偶尔哈瑞斯先

① Seven Types of Ambiguity，1930年出版，20世纪最有影响力的文学评论。作者是英国诗人燕卜荪（William Empson，1906—1984）

生会离开办公桌，走到楼梯转弯处的小铁炉添加些许炭火。除了哈瑞斯先生站起来走动，或是男孩转身把书放回书架的动作之外，屋子里非常安静，一本本的书沉默地站在昏暗的光线里。

沉默被楼上书店的开门声打破了，哈瑞斯先生把一些畅销书和美术书籍放在楼上店面展示。有几个人说话的声音，哈瑞斯先生和男孩注意地听着，楼上顾店的女孩说："就在楼下。哈瑞斯先生会帮你找的。"

哈瑞斯先生站起来走到楼梯口，开亮另一盏吊灯，让新来的顾客可以看清楚梯阶下楼。男孩把书放回书架，背着手，仍旧静静听着。

哈瑞斯看见下来的是一个女人，他礼貌地退后一步，说："小心最后一阶楼梯。大家往往没注意这多出来的一阶。"女人小心翼翼地走下来，站定了看着四周。就在这时候有个男人谨慎地走到回旋梯的弯口，低下头免得他的帽子碰上低矮的天花板。"小心最后一阶楼梯。"女人用柔和又清脆的声音说。那男的站到了她的身边，抬起头像她一样朝四周望着。

"这里的书真多。"他说。

哈瑞斯先生露出职业性的微笑，"能为你效劳吗？"

女人看着那男的，他迟疑片刻说："我们想买一些书。数量蛮多的。"他比了个手势，"很多套。"

"啊，如果这样，"哈瑞斯先生再次露出笑容，"要不要让女士先过来这里坐一会儿？"他带头走向他的办公桌，女人跟随着他，那男的局促地走在一桌桌的书本中间，两只手贴着身体，生怕碰坏了什么似的。哈瑞斯先生把自己的座位让给女士，他把桌上的大堆目录推到一边，坐上桌沿。

“这地方好有趣。”女士用同样轻柔的声音说。她大约三四十岁，装扮很得体，全身上下的服饰都很新，但并不张扬，跟她的年纪和她的腼腆很合拍。那男的是个壮硕的大个子，冷空气使得他脸色泛红，两只大手不自在地握着一副羊毛手套。

“我们想买一些书，”那男的说，“一些很好的书。”

“哪一类的？”哈瑞斯先生问。

男人出声大笑，笑声中有着尴尬。“说实在的，”他说，“很不好意思。对于像书这类的东西我真的不大懂。”在他太太和哈瑞斯先生的轻声细语之后，他的大嗓门在这个安静的空间几乎发出了回声。“我们希望由你来引荐，”他说，“一些现在已经过气的东西。”他清清嗓子，“譬如狄更斯。”他说。

“狄更斯。”哈瑞斯先生说。

“我小时候经常看狄更斯的，”那男的说，“这类的书，好书。”他抬头，原先站在远处的那个男孩朝着他们走过来了。“我很想再看看狄更斯的书。”大个子说。

“哈瑞斯先生。”男孩轻轻地唤他。

哈瑞斯先生抬头，“是，克拉克先生？”他问。

男孩走近办公桌，似乎很不想打断哈瑞斯先生和顾客的谈话。“我想再看一次燕卜荪的作品。”他说。

哈瑞斯先生立刻转向办公桌后方有玻璃门的书柜，取出了一本书。“哪，有了，”他说，“照这样下去，你还没买书就已经把它看完了。”他笑笑地对着大个子和他的太太说：“总有一天他会进来买这本书的，到时候，我大概已经关门大吉了。”

男孩抱着书走开了，大个子凑近哈瑞斯先生。“我想要买两套，很大的两套，像狄更斯一类的书，”他说，“另外再买几套小一点的。”

“一本《简·爱》，”他太太轻声轻气地说。“我一直很喜欢那本书。”她对哈瑞斯先生说。

“我可以拿全套勃朗特三姐妹[①]的作品给你，”哈瑞斯先生说，“精装本。”

“我要它们外观很漂亮，”那男的说，“但是要结实，禁得起看。我要把狄更斯的书全部再看一遍。”

男孩走回办公桌，把书交还给哈瑞斯先生。“它看起来还是很好。”他说。

“要看的时候再拿，它就放在这里，”哈瑞斯先生拿着书转向书柜，“稀有的珍本啊，这书。”

“我想它还会在这里待上好一阵子。”男孩说。

“这本书叫什么名字？”大个子好奇地问。

“《朦胧的七种类型》，”男孩说，“非常好的一本书。”

---

① 英国勃朗特家族三姐妹。代表作包括夏洛蒂的《简·爱》、艾米莉的《呼啸山庄》和安妮的《荒野庄园的房客》。

“书名不错，”大个子对哈瑞斯先生说，“年轻人真酷，喜欢看这种书名的书。”

“这是本好书。”男孩重复说。

“我正想给自己买一些书，”大个子对男孩说，“我想把以前错过的一些书补回来。像狄更斯，我一直很喜欢他的书。”

“梅瑞狄斯[①]很棒，”男孩说，“你看过梅瑞狄斯的作品吗？”

“梅瑞狄斯？”大个子说。“我们就先来看看你有些什么书吧，”他对哈瑞斯先生说，“我想选几本我想要的。”

“我可以带这位先生过去看看吗？”男孩对哈瑞斯先生说，“反正我要过去拿我的帽子。”

“我跟这位年轻人过去看看书，”大个子跟他太太说，“你就坐在这里取暖吧。”

“很好啊，”哈瑞斯先生说，“那些书放在哪里他简直跟我一样清楚。”他对大个子说。

男孩开始朝书桌中间的通道走去，大个子跟随着，他走得仍旧非常当心，努力避免东碰西碰。他们走到男孩搁帽子手套的位置，吊灯还亮着，男孩又把另一盏比较远的灯打开了。“大部分的套书，哈瑞斯先生都放在这里，”男孩说，“我们来看看吧。”他蹲在书柜前面，用手指轻轻地摸着一排排的书背。“你对价钱有没有什么意见？”他说。

---

① George Meredith，1828—1909，英国诗人，小说家。作品有《十字路口的黛安娜》等。

“只要价钱合理，我想买的书我都会买，”大个子说。他试探性地摸了摸面前的一本书，只用一根手指。“全部一起一百五，两百左右吧。”

男孩看着他哈哈大笑。“那好书有得你买了。”他说。

“我这辈子从来没看过这么多的书，”大个子说，“我从来没想过随便走进一家书店就能把我想看的书一次买齐。”

“这种感觉很棒。”

“我从来没有机会好好读书，”大个子说，“我比你还年轻的时候就一头栽进了我老爸工作的机械厂，就此没停下来过。现在，我突然发现我稍微比以前有钱了，我和妻子决定给我们自己买一些自己想要的东西。”

“你太太对勃朗特三姐妹的书有兴趣，”男孩说，“这套就很棒。”

大个子低下身看着男孩指着的几本书。“我对这些东西不太懂。”他说，“在我看来全部都挺好的。旁边这套是什么？”

“卡莱尔[1]，”男孩说，“你可以略过他。他不太符合你的要求。梅瑞狄更斯很棒。还有萨克莱[2]。我想你会喜欢萨克莱，他是一位很伟大的作家。”

---

① Thomas Carlyle，1795—1881，苏格兰哲学家，评论家、讽刺作家、历史学家以及老师。

② William Makepeace Thackeray，1811—1863，与狄更斯齐名的维多利亚时代的代表小说家。最著名的作品是《名利场》。

大个子接过男孩递给他的一本书，很细心地翻开，只敢用两根手指。“这本书不错。”他说。

“我把它们记下来，”男孩从大衣口袋取出一支铅笔和一本袖珍记事本。“勃朗特三姐妹，”他说，“狄更斯，梅瑞狄斯，萨克莱。”他一面指着那些书一面记。

大个子眯起眼睛。“我得再买一套，”他说，“这些还不够把我的书柜摆满。”

“珍·奥斯汀[①]，”男孩说，“你太太一定会喜欢的。”

“这些书你全看过？”大个子问。

“大部分。”男孩说。

大个子静默了片刻又说：“我从来没有时间看书，每天一早就要上工。这下可有得我看了。”

“你会看得非常开心的。”男孩说。

“你刚才拿的那本，”大个子说，“那是什么书？”

“美学，”男孩说，“关于文学方面的。是难得一见的珍本。我一直想把它买下来，可惜没钱。”

“你在念大学？”大个子问。

“是的。”

“还有一套书我也应该重新再看一遍，”大个子说，“马克·吐温。我小时候看过他几本书。不过我看大概够了。”他站起来。

---

① Jane Austen，1775—1817，十九世纪英国文学家，著有《傲慢与偏见》。

男孩也站起来，面带着微笑。“这些书有得你看了。”

“我喜欢看书，”大个子说。“我真的喜欢看书。”

他顺着通道往回走，直接走向哈瑞斯先生的办公桌。男孩关了灯跟在后面，中途还停下来拿帽子和手套。

大个子一走到哈瑞斯先生的办公桌就对他太太说：“那孩子真了得。那些书他全都知道。”

“你选到你想要的书了吗？”他妻子问。

“那孩子都帮我记下来了。”他转向哈瑞斯先生说，“像他这么爱书的一个孩子真是难得。我在他这个年纪已经干了四五年的活了。”

男孩手里握着小纸条走过来。“这些应该够他看上好一阵子了。”他对哈瑞斯先生说。

哈瑞斯先生看着单子点点头。“这个萨克莱是一套好书。”他说。

男孩戴上帽子，站在楼梯口。“希望你看得尽兴，”他说，“我会再来看那本燕卜荪的，哈瑞斯先生。”

“我尽量帮你留着，”哈瑞斯先生说，“不过我不能保证啊，你知道的。”

“只要有指望就好了。”男孩说。

“多谢啦，孩子，”男孩开始往楼上走，大个子大声地说，“谢谢你帮这么多忙。”

“没什么。”男孩说。

“这孩子真了得，”大个子对哈瑞斯先生说，“大有前途啊，念大学。”

“很不错的一个年轻人，”哈瑞斯先生说，“他真的很想要那本书。”

“你看他会来买吗？”大个子问。

“我怀疑。”哈瑞斯先生说，“方便留下你的大名和住址吗？我会附上这些书的价钱。”

哈瑞斯先生照着男孩记下的书目开始核算价钱。大个子写好了姓名和住址，站在那里用手指敲着桌面，敲了一会儿说：“我可不可以再看看那本书？”

“燕卜荪的？”哈瑞斯先生抬起头。

“就是那孩子特别感兴趣的那本。”哈瑞斯先生回转身从后面的书柜取出那本书。大个子很秀气地捧着它，就像对待其他那些书一样。他皱着眉翻了几页，再把书放在哈瑞斯先生的办公桌上。

“如果他不打算买，方便让我把它也放进我那些书里吗？”

哈瑞斯先生从那些数字上抬起头往上看了一会，就在清单上加上一笔，写下总数，把纸条推到大个子面前。大个子开始查看那些数字，哈瑞斯先生转向那女人说：“你先生买了许多非常好看的书。”

“我很高兴听你这么说，”她说，“我们盼这一天已经盼了很久。”

大个子仔细地数了钱，把钞票交给哈瑞斯先生。哈瑞斯先生把钱收进桌子最上面的抽屉说：“只要一切正常，这个周末我们一定会把书送到府上。”

“好，”大个子说，“可以走了吗？”

女人站起来，大个子退后一步让她走在前面。哈瑞斯先生跟随着，近楼梯口的时候他停下来对女人说：“小心最底下这层阶梯。”

他们开始往楼上走，哈瑞斯先生站在楼梯脚看着他们，一直看到他们转弯上去。然后他关掉那盏肮脏的吊灯，走回自己的办公桌。

# 到爱尔兰与我共舞

年轻的阿契尔太太跟凯西·瓦伦坦和康恩太太一起坐在床上，边聊天边逗着小宝宝玩，门铃响了。阿契尔太太说："哎呀真是！"走过去按着对讲机开了公寓大门。"我们住一楼真是住对了，"她用喊的对凯西和康恩太太说，"有事没事大家都来按我们家的门铃。"

公寓的内门铃响的时候，她把门打开，看见一个老人站在走廊上。他穿着一件破旧的黑色长大衣，蓄着白色的络腮胡。他伸着手，手里握着一把鞋带。

"啊，"阿契尔太太说，"啊，很抱歉，我——"

"太太，"老人说，"请你行个方便吧。一条五分钱。"

阿契尔太太摇摇头往后退。"我不想要。"她说。

"谢谢你，太太，"他说，"谢谢你这么亲切。这条街上你是第一个对我这个穷老头这么客气亲切的人。"

阿契尔太太紧张地把门钮转来转去。"我真的很抱歉。"她说。就在他转身要走的时候，她说了句“等等”就冲进了卧室。“推销鞋带的老头子，”她小声地说。她拉开梳妆台的抽屉，取出包包，在零钱包里摸索。“两毛五，”她说，“应该够了吧？”

“当然够了，”凯西说，“说不定比他一天赚的还多呢。”她跟阿契尔太太同年，没结婚。康恩太太五十开外，胖胖的。两个人都住在同一栋楼，因为小宝宝的关系，她们总是来阿契尔太太家消磨时间。

阿契尔太太回到门口。“哪，”她把两毛五分钱递过去，“我觉得大家说话那么不客气真的很不应该。”

老人开始数鞋带给她，可是他的手抖得厉害，鞋带掉到了地上。他重重地靠在墙上。阿契尔太太看着吓坏了。“天哪！”她伸出手说。当她的手指触及那件肮脏的破大衣时，她迟疑了一下，接着，她抿着嘴唇，坚决地叉着他的肩膀，试着扶他进门。“嗨，”她喊着，“你们快来帮忙，快啊！”

凯西奔出卧室，一面问说：“你在叫我们吗，琴？”一到门口立刻停住，呆呆地瞪着。

“我该怎么办啊？”阿契尔太太站在那儿，她的手臂撑着老人的胳臂。他的眼睛闭着，似乎连站起来的力气都没有，即使有她帮忙。“做做好事，抓牢他另一边。”

“把他扶到椅子上吧。”凯西说。走廊太窄，他们三个人并排根本挤不下，凯西只好抓住老人另一只手臂，半拖半拽的，把阿契尔太太和他拉进了客厅。“别坐这张好椅子，”阿契尔太太说。

“扶他到那张旧皮椅上。”她们把老人扶上了皮椅，退开一旁站着。“我们现在究竟该怎么办？”阿契尔太太说。

“你有威士忌吗？”凯西问。

阿契尔太太摇头。“只有一点葡萄酒。”她迟疑着说。

康恩太太走进了客厅，手里抱着小宝宝。“天哪！”她说，“他喝醉了！”

“胡说，”凯西说，“要是他喝醉了，我才不会让琴把他带进来呢。”

“帮我顾着宝宝，白兰琪。”阿契尔太太说。

“当然，”康恩太太说。“我们回卧室去了，宝贝，”她对着婴儿说，“我们要到小床上睡觉觉去了。”

老人动了动身子睁开眼。他试着站起来。

“你坐着别动，”凯西下命令，“阿契尔太太去给你拿一点葡萄酒。你想要喝一口吧？”

老人抬眼看着凯西。“谢谢你。”他说。

阿契尔太太走进厨房。稍作考虑，她拿起水槽里的玻璃杯，冲洗一下，倒了一点雪利酒。她拿着酒回到客厅递给凯西。

“你要我帮你拿着，还是你自己可以拿着喝？”凯西问老人。

“你们太好了。”他说着凑近酒杯。他慢慢地喝着，凯西为他稳住杯子，他喝了一些便推开酒杯。

“够了，谢谢，”他说，“够让我清醒了。”他试着起身。“谢谢你。”他对阿契尔太太说。“谢谢你，”再对凯西说。“我该走了。”

“等你两条腿有了力气再走吧，”凯西说，“冒险划不来的，你知道。”

老人微微笑着。“对我来说划得来。”他说。

康恩太太回到客厅。“宝宝在小床上，”她说，“马上就睡着了。他现在好些没？我敢说他不是喝醉了就是饿昏了。”

“对呀，”一语惊醒了凯西。“他饿昏了。所以才会这样，琴。我们真笨。可怜的老先生！”她对老人说：“阿契尔太太不会让你饿着肚子走的。”

阿契尔太太面有难色。“我只有几颗鸡蛋。”她说。

“太好了！”凯西说。“要的就是这个。蛋容易消化，”她对老人说：“尤其是如果你都没吃东西——”她稍微迟疑，又说：“如果一段时间没吃。”

“黑咖啡，”康恩太太说，“如果你问我的话。看看他那双手抖的。”

“神经衰弱，”凯西斩钉截铁地说。“现在来一杯热热的牛肉清汤对他最好不过了，要很慢很慢地喝下去，一直到他的胃能够适应食物为止。这胃，”她向阿契尔太太和康恩太太解释，“要是空了太久会萎缩。”

“我不好意思再麻烦你了。”老人对阿契尔太太说。

“瞎说，”凯西说，“我们当然要让你吃一顿热乎乎的，你才会有力气。”她拽着阿契尔太太的手臂往厨房走。“只要有蛋就行了，”她说，“煎个四五颗。待会儿我买半打给你。培根大概没有吧。这样好了，再炸一些马铃薯。就算半生不熟我想他也不会在意。这些人多半都吃炸马铃薯和鸡蛋还有——”

“午餐还剩下一点无花果罐头，”阿契尔太太说，“我正想着该拿它怎么办呢。”

“我得回去看着他，”凯西说，“别又昏倒了什么的。你只管煎蛋和炸马铃薯。如果可以我会让白兰琪过来帮忙。”

阿契尔太太量了够冲两杯咖啡的分量，把水壶放上炉子。再拿出煎锅。“凯西，”她说，“我只是有点担心。如果他真的是喝醉了，我的意思是，如果杰姆知道了这件事，加上家里还有个小孩……”

“哎呀，琴！”凯西说，“我看你应该到乡下去住一阵子。在乡下，女人煮东西给饿肚子的男人吃是天经地义的事。你也用不着告诉杰姆。我和白兰琪当然不会说。”

“哦，”阿契尔太太说，“你确定他不是酒醉吗？”

“是不是挨饿我一看就知道，”凯西说，“一个老头像这样站不住又两手发抖，表情怪怪的，那就表示他饿得快死了。正确的说法就是饥饿。”

“天哪！”阿契尔太太说。她连忙从水槽底下的食物柜取出两个马铃薯。“两个应该够了吧？我觉得我们真的是日行一善耶。”

凯西咯咯地笑着。“只是三个女童子军罢了。”她说。她出了厨房，忽然又停住转过身来。“你有派吗？他们很喜欢吃派。”

“那是晚餐吃的。”阿契尔太太说。

“哎呀，给他吧，”凯西说，“等他走了，我们跑出去再买就是。”

趁着炸马铃薯的时候，阿契尔太太把餐盘、咖啡杯和小碟子，刀叉和汤匙一一的摆上厨房的小餐桌。过后，像是想起什么，她又把碟子拿起来，从食物柜里取出一个纸袋，把它对半撕开摊平在桌上，再把碟子放上去。她拿玻璃杯倒好一杯冰水，切了三片面包排在盘子上，再切一小块牛油跟面包放在一起。她又从食物柜的盒子里抽了一张纸巾，摆在盘子旁边，一会儿又把它拿起来折成一个三角形，再放回去。最后她把装胡椒和盐的小罐子放上餐桌，再拿出一盒鸡蛋。她走到厨房门口喊着：“凯西！问他要吃哪种煎蛋？”

客厅里有细碎的谈话声，凯西回喊着：“只煎一面的太阳蛋！”

阿契尔太太取出四个蛋，之后又加一个，把它们一个一个地放进煎锅里。煎好了蛋，她再喊：“好了，你们两个！带他进来吧！”

康恩太太走进厨房，看了一眼盘子里的马铃薯和煎蛋，望着阿契尔太太没说话。凯西带着老人进来了，她抓着老人的胳臂，护送他到餐桌旁让他坐上椅子。“好了，”她说，“哪，阿契尔太太特地为你做了一顿热腾腾的大餐。”

老人看着阿契尔太太。“太感谢了。”他说。

“看看这多好啊！”凯西说。她赞许地对阿契尔太太点着头。老人盯着那盘煎蛋和炸马铃薯。“还等什么，”凯西说，“坐下来吧，你们两个。我去卧室搬一把椅子过来。”

老人拿起盐罐轻轻地撒了一些在蛋上。“看起来真是美味。”他说。

“你尽管吃，”凯西端着椅子出现了。“我们喜欢看你吃得饱饱的。给他倒一点咖啡吧，珍。”

阿契尔太太走到炉灶前拎起咖啡壶。

“不用麻烦了。”他说。

“没关系。”阿契尔太太边说边替老人倒咖啡。她在餐桌边坐下。老人拿起叉子又放下，他把纸餐巾仔细地铺在腿上。

“你叫什么名字？”凯西问。

“欧弗拉赫提，夫人。约翰·欧弗拉赫提。”

“约翰，”凯西说，“我是瓦伦坦小姐，这位女士是阿契尔太太，另外这位是康恩太太。”

“各位好。”老人说。

“我猜你是从很老的国度来的。”凯西说。

“对不起，你的意思是？”

“爱尔兰，对不对？”凯西说。

“是的，瓦伦坦小姐。”老人把叉子叉进一颗煎蛋里，看着蛋黄流到了盘子上。“我认识叶芝[1]。”他突然说。

“真的？”凯西倾身向前，“让我想想——他是位作家，对吧？”

---

[1] William Butler Yeats，1865—1939，爱尔兰诗人、剧作家和散文家，著名的神秘主义者，是“爱尔兰文艺复兴运动”的领袖，荣获1923年诺贝尔文学奖。

“出于宽爱，来爱尔兰与我共舞[①]。”老人说。他起身，扶着椅背，郑重地对阿契尔太太一鞠躬，“再次谢谢你，夫人，感谢你的慷慨大方。”他转身朝门口走去。三个女人站起来跟随着他。

“你还没吃完哪。”康恩太太说。

“我这胃，”老人说，“就如这位女士说的，萎缩了。是的，是真的，”他又陷入了回忆，“我认识叶芝。”

到了门边，他转身对阿契尔太太说：“你的仁慈应该有所回报。”他指了指摊在地上的鞋带。“这些，”他说，“全部都给你，因为你的仁慈。请替我分一些给另外两位女士。”

“可是我并不想——”阿契尔太太还没把话说完。

“我坚持，”老人说着打开了门，“一点小小的回报，我只能做到这样。请你把它们捡起来，”他急速地补上一句。这时他忽然拿鼻子对准了康恩太太。“我讨厌老女人。”他说。

“啊？”康恩太太一头雾水。

“我本想小酌一番，”老人对着阿契尔太太说，“但我从不会拿劣质的雪利酒款待我的客人。我们属于两个不同世界的人，夫人。”

“我不是说了吗？”康恩太太说，“我不是一直都这么跟你说的吗？”

阿契尔太太，她的眼睛瞪着凯西，作势要把老人推出门，但他

① 叶芝的诗I am of Ireland中的句子。

抢先一步。

“来爱尔兰与我共舞。”他说。他靠着墙，慢慢撑到外面的大门，他把门打开。“岁月不待人。”他说。

# 第四部

# 当然

泰勒太太早上正忙着，这时候跑去前门廊盯着人家看未免太不礼貌，但是总没道理避开窗户吧；所以当她在吸尘，在清洗碗盘，或者甚至上楼整理床铺，靠近屋子南边那扇窗户的时候，总会稍微撩起窗帘，或者躲在一边稍微动动帘子。其实，她也只能看到屋子前面那辆搬家公司的货车，还有搬运工人之间来回忙碌干活的模样；那些家具，她看得出来，挺不错的。

泰勒太太整理完床铺，下楼来准备午餐，就在她从卧室的窗户转到厨房窗口这么短的一个空档，一辆出租车在隔壁的大门前停下了，一个小男孩在人行道上跳来跳去。泰勒太太打量着他：四岁左右，要不然就是他的个子比实际年龄来得小；应该是跟她最小的女儿同年。她把注意力转向下车的女人，她要做进一步的确认。很好看的一套浅咖啡色套装，有点旧，在搬家的日子，这身颜色好像太淡了些，不过剪裁是真的好，泰勒太太对着手里正在去皮的红萝卜赞许地点点头。好人家，显然是的。

泰勒太太最小的孩子凯洛，靠在自家门前的围篱上，看着隔壁的小男孩。

小男停下来不跳了。凯洛说："嗨。"小男孩抬起头，退后一步，说："嗨。"他的母亲看看凯洛，看看泰勒家的屋子，再低下头看着她的儿子。然后，她向着凯洛说："哈啰。"泰勒太太在厨房里微微笑着。忽然，一个冲动，她拿纸巾擦干了手，摘下围裙，走到前门。"凯洛，"她轻快地唤着，"凯洛，宝贝。"凯洛转过身，仍旧靠着围篱。"干吗？"她很不合作地说。

"啊，哈啰，"泰勒太太对着仍旧站在人行道上陪着小男孩的女士说，"我听见凯洛好像在跟谁说话……"

"孩子们在互相认识呢。"女士腼腆地说。

泰勒太太走下台阶站到凯洛身边，"你们是我们的新邻居？"

"等我们搬进来就是了，"女士说。她出声笑了笑。"乔迁的日子。"她表情丰富地说。

"我明白。我们姓泰勒，"泰勒太太说，"这是凯洛。"

"我们姓哈瑞斯，"女士说，"这是小詹姆士。"

"跟詹姆士打个招呼啊。"泰勒太太说。

"你也跟凯洛打个招呼啊。"哈瑞斯太太说。

凯洛固执地闭紧嘴巴，小男孩缩到他母亲身后。两个大人哈哈大笑。"这两个孩子！"一个说。另外一个又说："就是这样！"

泰勒太太指着搬家公司的卡车和那两名忙进忙出搬运桌椅床铺灯具的工人，说："天哪，太累人了吧？"

哈瑞斯太太叹了口气："我都快抓狂了。"

"有没有需要我们帮忙的？"泰勒太太问。她笑笑地看着詹姆士，"詹姆士愿不愿意下午来我们家玩啊？"

"那真是太好了。"哈瑞斯太太完全赞同。她扭过头看着躲在她后面的詹姆士。"你愿不愿意今天下午去跟凯洛一起玩啊，宝贝？"詹姆士不出声地摇了摇头，泰勒太太兴致勃勃地对他说："凯洛的两个姐姐，今天下午很可能，我是说很可能喔，会带她去看电影，詹姆士。你一定也想去吧，对不对？"

"我看这不好，"哈瑞斯太太一口回绝，"詹姆士不看电影的。"

"啊，那，当然，"泰勒太太说，"很多妈妈们都不准的，当然，不过有两个大姐姐陪着……"

"不是这样的，"哈瑞斯太太说，"我们不看电影，全家都不看。"

泰勒太太立刻把"全家"两个字解读为其中想必还有一位哈瑞斯先生，一时间她回不过神来，愣愣地说："不看电影？"

"哈瑞斯先生，"哈瑞斯太太认真地说，"觉得电影是妨碍智商的东西。我们不看电影。"

"当然，"泰勒太太说，"啊，我相信今天下午凯洛不出去也没关系。她会很高兴跟詹姆士一起玩的。哈瑞斯先生，"她谨慎地补上一句，"不会反对玩沙盘吧？"

"我要去看电影。"凯洛说。

泰勒太太连忙制止。"不如你跟詹姆士来我们家歇会儿吧？你忙了一上午够累的。”

哈瑞斯太太犹豫着，不放心地看着两名搬运工。“谢谢你，”她终于说。她进了泰勒家的大门，詹姆士在后面跟着。泰勒太太说：“我们坐在后面花园里，顺便可以顾到那几个搬运的工人。”她推了推凯洛，“带詹姆士去玩沙盘吧，宝贝。”她说。

凯洛不甘愿地牵起詹姆士的手，带他到沙盘的位置。“看见了吗？”她说着又走回围篱，故意踢着上面的木桩。泰勒太太让哈瑞斯太太坐在凉椅上，再替詹姆士找了把挖沙的铲子。

“坐下来真舒服，”哈瑞斯太太说。她吁了口气，“有时候我觉得搬家真是最可怕的一件事了。”

“你们能住进那栋屋子真的很幸运。”泰勒太太说，哈瑞斯太太点点头。“我们很高兴有个好邻居，”泰勒太太继续说，“能气味相投又住那么近真是太好了。跑过去借两杯糖也方便。”她最后这句话结束得很无厘头。

“你尽管过来啊，”哈瑞斯太太说，“我们以前旧家隔壁住的那些人就很讨人嫌。都是小事情，你知道的，他们就是会把你惹恼。”泰勒太太深表同情地叹息。“比方说，收音机，”哈瑞斯太太继续，“开一整天，声音超大。”

泰勒太太不禁抽了一口气。“要是我们家的收音机开得太大声了，你可要告诉我啊。”

“哈瑞斯先生最受不了收音机了，”哈瑞斯太太说，“我们家没有收音机的，当然。”

“当然当然，”泰勒太太说，“没有收音机。”

哈瑞斯太太看着她，不自在地哈哈一笑。“你大概以为我先生是个疯子。”

“当然不会，”泰勒太太说，“其实，很多人都不喜欢收音机。我的大外甥，他恰恰相反——”

“啊，”哈瑞斯太太说，“还有报纸，也是。”

泰勒太太终于发觉有一些模糊的、紧张的感觉逐渐上身了，这是每当她碰到某种危险的、无法掌控的事情时会出现的一种现象。譬如，她的车子行驶在结冰的街道上，或是在穿上溜冰鞋的时候……哈瑞斯太太一面心不在焉地盯着那几个进进出出的搬运工人，一面说：“我们并不是没有看过报纸，不像电影，完全不像，哈瑞斯先生只是觉得报纸是一大堆低级趣味的东西。你真的不需要看什么报纸，你知道吧。”她殷切地望着泰勒太太说。

“我也不大看其他的东西，但是这报——”

“我们过去订了好几年的《新共和杂志》①，”哈瑞斯太太说，“在我们刚结婚的时候，当然，在詹姆士出生之前。”

“你先生是哪个行业的？”泰勒太太胆怯地问。

哈瑞斯太太骄傲的扬起头。“他是一位学者，”她说，“他写专题论文。”

泰勒太太正要开口，哈瑞斯太太及时凑过来伸出一只手说：

---

① The New Republic，简称TNR，1914年开始发行的一本美国杂志。

“想要一般人了解一个真正安详宁静的生活真的很难。”

“你先生，”泰勒太太说，“你先生平常做什么消遣？”

“他读剧本，”哈瑞斯太太说。她有些疑虑地望着詹姆士。“都是伊丽莎白女王时代以前的，当然。”

“当然当然，”泰勒太太说，她紧张地朝詹姆士看了一眼，他正在把沙子铲进一只桶里。

“那些人真的非常不厚道，”哈瑞斯太太说，“我跟你说的那些人，那些邻居。不单单是收音机，你知道吧。有三次他们故意把《纽约时报》留在我们台阶上。有一次詹姆士差一点就拿到了。”

“天哪，”泰勒太太说，她站了起来。“凯洛，”她口气强硬地喊着，“别走开。快要吃午饭了。”

“好了，”哈瑞斯太太说，“我也得过去看看那些工人搬得怎么样了。”

泰勒太太感觉自己有些失礼，说：“哈瑞斯先生去哪里了？”

“在他母亲家，”哈瑞斯太太说，“我们每次搬家他总是待在那边。”

“当然当然。”泰勒太太说，感觉上她这一个上午好像都没说过别的话。

“他待在那里的时候，他们是不开收音机的。”哈瑞斯太太解释。

“当然当然。”泰勒太太说。

哈瑞斯太太伸出手，泰勒太太握着她的手。“我真希望我们能成为朋友。”

哈瑞斯太太说，“就像你说的，有个真正的好邻居比什么都好。一直以来我们都没这个好运。”

“当然当然，”泰勒太太说，这时她忽然找回了自己。“或许哪天晚上我们一起来打桥牌？”看见了哈瑞斯太太的表情，她说：“不要了。反正，哪天晚上大家聚一聚就是了。”她们两个一起大笑。

“真好笑，是吧，”哈瑞斯太太说，“非常感谢你，这一上午打扰了。”

“需要帮忙只管说，”泰勒太太说，“下午要不要让詹姆士过来都随你。”

“说不定我会，”哈瑞斯太太说，“如果你真的不介意。”

“当然不。”泰勒太太说，“凯洛，亲爱的。”

她一手揽着凯洛，走到前门，站在屋前看着哈瑞斯太太和詹姆士走进他们的房子。他们在门口停下来挥手，泰勒太太和凯洛也向他们挥手。

“我不能去看电影吗？”凯洛说，“拜托啦，妈妈？”

“我陪你一起去，亲爱的。”泰勒太太说。

# 盐柱[一]

不知道什么原因有一个曲调不停地在她脑袋里打转。就在她和丈夫在新罕布什尔上了火车以后，他们要去纽约旅行。他们将近一年没去纽约了，但这个曲子却是更久以前的。是早在她十五六岁那时候的，当时她从没见识过纽约，除了在电影里，而对于当时的她来说，这座城市是由一堆阁楼所组成，阁楼里住的全是诺埃尔·考沃德[2]型的人物。这样一座用高度、速度、奢华度和欢乐度合成的城市，跟单调无趣的十五岁完全搭不上边，那是一种高不可攀的美丽，一种只存在于电影里的遥不可及。

“这是哪首曲子？”她对丈夫说着哼唱起来，“应该是哪部老

---

① 盐柱位于阿兹多玛，出自《圣经·创世记》第19章第26节：上帝开始摧毁罪恶之城所多玛和蛾摩拉时，他派了两位天使力劝善人罗德和他的家人赶快离开，并警告他们逃跑时千万不可回头看。但罗德的妻子太好奇，她想知道这座是她故乡的城市到底会发生什么。在她回头看的时候，她就变成了一支盐柱。

② 1899—1973，英国演员、剧作家与流行音乐作曲人。

电影里的。”

“我听过，”他说着也哼唱起来，“就是想不起歌名。”

他舒服的往后靠。他把他们的大衣挂好了，行李箱也摆在行李架上了，他的杂志也已经拿出来了。“迟早会想起来的。”

她望着车窗外，几乎是在偷偷地品尝着这一切，享受着这份极致的舒畅，整整六个小时就这样坐在火车上，除了看书、小睡、去餐车，无所事事，一分一秒的，跟孩子们、厨房，离得越来越远，甚至连那些山丘也被远远地抛在后头，变成了不同于每天在家乡所看见的田野和树林。“我好爱火车。”她说，她的丈夫颇有同感地对着杂志点了点头。

未来的两个星期，难以置信的两个星期，该准备的都安排好了，不必再做任何规划，顶多是去剧院或上餐馆之类的小事。一个住公寓的朋友去外地度假，把屋子空了出来，银行里的存款足够他们玩一趟纽约再加上为孩子们买新的雪衣；一旦克服了最初的一些障碍，接下来的一切都顺手得不得了，就好像只要他们拿定了主意，再没有任何东西敢来阻挠似的。小贝比的喉咙不痛了。水电工两天就把工程全部做完了。衣服也都及时修改好了。五金行更没问题。他们找的借口是去观摩一下大都市里的新货色。纽约没有大火，没有隔离管制，朋友的行程也没改变，公寓钥匙就在布莱德的口袋里。每个人都知道自己可以跟哪个人联系。一张明细清楚地列着一些必看的剧名，一张明细列着需要采买的东西——尿片、布料、各色罐头、银器保鲜盒等等。最后终于火车来了，开始展现它的功能，在这个下午，一步步地载着他们正当而坚定地迈向纽约。

午后，这样闲散的待在火车里，玛格丽特好奇地看着她丈夫，看着其他的乘客，看着窗外阳光灿烂的乡间，她一看再看，直到确认这一切确实是真的，她才翻开书。脑子里依然萦绕着那首曲子，她轻轻哼着，听见丈夫一面翻着杂志一面轻声地和着。

在餐车里她吃了烤牛肉，她习惯在家乡的餐馆用餐，一时之间还难以适应这些属于度假型的新颖美食。饭后甜点她点的是冰淇淋，但是在喝咖啡的时候她开始不安，因为再过一个小时他们就到纽约了，她还得动作优雅地穿戴大衣和帽子，布莱德还得把行李箱取下，把杂志收好。火车没完没了地还在地下奔驰，他们站在车厢尽头，手里的行李箱提起又放下，一点一点地，焦躁不安地移动着。

车站只是一个暂时的庇护所，让游客们慢慢踏入外面那个光怪陆离的现实世界。在坐上出租车驶入这个世界之前，她先在人行道上看了一会儿，接着他们糊里糊涂地就被载到上城区，下了车又站在另外一条人行道上，布莱德付了车资，仰起头，望着公寓大楼。“是这里没错。”他说，他的口气似乎在怀疑出租车司机的能力，怀疑他怎么这么轻易就找对了门牌号码。搭电梯上楼，钥匙果然开得了门。之前他们从没看过这位朋友住的公寓，但感觉却很熟悉——一个从新罕布夏搬来纽约的朋友，带着一些经年累月没法磨灭的，属于老家的记忆，这份家的感觉让布莱德马上能够舒坦地坐上椅子，让他马上对那些床单和毛毯产生了本能的信赖。

“这才是适合住上两个星期的家。”布莱德伸着懒腰说。过了新来乍到的几分钟之后，他们俩自然而然地走到窗前。千真万确，纽约就在下方，对街的屋子也都是公寓，那些屋子里住满了不知名的陌生人。

“太好了，”她说。窗子底下有车有人有嘈杂的声音。“我真的好开心。”她亲吻她的丈夫。

第一天他们到处去观光，在自助餐馆吃了早餐，再登上帝国大厦的顶楼。“现在全部都修复了，”布莱德说，“不知道当时飞机撞到哪个位置。[1]”

他们很想从顶楼四边往下俯瞰，可是又不敢开口。“毕竟，”她缩在角落，自圆其说地笑着，“要是我身上有什么东西摔断了，我可不想人家围在旁边对着那些碎片指指点点。”

“如果帝国大厦是你的，哪还会在乎这些。”布莱德说。

最初几天他们都是搭出租车观光旅游。有辆出租车的一扇车门居然用绳子绑着，两人指着那条绳子，不敢出声的大笑。第三天，他们搭的出租车在百老汇的路上爆胎，他们不得不下来换车。

“我们只剩下十一天了。”有一天她说。过了好几分钟之后，她又说：“我们来这里已经六天了。”

他们想联络的一些朋友都联络上了。朋友们打算去长岛一间避暑别墅度周末。“现在家里一团乱，”别墅的女主人在电话那头兴高采烈地说，“这个星期我们就要出发，不过你们既然来了，要是

① 1945年7月，一架B-25轰炸机因浓雾撞击大厦北侧的第七十和八十层。

不过来看一下我可是会生气的。”天气很好，但已明显有了秋的凉意，橱窗里的服饰换成了深色，甚至添了毛皮和天鹅绒的味道。她的大衣天天都穿着，套装也不离身。带来的那些轻薄洋装都挂在公寓的衣橱里，她打算到大一点的店里去买件毛衣，要买那种在新罕布什尔不大实用，但却很适合长岛的款式。

“我真的要去买买东西了，至少要花一天的时间。”她对布莱德说，他唉声叹气起来。

“千万别叫我提大包小包的。”他说。

“你吃不消的，”她说，“更何况走那么多路。你不如去看场电影吧？”

“我想自己一个人去逛逛买买东西。”他神秘兮兮地说。也许他是在说圣诞礼物吧。她也隐约想到过应该在纽约顺便把这些事办好。孩子们对于大城市里的那些小玩意，一些在家乡没见过的玩具，一定会很喜欢。她说：“你总算也要去大采购了。”

这会儿他们正在前往拜访另一位友人的途中，这位朋友奇迹式地找到了一个住处，他不断地警告他们千万不要为了那栋建筑物的外表，或是那里的楼层，或是那里的街坊起争执。这三样“东西”都很糟，那里是三层楼，楼梯又窄又暗，但是顶楼可以住人。这位朋友来纽约不久，他一个人住两间房，对窄窄的桌子和矮矮的书柜情有独钟，所以让他的房间在某些位置看起来过大，有些位置又显得不知该如何是好的挤。

“多可爱的一个地方，”她进门就说。但主人的一番话令她很难过，“总有一天我会终结这个惨况，住到一个真正像样的地方去。”

屋子里还有其他人，大家坐着，开怀地聊着一些共同的，跟新罕布什尔现况相关的话题，酒也比平常在家里喝得多。酒精让人大大的放松，嗓门变大了，措辞更夸张；可是另一方面，他们的手势却变小了，原来在新罕布什尔可能要挥出一整条手臂的动作，现在变成了只动一根手指。玛格丽特一再地重复说：“我们只待几个礼拜，我们只是来度假的。”她说：“好棒啊，太兴奋了。”她说：“我们实在太幸运了，这个朋友刚好出远门玩去了，刚好就在……”

最后房间里闹成一片，她躲到靠窗的一个角落透气。这扇窗子一整个晚上开开又关上，全看站在窗口的那个人两手是否空着。现在窗子关着，连带把清朗的天空也关在外面了。有人过来站在她旁边，她说：“你听听外面的声音。就跟屋子里一样吵。”

他说：“住在这附近真的会要人命。”

她皱起眉头，“这里好像跟以前不一样了。我的意思是，有种不一样的感觉。”

“酗酒，”他说，“街头醉汉。对面有人在打架。”他拿着酒杯晃开了。

她打开窗户探出身子，对面有人探出窗口大声嚷嚷，隔着街她听得很清楚。“小姐，小姐。”肯定是指我，她想，他们都在向这边看。她再探出去一些，喊叫的声音断断续续，但还能拼凑出完整的句子，“小姐，你的房子着火啦，小姐，小姐。”

她用力关上窗，转身向着屋子里的人，稍微提高音量。“你们听着，”她说，“人家说这房子着火了。”她好怕大家会取笑她，好怕自己看起来像个傻瓜，布莱德就站在房间那头看着她满脸通红。她再说一次，“房子着火了，”因为怕这话听起来太惊悚，她连忙又补了一句，“他们说的。”最靠近她的几个人转过身来，有人说：“她说这屋子着火了。”

她想找布莱德，可是不见了，男主人也不见了，四周全部都是陌生人。他们都不听我的，她想，我不该来的，她走到大门口，把门打开。没有烟，没有火焰，她还是不断地告诉自己，我不该来的，就这样，她慌张地撇下布莱德，帽子也没戴大衣也没穿地跑下楼，一只手拿着酒杯，一只手拿着一盒火柴。楼梯变得要命地长，还好很清楚很安全，她打开大门奔出去。一个男的一把抓住她的手臂说：“大家都出来了？”她说：“没有，布莱德还在里面。”消防车堵在街角，人们探出窗口看着他们，抓住她手臂的那个男的说：“好了。”就离开了她。起火点距离这里有两栋屋子远。看得见顶楼窗户后面冒着火焰，烟气冲上了夜空，可是不到十分钟就扑灭了，消防车带着一副舍身成仁的架势开走，为了这一场十分钟的火灾，它出动了它所有的装备。

她慢慢地、很尴尬地回到楼上，找到布莱德，带他一起回家。

“我吓坏了，”平安无事地躺上床之后，她对他说：“我完全昏头了。”

“你应该先去找人。”他说。

“他们都不听我的，”她强调，“我不断跟他们说，他们就是不听，后来我以为大概是我弄错了。我当时只想下去看看究竟怎么回事。”

“还好没出大事。”布莱德睡眼惺忪地说。

“我觉得好像被困住了。”她说，“待在那栋老房子的顶楼，还有火灾，那就像一场噩梦。在一个陌生又奇怪的城市里。”

“好了，现在都过去了。”布莱德说。

这股莫名的不安全感延续到了第二天。她一个人去逛街买东西，布莱德去看五金器材。她搭公交车去市区，到了该下车的时候，车子挤得动弹不得。她挤在通道上不断地说着“下车，拜托”“请让一让”。等到她好不容易靠近车门的时候，车子已经开动了，她只得过一站才下车。“没一个人肯听我的，”她跟自己说，“也许是因为我太客气了。”大商店里所有商品的价格都太高，而那些毛衣看起来竟然跟新罕布什尔的样式一模一样。孩子们的玩具更令她失望：太纽约了，都是些拙劣的、模仿大人生活里的小玩意。小收款机，载着假水果的小推车，可以拨打的小电话（就好像纽约市的真电话还不够多似的），装在手提盒里的迷你奶瓶。

“我们喝的是从奶牛身上挤出来的牛奶，”玛格丽特对女店员说，“我的孩子根本不知道这些是什么东西。”言过其实了，她有一些罪恶感，好在周围没有人在注意她。

她脑子里出现一个画面，一群穿得跟他们父母一样的都市小孩，追随着一个缩小型的机械化文明，玩具收款机的尺寸越来越大，越来越大，方便他们日后使用真正的实体，这些无以计数的小小仿制品，目的是在让孩子们预做准备，日后好接收他们父母日常生活中那些大而无当的“玩具”。她给儿子买了雪橇，她明知道在新罕布什尔的雪地里并不适用。她也给女儿买了一辆小马车，其实还不如布莱德在家里花一个钟头做出来的成品。她不再理会那些玩具信箱、小唱片、小唱机和玩具化妆品，就离开商店回家去了。

她说什么也不敢再搭公交车，就站在街角等出租车。一低头，瞥见脚边有一毛钱，她想把它捡起来，可是来往的行人太多，她不方便弯腰，也不敢再推挤，怕人家瞪她。她把脚踩在那一毛钱上，竟发现旁边还有一枚二十五分钱的硬币和一枚五分钱。一定有人掉过钱包，她想，于是她把另一只脚踩在二十五分的硬币上，她的动作很快，很自然。接着她又看到一毛钱，又一个五分钱，第三个一毛钱落在水沟里。路人不断地经过她身边，来来往往，从不间断，有的冲，有的推，谁也没在看她，她不敢弯腰收集那些钱。也有人看见这些钱，都直接走了过去，她意识到根本没人会捡这些钱。大家都不好意思，要不就是太赶时间，要不就是人太拥挤。一辆出租车停下来，有人下车了，她赶紧作势拦车。她的脚离开了一毛钱和二十五分钱的硬币，钻进出租车，让那些钱继续待在那里。出租车走得又慢又颠，她开始注意到这种缓慢的衰败不单是出租车。公交车也是，车身上到处都裂着一些小小的缝隙，皮座椅又脏又破。建筑物也是（有一家很高级的商店，大厅休息室的地砖迸开一个大洞，经过那里得绕道才行）。建筑物的各个角落似乎都有碎裂的现象，不断有粉尘飘落。花岗石也腐蚀了，只是没人注意而已。回上城区的路上，她发现每一扇窗似乎都是破损的，或许每个街角多少都在变吧。人们的动作也比以前快得太多太多，戴着红帽的那个女孩刚刚才在出租车窗口出现，还来不及看清楚那顶帽子就已经不见了。橱窗亮得惊人，因为顶多只有瞄一眼的时间。人人都在赶时间，好像每个小时只有四十五分钟，每天只有九小时，每年只有十四天似的。食物也是超乎想象的快，吃得好快，以致她一直都觉得好饿，一直都在跟一些不同的人快速地吃着不同的餐。每件事都在不着痕迹地加快速度，每分每秒。她从出租车这一边上车，到家时再从另外一边下车。她进电梯才按了五楼的钮，一会儿又下来，洗过澡换过衣服，又准备跟布莱德出去吃晚饭。两个人吃过饭又再赶回家，饿着肚子上床睡觉，为了睡醒再吃早餐再吃下一顿的午餐。他们来纽约九天了。明天是星期六，他们要去长岛，星期天回来，然后星期三他们就要回家了，回真正的家。她在想着这些的时候，他们正在前往长岛的火车上。火车也很糟，座位是破的，地板很脏，有一扇门不能打开，窗户都关不上。穿过城市的外围，她想，大概是因为所有的事物都跑得太快了，快到令那些所谓的硬件承受不了，在紧张压力之下全都四分五裂了，屋檐飞了、窗户散了。她不敢直截了当地说出来，她不敢面对这份认知，这样拼死亡命的速度，这样处心积虑的快上加快，最后的结局就是毁灭。

到了长岛，那位女主人带他们进入了一个小纽约，一栋充满了纽约式家具的屋子，就像是绑在橡皮筋上，拉得这么远，绷得这么紧，随时可以弹回去，弹回到原来的城市，原来的公寓，只要把门打开，那一纸全数付清的租约就此无效了。“我们一年一租已经好多年了，”女主人说，“否则今年根本租不到的。”

“这地方真是太好了，”布莱德说，“我很惊讶你们为什么不想一整年都住在这里。”

“总得回城市里住一段时间吧。”女主人哈哈笑着说。

“不太像新罕布什尔。”布莱德说。他开始有些想家了，玛格丽特想着，他终于忍不住了。自从那次被火灾吓到之后，她对一大堆人的聚会变得很敏感。晚餐后朋友们陆续到来，她待了一会儿，告诉自己说现在他们是在一楼，她可以立刻跑到门外，所有的窗户都是开着的。不久她先行告退，回房睡觉。布莱德很晚才上床，她醒了，他火大地说：“我们居然一直在玩字词重组。这些疯子。”她带着睡意说：“你赢了吗？”他还来不及回答，她已经又睡着了。

第二天早上，趁男女主人在看报纸的时候，她和布莱德出去散步。“出了门朝右转，”女主人热诚地建议说：“走过三条街左右，就会到我们的海滩了。”

“我们去海滩干吗？”男主人说，“现在太冷了，什么都不能做。”

“你们可以看海啊。”女主人说。

他们去了海滩。这个时候海滩空荡荡的，风很大，但还是看得出一些夏日的风情，仿佛它仍以为自己魅力十足。比如说，一些海滩小屋还是有人住着，孤单的餐饮小站也开着，勇敢地打着热狗和汽水的广告。小站里的男人一脸冷漠地看着他们走过。他们走得离他很远，离那些屋子很远，走上一条灰色的沙石滩，一边是灰色的海水，另一边是灰色的沙丘。

“想想在这里游泳的感觉。”她打着哆嗦。海滩令她开心，有一种奇妙的、熟悉的、令人安心的感觉，沙丘的出现同时也给她带来了双重的回忆。沙滩是她幻想中的一个地方，她曾经以它为背景，为自己写过许多心碎的爱情小说，小说中的女主角缓缓地走在沙丘上，旁边是汹涌的海浪。小沙丘是金色世界的象征，在这个世界里，可以让她逃避每天的寂寥，让她撰写出属于沙滩的悲情故事。她大声笑起来，布莱德说：“这么一个荒凉的地方有什么好笑的？”

“我在想现在离城市好远。”她虚伪地说。

天空、海水和沙滩全部灰扑扑的，感觉上实在不像近中午，倒像是近黄昏。她累了，很想回去，布莱德忽然说：“你看。”她转身看见一个女孩在沙丘上奔跑，手里拿着帽子，长发在身后飞扬。

“这种天气只有靠这样才暖和得起来。”布莱德下着断语，玛格丽特却说：“她好像受了惊吓。”

女孩看见了他们，朝着他们跑过来，快接近的时候她放慢了脚步。她很想伸出手，但是当近到可以说话的距离时，那种熟悉的尴尬，那种不想让自己看起来像傻瓜的心理，使得她犹豫了，她很不自在地轮流看着他们俩。

“你们知道哪里可以找到警察吗？”她终于发问。

布莱德仔细看了看空旷的沙滩，很严肃地说：“附近好像没有。有什么需要我们帮忙的吗？”

“不用了，”女孩说，“我真的需要找警察。”

凡事都找警察，玛格丽特想着，这些人，这些纽约人，就好像他们选出了一批专门负责解决问题的人，于是不管大事小事，他们只知道找警察。

“如果可以，我们真的很乐意帮忙。”布莱德说。

女孩又在犹豫。“那，如果你们真的想知道，”她有些不耐烦地说，“那边有一条腿。”

他们很有礼貌地等着下文，但女孩只说：“那就快来吧。”她招手要他们跟着她走。她带他们翻过几个沙丘，来到一个小水湾，沙丘到了这里突然被一道侵入的海水冲散了。一条腿躺在近水的沙岸上，女孩指着它说：“哪，就这个。”仿佛这是她的私有财产，而他们坚持要来分一杯羹。

他们走过去，布莱德很认真地弯下腰。“确实是条腿没错。”他说。它看起来很像是从一个蜡偶身上来的，一条惨白的蜡腿，整齐地从大腿上切割下来，没有脚，只切到脚踝的上方，膝盖自然地弯着，就这样躺在沙岸上。“是真的腿，”布莱德说，他的声音稍微有些改变。“你找警察是对的。”

三个人一起走到餐饮站，布莱德打电话找警察的时候，店员在一旁冷淡地听着。警察来了，大伙一起再回到躺着断腿的地方，布莱德给了警察他们的姓名地址，说：“现在可以回家吗？”

“不然你还想怎么样？”警察耍幽默地说，“等他身上其他部分出来吗？”

他们回到男女主人的家，提起那条断腿的事，男主人一个劲儿地道歉，好像很自责，不该让他的客人碰上一条人腿，坏了胃口。女主人却很感兴趣，“本森赫斯特[①]也出现过一条冲洗过的手臂，我读过。”

“这些杀戮事件。”男主人说。

上了楼，玛格丽特突然说：“我想这在郊区是头一遭。”布莱德说：“什么头一遭？”她歇斯底里地说：“人开始肢解了。”

为了让男女主人安心，表示他们并不在意那条人腿，他们一直待到傍晚才搭火车返回纽约。再次回到那栋公寓，玛格丽特觉得门厅的大理石似乎又“老”了一些；才经过两天，大理石上又出现了新的裂痕。电梯也好像有点生锈了，公寓里每一样东西上面都蒙着一层灰。他们很不舒服地上床睡觉，第二天一早玛格丽特说：“我今天不出去。”

“你不会是为了昨天的事不开心吧？”

“一点都不，”玛格丽特说，“我只想待在家里休息。”

经过一番讨论，布莱德决定自己一个人出去。他还有一些人非看不可，有一些地方也非去不可，因为再过几天他们就要离开了。在自助餐馆用过早餐后，玛格丽特拿着路上买的推理小说，独自回到了公寓。她把大衣和帽子挂好，靠窗坐下，窗子底下人声嘈杂，她望着对街层层屋宇外的天空。

---

① Bensonhurst，属于布鲁克林自治区。

那首小曲又开始在她脑子里打转了，带着它特有的温柔和馨香。对街那些屋子很安静，或许这个时间屋子里都没人吧。她让视线随着曲调游走，顺着一个楼层，滑过一扇一扇的窗户，快速地滑过了两扇窗户，她可以把一小节的曲调跟一层窗户的数目搭配在一起，然后快速地换一口气，转到下一层楼。这层楼的窗户数目相同，这首曲子的节拍数目也刚好相同，接着再换一层，接着又换一层。忽然她停顿下来，她觉得刚刚看过的那个窗台无声无息地崩裂了，碎成了细沙。她回头再看，窗台完好如初，但却好像换成了上面靠右边的那个窗台，最后换成了屋顶的一角。

瞎操心，她告诉自己，一面强迫她的眼睛看着底下的街道，不许自己成天想着这些莫名其妙的东西。对着街道看久了头很晕，她站起来走进小小的卧室。就像一般的家庭主妇，在出去吃早餐前她已经把床铺整理好了，现在，她又故意把它弄乱，毛毯、被单，一样一样的把它们掀开来，再一样一样的把它们叠整齐，每个边角、每道皱纹都一一抹平。“好了。”忙完这些，她再回到窗前。她望着对街，那首曲子又开始了，从一个窗口望到另一个窗口，窗台一个接一个的塌陷，一个接一个的掉下去。她往前趴，看着自家的窗子，这是以前从没想到过的，她看窗子，看窗台。有一部分腐蚀了，她用手触碰石头，有些碎屑脱落下来。

时间是十一点。布莱德现在大概在找瓦斯喷灯，一点钟以前不会回来。她想给家里写封信，纸笔还没找到，写信的冲动已经离她而去。她突然想睡一个回笼觉，这是她这辈子从来没做过的事，她走进卧室躺上床。就在躺下的时候，她觉得整栋建筑在摇晃。

瞎操心，她再次告诉自己，仿佛这是一句对抗女巫的魔咒，她起身穿戴起大衣和帽子。我只是去买烟和信纸，她想着，只是走到转角而已。乘电梯下楼时，她又是一阵恐慌；电梯太快了，出了电梯进入大厅，她不能跑起来，因为四周站了很多人。即使如此，她还是三步并两步地走出大楼。到了街上，她又犹豫着想要回去。疾驶而过的车辆，照常匆忙的行人，电梯里的恐慌感终于驱使她继续向前走。她走向街角，跟随着健步如飞的人潮，冲到大街上，忽然听见“叭”的一声，几乎就在她的头顶，紧跟着，在她后面出现了吼声和刹车声。她不顾一切地向前奔，奔到了街道的另一边，她停下来四处张望。那辆卡车照着原定的路线拐过街角，她站在那里，经过她身旁的人们，自然的分开了又再会合。

没有谁在注意她，她安心地想着，看过我的那些人早已不知道去了哪里。她走进前面的药妆店，跟店员说要买烟。现在那栋公寓对她来说要比街上安全多了——她可以走着上楼。出了药妆店走向转角的时候，她尽量靠近那些建筑物，就算大楼门口有人和车出入她也不肯让开。到了转角，她仔细谨慎地看了看信号灯——是绿灯，但好像就要变红了。多等一会儿总是比较安全，她想，我可不想再撞上一辆卡车。

人群挤过她身边，有些人马路过到一半，信号灯变了，只得停在路中心。有个女的，显然比其他人胆子小，转过身奔回街沿，其他的人就站在路中心，随着穿梭的车流探头探脑地挪动着身子。有一个人抓住车流里的一个空档冲上了对面的街沿，其他的人稍微迟了一秒钟只好继续等待。信号灯又变了，车流慢了下来，玛格丽特一只脚刚踏上马路，一辆出租车横冲直撞地开过来，吓得她又赶紧退了回去，重新站上街沿。等到出租车开走，信号灯又快要变了，她想，我可以再等等，没必要让自己卡在路当中。她旁边一个男的不耐烦地点着脚等着信号灯变回绿灯。她身边两个女孩走下马路，走了几步停下等着，看见车潮太接近时又稍微地退后一些，进进退退的这段时间里两个人的话一直说个不停。我应该跟着她们两个才对，玛格丽特想着，这时她们却又退回到她前面，信号灯变了，她旁边那个男的立刻冲了出去，站她前面的那两个女孩等了一会儿才慢慢地开步走，两个人的话仍旧说个不停，玛格丽特准备跟上去，最后决定再等等。这时她周围突然多出了一群人，他们从公交车上下来要过马路，她突然有一种被困在中间的感觉，信号灯一变她就往前挤，所有的人行动一致，她用手肘开路，拼命地挤出人群，退到一栋大楼前面等着。现在她觉得经过的人开始在看她了。他们会怎么想我，她狐疑着，于是她抬头挺胸，摆出一副在等人的模样。她看看手表皱起眉头，想着，我看起来一定很蠢，反正这里的人从来也没见过我，而且又都走得那么快。她再回到街沿，不巧绿灯又刚好转成红灯，她想，我去药妆店喝杯可乐吧，没必要回到那栋公寓。

药妆店的店员无所谓地看着她，她坐下来点了杯可乐，就在她喝可乐的时候那种恐慌的感觉又上来了，她想起第一次想要过马路时跟她站在一起的那些人，现在大概走过好几条街了，在她犹豫来犹豫去的时候，他们可能已经过了不知道多少信号灯了；现在那些人至少走了一里多的路了，因为在她努力给自己壮胆的这段时间里，他们一直稳稳地走着。她迅速付了账，她努力压制想要说话的冲动，她想要对店员说可乐没有问题，只是她必须得赶回去，如此而已，她又急急忙忙地回到了转角。

信号灯一变马上穿过去，她坚定地告诉自己，没什么好怕的。信号灯变了，她还没做好准备，她惊魂未定，转弯的车阵已经排山倒海地涌了上来，她又缩回到了街边。她渴切地望着对面街角的烟店，再远一点就是她那栋公寓大楼。她疑惑着，这里的人到底是怎么过马路的，她不是不知道，她就是疑惑，她整个迷失了。信号灯变了，她怀恨地看着它，蠢东西，变来变去，变来变去，既没目标也没意义。她畏缩地看了看身边两旁，看有没有谁在注意她，她悄悄地往后退，一步，两步，直到退离路边。又回到了药妆店，她等着店员露出一些认得她的表情，没有，一点也看不出来。他看她的眼光就跟第一次招呼时同样冷漠。他毫无兴趣地指了指电话，他才不会管呢，她想，我打给谁跟他一点关系都没有。

她没有时间再胡思乱想，因为他立刻亲切地接起了电话，立刻找到了他。他来接听的时候，口气好像很惊讶，又好像是理所当然，她只能无奈地说："我在街角的药妆店。过来接我。"

"怎么了？"他不太想过来。

"拜托来接我，"她对着这一个可能会也可能不会把话传过去的黑色话筒说，"拜托来接我，布莱德，拜托。"

# 穿大鞋的男人们

这是年轻的哈特太太住到乡下的第一个夏天，也是她结婚后当家庭主妇的第一年。不久她即将生下她的第一个宝宝，也是第一次，她用了一个人，或者说真正想到要用一个人，一个可以被称之为女佣的人。遵照医生的指示，年轻的哈特太太几乎每天都要花上好几个钟头的时间，心平气和地向自己贺喜。坐在前门廊的摇椅上，她可以看见宁静的街道，有树林有花园，有从门前经过向她微笑打招呼的人们。或者她也可以转过头从宽敞的窗户望见自家的漂亮客厅，丝光棉的窗帘，十分搭配的沙发椅套和枫木家具，稍微抬起眼睛还可以看见卧室窗子上白色的百褶帘。这是一座真正的房子：送牛奶的人每天早上会把牛奶留在门口，门廊的栏杆上一整排色彩明亮的花盆种着真正的、只需浇水就会生长的植物。厨房里有真正的，可以在上面烹调的炉灶，还有安德森太太老是爱抱怨地板上的脏脚印，就像一个真正的女佣。

“弄脏地板的都是那些男人。”安德森太太会一面观察鞋跟印子一面说。“女人，不相信你去看好了，脚后跟总是轻轻地放下。那些个爱穿大鞋的男人。”接着她就会拿块抹布马马虎虎地把鞋印抹掉。

哈特太太没来由地很怕安德森太太，她听过也读过太多关于现代家庭主妇经常受帮佣欺负的报道，所以对于自己的怯懦一点也不觉得有什么奇怪。再说，安德森太太的权威，似乎是建立在制作罐头、焦糖酱和酵母卷的本事上，也算是天经地义。当初一身瘦骨头、红脸、头发绑得死紧的安德森太太出现在后门口，主动要求来做帮佣的时候，哈特太太正陷在窗户没洗，脏乱没整理的状况当中，莫名其妙地就答应她了。安德森太太当机立断，先从厨房开始下手，第一件事就是替哈特太太泡了杯热茶。“你不可以太劳累，”她眼睛瞄着哈特太太的腰围说，“往后你得特别小心才是。”

等到哈特太太发现安德森太太打扫得不够干净，东西也不大归原位的时候，已经束手无策了。安德森太太的拇指印已经上了所有的窗户，而哈特太太的早茶成了正规的制度。一吃完早餐，哈特太太先把水煮滚，安德森太太九点上门，立刻就给她们俩各沏一杯茶。“一天的开始就在于这杯热茶，喝了才有精神，”她每天早上都会亲切地说，“你的胃才会舒服。”

哈特太太从来不让自己想太多，她只管眼前的自在，为安德森太太肯帮她做所有的家事而得意（“挖到了一个宝，”她写信给纽约的一些朋友，“她对我管头又管脚的，就好像我真的是她的小宝宝一样！”）。直到安德森太太每天早上按时来了一个月之后，哈特太太才忍无可忍地认定，那种隐隐约约的，不舒服的感觉确实有它的道理。

那是一个温暖晴朗的早晨，接连下了一个星期的雨之后的第一个晴天，哈特太太特别穿上一件漂亮的家居服——这件衣服安德森太太洗过也烫过——为丈夫做了一个很嫩的水煮蛋当早餐，再陪他走到前门外的步道挥手道别，看着他转到街角搭上了载他去邻镇银行上班的公交车。哈特太太沿着步道慢慢地散步回家，她赞叹着绿色百叶窗上的阳光，开心地跟出来打扫门廊的邻居闲话家常。很快我就可以带着小宝宝和他的小围栏来花园里了，哈特太太想着，她把前门开着，让阳光可以晒到地板上。她走进厨房，安德森太太坐在餐桌边上，茶已经倒好了。

“早啊，”哈特太太说，“天气真好，对不对？”

“早。”安德森太太说。她朝着茶杯手一挥。“我知道你在外面，我已经把所有的事情都做好了。不喝一杯茶就没法开始这一天。”

“我还当是太阳永远都不会再出来了呢，”哈特太太说。她坐下来把茶杯挪到自己面前，“干燥温暖的感觉真好。”

“可以暖胃，喝茶的好处，”安德森太太说，“我已经放了糖。这会儿你的胃一定已经开始不舒服了。”

“你知道吧，”哈特太太快活地说，“去年夏天这个时候我还在纽约上班，根本没想到我会跟比尔结婚。现在你看看我。”她说着，哈哈地笑起来。

“你永远不知道将来会发生什么，”安德森太太说，“一切不顺的时候，你不是死掉就是转好。这是过去我一个邻居常讲的一句话。”她叹口气站起来，把杯子拿去水槽。“当然有些人就是一辈子都不如意。”她说。

“然后所有的事情就在两个星期里面发生了，”哈特太太说。“比尔在这里有了份工作，公司里的女同事送了我们一个做松饼的模子。”

“就在架子上，”安德森太太说。她伸手去拿哈特太太的杯子。“你坐着别动，”她说，“以后你再没这种享福的机会了。”

“我简直坐不住，”哈特太太说，“一切都太令人兴奋了。”

“这是为你好，”安德森太太说，“我都是为你着想。”

“你真的太好了，”哈特太太真诚地说，“每天都这样过来帮忙。这样照顾我。”

“我不需要感谢，”安德森太太说，“你没事就好，我想到的只有这个。”

“可要是没有你，我真的不知道该怎么办。”哈特太太说。今天说得够了，她忽然闪过一个念头，如果自己每天早上都对安德森太太说一份感恩的话，还真像是在给她发放工资以外的奖金呢，想到这里她放声大笑。不过，也是实话，她想。迟早，我每天都要说的。

“你笑什么？”安德森太太两只红通通又强有力的手腕撑着水槽，半侧着身子说，“我说了什么笑话吗？”

“我只是在想，”哈特太太赶紧说，“在想我以前办公室里的那些女同事。她们要是看到我现在的样子一定羡慕死了。”

“是福是祸谁会知道。”安德森太太说。

哈特太太伸出手，摸着她身旁的黄色窗帘布，心想着纽约那只有一个房间的小公寓和那个阴暗的办公室。“我真希望自己可以过得快活一点。”安德森太太继续说。

哈特太太立刻垂下手，转身看着安德森太太，同情地笑着。“我知道。”她低声地说。

“你不会知道那糟到什么程度。”安德森太太说。她一扭头，对着后门。“他又来了，一整夜。”现在哈特太太终于会分辨这个“他”指的是安德森先生还是哈特先生。安德森太太的头如果是向着后门那条她每天回家必走的小路比画，这个“他”指的就是安德森先生；同样的动作，如果是冲着每天晚上哈特太太迎接她丈夫的前门口，那指的就是哈特先生。“连一分钟都不肯让我睡。”安德森太太说。

“真是不像话，”哈特太太说。她迅速地站起来走向后门。“洗碗巾在晒衣绳上。”她提醒说。

“待会儿我去收。”安德森太太说。“又是吼又是骂，”她继续，“我真的快要疯了。‘你怎么不滚出去？’他说我。就这么走过去把门整个敞开，让街坊邻居全听到他在吼。‘你为什么不滚出去？’他说。”

“太可怕了。”哈特太太说，她的手扣在后门的门把上。

“三十七年，”安德森太太说。她摇头，“他现在居然要我滚。”见哈特太太点起了一支烟，她说：“你不应该抽烟。要是继续再这样抽下去你会后悔的。这就是我没有小孩的原因。”她再继续，“我能怎么办，他那副德行难道还要叫孩子们在旁边听着吗？”

哈特太太走到炉子边，往茶壶里看了看。“我还想再喝杯茶，”她说，“你要不要再来一杯，安德森太太？”

“喝多了我会烧心。”安德森太太说。她把冲洗过的茶杯放回到桌上。“这是我刚才洗的，”她说，“这是你的杯子。你的房子。你爱干什么都可以。”

哈特太太大笑，把茶壶提到饭桌上。安德森太太看着她倒完茶，立刻把茶壶收走。“我去把它洗了，”她说，“省得你又想再喝。”她口气一沉，“喝太多茶水伤肾。”

“我一直都喝很多的茶和咖啡。”哈特太太说。

安德森太太看一眼排水口上那几只沥干的碟子，伸出大手，一手各拎起三只玻璃杯。“今天早上你的脏杯子真够多的。”

“昨晚太累了没洗。”哈特太太说。再说，她心想，我付她工资不就是为了清洁打扫吗？她语气一转，轻快地说：“所以我全部都交给你啦。”

“替人收拾善后是我的职责，”安德森太太说，“有的人就得永远替别人做那些肮脏的工作。你们有很多朋友吗？”

“我先生在城里认识的一些人，”哈特太太说，“一共六个。”

“你现在这个样子，他不应该带他那些朋友来家里。”安德森太太说。

哈特太太想起了昨天的聚会，大伙愉快地闲聊着，纽约的剧院，当地可以跳舞的小客栈，他们称赞她的房子，她向那两位年轻太太展示那些婴儿的用品，想着这些她轻轻地叹了口气。她已经完全没注意安德森太太在说些什么了。

“——就当着他自己太太的面啊。”安德森太太的话题结束了，她意味深长地把头转向前门。“他酒喝得很多？”

“没有，不多，”哈特太太说。

安德森太太点点头。“我明白你的意思，”她说，“你看着他们一杯接一杯，你想不出任何办法制止。然后不知道什么事情突然让他们抓狂了，你还弄不清是怎么回事他已经开口叫你滚蛋了。”她又点头，“在这种时候无论哪个女人都没有办法，除了一件事，到了非滚不可的时候，她必须得有个地方可去。”

哈特太太小心谨慎地说：“安德森太太，我觉得不见得所有的丈夫都——”

“你才结婚一年，”安德森太太阴沉地说，“这个时候谁会跟你说这些。”

哈特太太就着烟屁股点上第二支烟。“我对于我先生喝酒的事真的一点都不担心。”她正经地说。

安德森太太停下工作，手里捧着一叠干净的盘子。“有别的女人？”她问，“是不是为这个？”

“你怎么会说这种话呢？”哈特太太质问她。“比尔根本没——”

“在这个时候，你最需要有人来照顾你，”安德森太太说。“别以为我不知道，你只是还没找对人说。所有的男人对待自己的老婆都是一个样，只不过有些男人是酒鬼，有些男人把钱全花在赌博上，还有些看见年轻的小妞就追。”她突兀地哈哈一笑。“其实有些并不年轻，你去问那些人的老婆就知道。”她说，“如果这些女人知道自己的老公会变成这副德行，大概都不会结婚了。”

“我觉得成功的婚姻是女人的责任。”哈特太太说。

“在杂货店，就前两天，马丁太太把她老公还没死的时候常做的一些事情说给我听，”安德森太太说，“有些男人的行为你真是连想都想不到的。”她意有所指地看着后门，“有些男人比其他那些男人更坏。她觉得你亲切又和气，马丁太太真的这么认为。”

“她真好。”哈特太太说。

“我可没说他什么，”安德森太太说，她把头转向前门。“我可没提谁的名字，人家还以为是我不认识的人呢。”

哈特太太想到了马丁太太，两只眼睛又尖又利，滴溜溜地老是盯着别人买的杂货（今天买了两条全麦面包啊，哈特太太？今晚有朋友要来，是吧？）“我觉得她人真好。”哈特太太说，但她没说出口的是：要记得告诉她这话是我说的。

“我没说她不好，”安德森太太冷冷地说，“你最好别让她看出什么差错。”

“我相信——”哈特太太才起了个头。

“我跟她说过了，”安德森太太说，“我说就据我所知，我相信哈特先生绝对没有乱来，也没有酗酒。我说有时候我简直把你当成了我自己的女儿，只要有我在，就没有哪个男人敢随便欺负你。”

“我希望，”哈特太太又开始要说，忽然一阵恐惧感袭上心头。那些看似和善的邻居竟然在和善的面貌下监视她，甚至悄悄地从窗帘后面窥伺比尔，有这可能吗？“我认为人不应该在背后谈论别人，”她不顾一切地说：“我的意思是，我认为随便说一些自己都不确定的事情实在很不公平。”

安德森太太又突然大笑起来，她走过去打开清洁柜。“你别让这些事吓到了，”她说，“目前可不行。今天上午我打扫客厅好吗？我把小地毯拿出去晒晒太阳。都是他——”她脑袋冲着后门，“——把我气坏了。你知道的。”

“是啊，”哈特太太说，“真是太不像话了。”

“马丁太太说我为什么不干脆过来跟你们住，”安德森太太边说边在清洁柜里拼命地翻找，连她的声音也像是蒙了尘，含含糊糊地。“马丁太太说你这么年轻，一切都刚刚起步，身边终究需要有个好朋友才行。”

哈特太太低头看着自己的手指纠缠着茶杯的把手。这茶她只喝了半杯。现在要走去另外一间房间已经来不及了，她想，我只要说比尔绝对不会答应就好了。“前几天我在镇上碰见马丁太太，”她说，“她穿了一件好看得不得了的蓝大衣。”她用手顺了顺身上的家居服，气恼地说：“真希望我能穿上一件像样的衣服。”

“‘你为什么不滚出去？’他居然对我说。”安德森太太退出了清洁柜，一手拿着畚箕，一手拿着抹布。“一面喝酒一面乱骂人，声音大到所有的邻居都听见了。‘你为什么不滚出去？’我敢说连你们这边都听见了。”

“我相信他不是认真的。”哈特太太用一种笃定的语气说。

“换了你绝对受不了的，”安德森太太说。她放下畚箕和抹布，走过来坐到哈特太太的对面。“马丁太太认为如果你要我过来住，我可以马上过来，就住你那间客房。三餐全部交给我来做。”

“是可以的，”哈特太太亲切地说，“只是我打算让宝宝睡那间房。”

“我们可以让小宝宝睡你们的房间。”安德森太太说。她笑呵呵地推一把哈特太太的手。“别担心，”她说，“我不会碍事的。哪，如果你想让宝宝跟我睡，那夜里我就可以起来帮你喂他。我想照顾一个小宝宝我还行的。”

哈特太太笑容可掬地看着安德森太太。“我当然乐意，”她说，“等将来吧。眼前比尔一定不肯让我这么做的。”

“当然，”安德森太太说，“男人绝对不肯的，可不是吗？我在杂货店跟马丁太太说过，她呀真是世上最最好的一个小可爱，我说，可是她先生肯定不会让个打杂的老女人过来跟他们一起住。”

“哎呀，安德森太太，”哈特太太一脸惊恐，“你怎么这么说自己呢！”

“就只多了个女人，一个老一点、懂得稍微多一点的女人，”

安德森太太说，“可能见识也稍微多一点，说不定喔。”

哈特太太，她的手指紧紧地扣着茶杯，脑子里快速闪过一幅画面，马丁太太舒舒服服地靠在柜台上（“我看见你们家来了一位明星级的新房客啦，哈特太太。安德森太太一定会把你照顾得服服帖帖的！”）还有她那些街坊邻居，她去公交车站接比尔的时候，那一张张盯着她的冰冷面孔。还有，纽约那些女同事，一面读她的信一面羡慕得要死（“真是挖到了宝啊！——她就要来跟我们一起住了，以后所有的杂事都由她一手包办了！”）。她抬起头，看着坐在她对面的安德森太太那副会心的微笑，哈特太太忽然有了一份坚定不移的认知，她迷失了。

# 牙齿

巴士在候着，气喘如牛地停在小巴士站前面的街沿，庞大的银蓝色车身在月光下闪闪发光。对巴士感兴趣的只有少数几个人，晚上到了这个时候人行道上根本没人走动了：镇上唯一的电影院在一个小时前就打烊了，看完电影的人在药妆店吃完冰淇淋也都回家了。这会儿连药妆店也关门熄灯了，午夜的街头又多了一个安静无声的门口。小镇上的光源只剩下街灯和对街一间通宵营业的小吃店，再就是公交车售票口的那盏灯，坐在售票亭里的女孩已经穿戴好了大衣和帽子，只等这辆纽约大巴开走就可以回家睡觉了。

克莱拉·史班瑟站在车门口的人行道上，紧张兮兮地挽着丈夫的手臂。“我觉得好怪哦。”她说。

“你还好吧？”他问，“你看要不要我陪你去？”

“不要，当然不要，”她说，“我还好。”她连说话都有些困难，因为牙床肿胀。她拿手帕按着脸，紧紧地挽着她的先生。“你没关系吗？”她问。“我最迟明天晚上就会回来了。不然我会打电话的。”

“放心好了，没事的，”他由衷地说，“到明天中午就不痛了。记得要跟牙医说，如果有什么问题我好立刻赶过去。”

“我觉得好怪哦，”她说，“头昏昏的，很晕。”

“那是因为药的作用，”他说，“那些可待因[①]，还有威士忌，加上一整天什么也没吃。”

她神经质地笑着。“我没办法梳头，手抖得厉害。好在光线很暗。”

“在车上试着睡一下，”他说，“你吃了安眠药吗？”

“吃了。”她说。他们等着巴士司机在小吃店里喝完咖啡，透过玻璃窗他们可以看见他，他坐在柜台上，不慌不忙的。“我觉得好怪哦。”她说。

“你知道吗，克莱拉，”他特意加重语气，仿佛如此一来才更有说服力，更能给予安慰。“你知道吗，我真的很高兴你肯去纽约看席莫曼。要是病情严重起来，我让你在这里随便找个人看，我不会原谅自己的。”

“只不过是牙疼，”克莱拉不安地说，“牙疼没那么严重啦。”

“这很难说，”他说，“可能会化脓引起溃疡什么的。我相信他一定会把它拔了。”

“千万别说那个字。”她全身发抖。

---

① Codeine，麻醉品，用作镇咳止痛之类的镇静剂。

“嗯，看样子真的很严重，”他严肃地说，跟方才的语气一样。“你的脸好肿，也还好啦。别担心。”

“我没在担心，”她说，“我只是觉得自己全身上下好像就这颗牙齿。没别的了。”

巴士司机从凳子上站起来，走过去买单。克莱拉慢慢挪向公交车，她丈夫说：“慢慢来，不急，你有的是时间。”

“我只是觉得怪怪的。”克莱拉说。

“听着，”她丈夫说，“这颗牙好好坏坏已经烦了你好几年了；从认识你到现在，那颗牙至少闹了六七次了吧。是该好好一次性把它解决了。连我们蜜月的时候你都在牙疼。”他以责备的口吻作为总结。

“有吗？”克莱拉说。“你知道，”她说着笑了起来，“实在太匆忙了，衣服没穿对。还穿了双旧袜子，我把所有的东西都往包包里扔。”

“钱带够了吗？”他说。

“大概有二十五块吧，”克莱拉说，“明天我就回来了。”

“如果不够就拍个电报，”他说。公交车司机出现在小吃店门口。“别担心。”他说。

“你听我说，”克莱拉忽然说，“你确定你没关系吧？蓝太太早上会准时过来做早餐，如果事情太多就先别让强尼去上学了。”

“我知道。”他说。

“蓝太太，”她检查着自己的手指，“我给蓝太太打过电话，我把购物单放在饭桌上了，午餐你可以吃冷牛舌，万一我晚上赶不回来，蓝太太会来帮你做晚餐。打扫的人下午四点来，我不在，你就把你那套褐色的西装交给他，忘了也没关系，不过口袋里的东西一定要拿出来。”

“钱要是不够就拍电报，”他说，“或者打电话。我明天会待在家里，你就打回家好了。”

“蓝太太会照顾小宝宝的。”她说。

“或者就拍电报好了。”他说。

巴士司机穿过了马路，站在车门口。

“好了吗？”公交车司机说。

“再见。”克莱拉对丈夫说。

“明天就没事了，”她丈夫说，“只是牙疼而已。”

“我没事的，”克莱拉说，“你不用担心。”她上车上了一半，又停住，司机在后面等着。“送牛奶的，”她对丈夫说，“留字条给他说我们要鸡蛋。”

“我会，”她丈夫说，“再见。”

“再见。”克莱拉说。她上车了，等在她身后的司机也就了位。公交车几乎是空的，她走到最后面坐到靠窗的位子，她丈夫就守候在那个车窗外。“再见，”她隔着玻璃说，“保重哦。”

“再见，”他用力地挥手。

公交车动了，哼啊喘的向前推进了。克莱拉转过头再挥了一次手，才往后靠上柔软的厚椅背。天哪，她想，怎么会这样啊！外面，熟悉的街道溜走了，陌生又黑暗，谁会料到，在这个孤零零的车站上会看见一个搭公交车出远门的人。她担心的不是一个人去纽约，她又不是第一次去，克莱拉气恼地想着，是那些威士忌、镇痛剂、安眠药还有牙疼。她连忙查看止痛药有没有放进包包。止痛药片、阿司匹林和水杯一直都放在餐厅的餐具柜上，大概在她冲出家门的时候，随手一把抓来了，因为现在它们全都待在她的包包里，伴随着那二十五块钱和她的粉盒、梳子和口红一起。靠感觉她就知道她带的是快要擦完的旧口红，不是那支颜色比较深，价值两块五毛的新货。一只袜子抽丝了，脚趾上有个洞，在家穿着舒服的旧鞋她从来没注意过，可是在这双最好的休闲鞋里，立刻凸显出来了。没关系，她想，明天我可以在纽约买一双新的袜子，等到看完牙，等到一切没事之后。她小心地拿舌头顶着那颗牙，回报她的是瞬间的剧痛。

红灯，巴士停下来，司机离开座位朝着她走过来。“刚才忘了跟你收票。”他说。

“刚才上车太急了，”她在大衣口袋里找着了车票交给他。“我们什么时候到达纽约？”她问。

“五点十五，”他说，“有足够的时间吃早餐。单程票？”

“我搭火车回去。”她想不通为什么要告诉他，只能说在这样的深夜，待在这样一个与世隔绝的陌生小空间里，人总是会比平常来得更友善，更爱说话。

“我嘛，我搭公交车回去。”他说，两个人哈哈一笑，她笑得很痛苦，因为脸肿。他回到最前面的司机座，她安详地靠回椅背。她感觉那颗安眠药在拉扯她。牙齿的抽痛变远了，混合着车子的移动，那节拍稳定得就像她的心跳声，变得越来越大，越来越大，在深夜里持续着。她的头往后靠，脚往上钩，再用裙子仔细遮住，没有对小镇说一声再见就睡着了。

她的眼睛睁开过一次，车子几近无声地在黑暗中疾驰。她的牙齿稳定地抽痛着，她疲倦又无奈地把脸颊贴向凉凉的椅背。公交车顶盖上有细细的一道灯光，再没有别的光线。在她前方，她看得见还有一些别的乘客。司机，坐得好远，感觉上就像望远镜最远端的一个小点，专注地对着方向盘，看上去是清醒的。她再度沉入美妙的睡梦中。

稍后她真的醒了，因为车子停住了，黑暗中安静无声的律动突然间终止是个震撼，她错愕地醒过来，前后不到一分钟，牙齿又开始剧烈地疼起来。乘客沿着过道向前移动，司机转过身子说："十五分钟。"她起身跟着大家一起下车，只是她依然很想睡觉，她的脚也不听使唤。他们停在一家通宵营业的餐馆旁边，空荡荡的马路上只此一家亮着灯。餐馆内，温暖忙碌，挤满了人。她看见柜台尽头有个位子就坐了下来，完全不知道自己什么时候又睡着了，直到坐她身边的一个人碰了碰她的手臂。她迷迷糊糊地看着周遭，他说："出远门？"

"对。"她说。

他穿着蓝西装，看上去很高。她的眼睛没办法聚焦，只能看到这些。

“你要咖啡？”他问。

她点点头，他指着她面前的柜台，一杯咖啡在那儿冒着热气。

“快喝吧。”他说。

她细细地啜；若是平常她一定把脸整个埋下去，连杯子都不拿起来。陌生男人在说话。

“即使远过了撒马尔罕[①]，”他说，“拍岸的海浪有如钟响。”

“好了，各位。”巴士司机说，她快速地吞着咖啡，喝够了才有力气上车。

重新坐回到座位上，陌生男人在她身旁坐下来。车子里太暗，那餐馆的灯光显得特别刺眼，她闭上了眼睛。在她眼睛闭上，还没入睡之前，牙痛彻底地把她包围。

“笛子整夜地吹着，”陌生男子说，“星与明月一致，明月与湖一般。”

当公交车再度启动时，他们回归黑暗，只靠着车顶盖上那一线细细的灯光维系着彼此，把最后排的座位与最前面的司机和别的乘客连在了一起。灯光把他们捆绑在一起，邻座的陌生男人还在说话，“就这样什么也不是的躺在树下。”

坐在车子里的她什么也不是。她驶过了树林，驶过了偶然出现的一些沉睡中的房舍，她是在车子里，却又联结着这里和那里，靠

① Samarkand，乌兹别克第二大城市。

那一线的灯光与司机脆弱地联系着，自己丝毫不出力地被带着走。

“我叫杰姆。”陌生男子说。

她睡意太重，只是下意识地挪动一下身子，她的前额抵着车窗，黑暗在她身边移动。

忽然又出现了那种极致的震撼，她惊醒过来，害怕地说：“怎么了？”

“没事，”陌生男人——杰姆立刻回应，“跟我来。”

她跟着他走下公交车，走进相同的餐馆，表面看起来是这样的，她正准备在柜台尽头那个相同的座位坐下，他牵起她的手，带她到一个桌位。“去洗把脸，”他说，“洗完了再回到这里。”

她走进洗手间，有个女孩站在那里扑粉。女孩头也不回地说：“要五分钱。门别关上，下个人就不必付钱了。”

厕所门卡住了关不上，门锁里有半只纸火柴盒。她让它继续留在那儿，她回到杰姆坐着的桌位。

“你想怎样？”她说。他指指三明治和另一杯咖啡。“吃吧。”他说。

她吃着三明治，听着他的声音，悦耳温柔，“当我们航行过岛屿，我们听见了召唤的声音……”

回到车上，杰姆说：“把头枕在我肩膀上，睡吧。”

“我这样很好。”她说。

“不，”杰姆说，“之前，你的头一直敲着车窗。”

她又睡着了，车子又停下来，她又吓醒，杰姆又带她到一间餐馆喝了咖啡。

她的牙齿也活过来了，她一只手按着脸颊，一只手摸索大衣口袋，再翻翻包包，终于找到了那一小瓶止痛剂，她吞了两片，杰姆全程看着她。

她喝完咖啡，听见车子马达的声音，她立刻起身，杰姆握着她的手臂，她仓皇地钻进她黑暗中的庇护座。巴士开动了，她发觉她把那瓶止痛剂留在了餐馆的桌位上。她透过车窗回头对着餐馆的灯光看了一会儿，她把头枕着杰姆的肩膀，在她睡着的时候他说着，“沙子那样白，像雪，但是火热，即使在夜里，火热也在你的足底。”

然后，最后一次的停顿来临了，杰姆带她下了公交车，他们在纽约车站站了一会儿。一个女的走过他们，对着跟在后面帮她拿手提箱的男人说：“我们刚好赶上，五点十五分。”

“我要去看牙医。”她对杰姆说。

“我知道，”他说，“后会有期。”

他走开了，虽然她没有看见他走。她想要寻觅走出车站的蓝色身影，却什么也看不见。

我应该谢谢他，她呆呆地想着，慢慢走进车站餐厅，她又点了咖啡。柜台服务生用疲惫、同情的眼光看着她，他在这里已经看了一整夜上车下车的乘客。“很困？”他问。

“是的。”她说。

不久之后她发现公交车站跟宾夕法尼亚地铁站是相连的，她可以直接进入候车室，在长椅上找到一个位子坐下来，她又睡着了。

有人粗鲁地摇着她的肩膀说：“你搭哪一班车？小姐，快七点了。”她坐直身子，看见自己的皮包搁在腿上，她的脚齐整地交叉着，面前一座钟直直逼视着她。说了声“谢谢”，她站起来跌跌撞撞地走过候车室里的长椅，走上电扶梯。有个人立刻跟上来，碰碰她的手臂。她回头，是杰姆。“草那样的绿那样的柔，”他带着笑意说，“河里的水那样的凉。”

她疲累地盯着他。电扶梯到顶了，她跨出扶梯本能的向着前方的街道走。杰姆陪在她身旁，他的声音持续着，“天空是你不曾见过的蓝，歌声……”

她快走几步离开他，她以为来往的行人都在看她。她站在街角等候信号灯，杰姆轻快地赶上来又走开。“你看。”在擦身而过的时候他说，他手里握着一把珍珠。

对街有一间餐馆，刚开始营业。她走进去找了一个桌位，女服务生皱着眉头站在她旁边。“你还在睡。”女服务生一副斥责的口气。

“真对不起，”她说。现在是早上了。“荷包蛋和咖啡，谢谢。”

八点差一刻，她离开餐馆，她想，现在搭公交车，直接进市区，我可以在牙医对面的药妆店里喝咖啡到八点半，等诊所开门就进去，让医生最先看我。

公交车开始挤了，她搭上第一辆开过来的公交车，找不到空位。她要到二十三街，车子经过二十六街时有了一个座位。她醒来时离市区已经很远，她花了将近半个小时才搭上一辆公交车折回二十三街。

在二十六街街口，她正等着红绿灯，突然一大群人挤过来，就在过了马路人群各自分散的当口，有个人跟上来走在她旁边。她忿忿地盯着人行道，头也不抬地走了一会，她的牙痛得像火烧，抬起头，两旁行色匆匆的人群中并没有蓝西装的踪影。

走到了牙医诊所的大楼，时间还很早。大楼门房明显刮过了胡子，梳过了头发，他动作敏捷地为她撑着门，相信到了五点的时候他就没这么精神了，头发也没这么整齐了。她怀着达成使命的好心情走进大门；她终于成功地从一个地方到达了另一个地方，这里是旅程的终点，是她的目的地。

白衣护士坐在诊所的办公桌前，眼睛盯着那张肿胀的脸、累垮的肩膀，她说："好可怜，你看起来累坏了。"

"我牙痛。"护士半笑不笑的表情，仿佛她还在盼着哪天会有人进来说："我脚痛。"她站起来展现专业，"快进来吧，"她说，"不用等了。"

阳光在牙医座椅的头靠上，在白色的圆桌上，在钻孔器的铬合金头上。牙医露出跟护士同样包容的笑容，或许人类的病痛全部包容在牙齿里，凡是愿意实时过来看他的人，他就能够治好他们。护士流畅地说："我去拿她的病历，医生。我们觉得应该先让她进来看诊。"

照X光的时候，她感觉她脑袋里竟然没有任何东西可以制止那个邪恶的摄影镜头，好像那镜头不但能够看透她，还能拍到旁边墙上的钉子，牙医的袖扣，仪器上的细节。牙医对护士说："拔除，"口气带着遗憾。护士说："是，医生，我立刻打电话。"

这颗牙，确实无误地把她带来这里，现在，它似乎成了她辨识身份的唯一角色了。照片拍的是它，不是她。它成了重要的大人物，必须记录，检查，令它满意。而她只是它不得已的交通工具，唯有靠着这个，牙医和护士才会对她感兴趣，唯有让她成为牙齿的持有人，她才会受到立即的医疗照顾。牙医递给她一张纸片，上头画着牙齿的全图，在那颗痛牙的位置有一个黑色的记号，纸片的最上方写着：下臼齿，拔除。

"拿着这张纸，"牙医说，"直接去找名片上的地址，是一位牙医外科医生。他们会帮你处理。"

"他们会怎么做？"她说。她要问的其实不是这个问题，而是："那我怎么办？或者，那牙根有多深？"

"他们会拔掉那颗牙，"医生不耐烦地别开脸。"几年前就该拔了。"

我待得太久了，她想，他对我的牙齿厌烦了。她起身离开看诊的座位说："谢谢你，再见。"

"再见。"牙医说。最后一分钟他对她笑了，对她露出整排洁白的牙齿，颗颗晶莹，管控完美。

"你还好吗？有没有很难受？"护士问。

"我还好。"

"我可以给你几颗止痛药，"护士说，"当然，你现在最好什么也别吃，不过我还是给你几颗以防万一。”

“不要，”她想起留在中途餐馆桌上的那瓶止痛剂。“不用了，它还好，不会很痛。”

“那好，”护士说，“祝你一切顺利。”

她走下楼，又再走过那个门房。在她上楼的这十五分钟里，他已经失去了一些早晨的活力，他的鞠躬似乎比先前小了一号。

“叫车吗？”他问，她想起了往二十三街的公交车，她说：“是的。”

就在门房回上街沿，用发明人的态度对着这辆出租车鞠躬的时候，她好像看见对街人群中有一只手在向她挥着。

她读着牙医给的名片上的地址，再仔细地向出租车司机重复一遍。拿着卡片和写着“下臼齿”的纸片，这颗牙齿的身份已经非常明确，她动也不动地坐着，两只手仍旧护着那两张纸片，她的眼睛几乎就要阖上了。她想她肯定又睡着了，出租车突然停住，司机转过来替她开了车门，说：“到了，小姐。”他好奇地看着她。

“我要去拔牙。”她说。

“天哪！”出租车司机说。她付完车资，他说：“祝你好运。”大力地关上了车门。

这是一栋很奇怪的大楼，入口处都是石刻的医疗标志。这里的门房不太专业，仿佛要等她走不动了他才愿意开口似的。她走过他，一路走向电梯，电梯门为她打开。进了电梯她把名片拿给服务员看，他说：“七楼。”

一个护士推着坐轮椅的老太太进来，她只得往后站。老太太从容平静地坐着，膝盖上遮了一条毯子。她对服务员说：“好天气。”他说，“看到太阳真舒服。”老太太往后靠在椅背上，护士帮她整理一下毯子，说：“现在我们不用担心了。”老太太不悦地说：“谁担心了？”

她们在四楼出电梯。电梯继续向上，一会儿服务员说：“七楼。”电梯停下，门打开。

“走廊直走到底左转。”服务员说。

走廊两边都是关着的门。有的写着“DDS（口腔外科）”，有的写着“诊疗室”，有的写着“X光检验”。其中有一个，看起来最卫生最友善，也最容易懂，写着“女厕”。她向左转，看见一扇门上写着名片上的名字，她打开门走进去。有个护士坐在玻璃窗口后面，几乎像是在银行里，候诊室四个角落摆着盆栽的棕榈、新的杂志和舒适的座椅。玻璃窗口后面的护士说：“是？”那口气就像你是透支户，有两颗牙的钱还没付清似的。

她把那张纸片从窗口递过去，护士看着它说：“下臼齿，好。他们来过电话了。请你现在就进去好吗？从你左手边那个门。”

进入墓穴吗？她几乎冲口而出，默默地打开门走了进去。另一个护士在那里等着，护士微笑转身，等候着跟随她的人，很明显是由她负责带路。

又照了一次X光，这个护士告诉另一个护士：“下臼齿。”另一个护士说：“走这边，请。”

无数的迷宫和通道，似乎已经走入了这栋办公大楼的心脏，终于，她被带进一个小房间，里面有一张沙发、一只枕头、一个洗脸槽和一把椅子。

“在这里等着，”护士说，“先休息一下。”

“我可能会睡着。”她说。

“可以，”护士说，“不会等太久的。”

她等了大概超过一小时，大半时间都在半睡眠状态，只有在有人经过门口的时候才会惊醒。护士不时笑嘻嘻地过来探看，有一回她说：“不会再等很久了。”隔不久，很突然的，护士回来了，这次不再有笑容，不再是亲切的女主人，这次很急促很有效率。“快来。”她果决地离开小房间走回走廊。

接着，很快，快到她还来不及看清楚，她已经坐上椅子，一条毛巾裹着她的头，一条毛巾围在她的下巴底下，护士一只手搭在她的肩膀上。

“会受伤吗？”她问。

“不会，”护士带着微笑说，“你知道不会受伤的，对不对？”

“对。”她说。

牙医进来了，居高临下地对她笑。“开始吧。”他说。

“会不会受伤？”她说。

“啊，”他轻快地说，“如果会受伤，那我们就不能吃这行饭了。”他一直在说话，他的手也一直不停，忙着处理那些盖在毛巾底下的金属器材，大只的仪器安静无声地推到了她的身后。“我们就不能吃这行饭了，”他说。“现在你唯一要担心的是睡着以后会不会把所有的秘密全部说出来。这一点倒是要注意的，明白吧。下臼齿？”他对护士说。

“下臼齿，医生。”她说。

他们把有金属味的橡胶面罩罩在她脸上，牙医一句“你明白吧，”心不在焉地连说了两三次，这期间她隔着面罩还可以看见他。护士说：“两手放松，亲爱的。”不知过了多久她觉得她的手指放松了。

接着而来的是不断回旋的音乐，大到令人困惑的乐声持续不断，绕着转着，她拼了命地奔跑，跑过一条很可怕的长廊，长廊两边都是门，长廊的尽头是杰姆，他伸出手又笑又喊，他在喊什么她完全听不见，音乐太大声了，她继续奔跑，她说：“我不怕。”她边上那扇门里有个人抓住她的手臂拉她，世界越变越大，越变越大，止都止不住了，然后它停住了，牙医的头在俯瞰她，窗户落在她面前，护士抓着她的手臂。

“你干吗拉着我？”她说，她嘴里全是血。“我还想继续。”

“我没有拉着你，”护士说。可是牙医说：“她还没走出来。”

她动也不动地开始哭，她感觉泪流满面，护士拿毛巾把泪水擦掉。没有血，除了她嘴里，其他任何地方都没有血，所有的一切都跟原先一样干净。牙医突然不见了，护士伸出手臂帮她离开座椅。“我有没有说话？”她急切地问，“我是不是说了什么？”

“你说，‘我不怕’，”护士柔声安抚她，“就在你要醒过来的时候。”

“不是，”她拽着揽住她的那只手臂。“我有没有说什么？我有没有说他在哪里？”

“你什么也没说，”护士说，“医生只是在逗你玩。”

“我的牙齿呢？”她突然问，护士哈哈笑着说：“没啦。再不会烦你啦。”

她回到小房间，躺在沙发上哭，护士拿纸杯倒了些威士忌，把杯子搁在洗脸槽的边沿。

“上帝赐血给我喝，”她告诉护士。护士说：“不要漱口，否则不会凝固。”

过了好久护士回来了，在门口笑眯眯地对她说：“你又醒了。”

“怎么说？”她问。

“你一直在睡，”护士说，“我不想吵醒你。”

她坐起来，头很晕，感觉她似乎在这个小房间里住了一辈子。

“你现在要不要跟我一起过去？”护士说，那份亲切感回笼了。她又伸出那只强壮有力的手臂，再不稳的脚步它也撑得住。这次她们穿过长廊来到了坐着护士的银行窗口。

“都好了？”护士爽朗地说。“先坐一会儿。”她朝玻璃窗口边上的一张椅子指了指，掉过头忙着去写什么东西。“两个小时不要漱口。”她头也不回地说，“今天晚上吃一粒泻药，如果觉得痛就服两片阿司匹林。如果很痛或是大量出血，立刻通知诊所。好吗？”她又露出了开朗的笑容。

“再见。”护士愉快地说。

“再见。”她说。

她手里握着那一张小纸片，走出玻璃门，睡意仍旧很浓，她转个弯沿着走廊走下去。她稍微睁开眼睛看，那是一条两边都有门的长廊，她停下来，看见标着“女厕”的那扇门，走了进去。里面有一个好大的房间，有窗户、藤椅、光洁的白瓷砖和银亮的水龙头。洗手台那里站着四五个女人，在那里梳头，抹口红。她笔直朝着三个洗手槽里最近的一个走过去，抽了一张纸巾，把皮包和纸片放在脚边的地板上，她笨手笨脚地开了水龙头，把纸巾淋湿到滴水，再拿它用力地往脸上拍。她的眼睛清楚了，她觉得精神多了，她再把纸巾淋湿，擦了把脸。她胡乱地摸索着想要再抽一张纸巾，旁边的女人递了一张给她，她听见笑声，但是看不见，因为眼睛里有水。她听见有个女人说：“我们去哪吃午餐？”另一个说：“就楼下吧。老傻瓜说要我半个钟头就回家。”

她这才意识到她是夹在一群赶时间的女人堆里，她赶紧擦干了脸。就在她稍微移开一步，让另外一个人上来使用洗手槽的时候，她朝镜子里瞥了一眼，就这一眼令她心惊胆战起来，她竟然分不清究竟哪一张才是她的脸！

她看着镜子里，仿佛在看一群陌生人，全部的人都在看着她，围着她。人群里没有一个是熟悉的，没有一个对她笑脸相向，或是对她露出看见熟人的惊喜；我自己的脸总该认识我吧，她想，她喉咙里有一股诡异的麻木感。有一张脸是奶油色的，没下巴，有一头亮丽的金发，缩在红色面纱帽子底下的那张脸很犀利。把一头棕发拢在背后的是一张苍白焦虑的脸，剪着一个四方发型的是一张玫瑰色的四方脸。至少有两三张脸贴近镜子，移来移去地看着镜中的自己。或许这不是一面镜子吧，她想，也许是一扇窗，我看到的是那些女人在窗子的另一边梳洗。但是这些女人明明在梳头，在照镜子，这群女人就在她旁边，她想，我不希望我是那个金发的女人，她抬起手按着自己的面颊。

她是那一张把头发拢在后面，苍白焦虑的脸。一旦认出了自己，她很生气，她匆忙退到那群女人后面，不公平，为什么我的脸上毫无血色？镜子里有好几张漂亮的脸，为什么我不是其中之一？我没有时间，她气恼地告诉自己，他们没给我思考的时间，我应该可以拥有其中一张好看的脸，即使那个一头金发的也比我好得多。

她退出来，坐在一张藤椅上。太难看了，她想着。她抬起手摸摸头发，睡过觉之后头发有些松散，不过样子仍旧没变，整个往后拢，用一支宽发夹固定在背后。像个女学生，她想，只是——她想起镜子里那张苍白的脸——只是年纪大多了。她费力地解开了发夹，把它拿到眼前。她的头发轻柔地贴着她的脸，暖暖的，垂在肩膀上。发夹是银的，上面刻着名字：克莱拉。

“克莱拉，”她大声说。“克莱拉？”两个女人走出去的时候侧过脸来对她一笑。现在所有的女人都要离开了，梳好了头发，擦好了口红，边聊边走了出去。转瞬间，好像小鸟离开树枝，走得一个不剩，她单独一个人坐在休息室里。她把发夹扔进椅子旁的烟灰桶。烟灰桶很深，金属的，发夹落下去发出清脆的铿啷声。她的头发垂在肩膀上。她打开皮包，把里面的东西掏出来，一样一样地放在腿上。手帕，素面的，纯白，没有任何姓氏的字头。粉盒，正方形，褐色玳瑁花纹的塑胶品，有两个小间隔，一格是粉饼一格是腮红。腮红那格明显的从来没用过，粉饼这边已经少了一大半。所以我才会那么苍白，她想着，放下了粉盒。口红，玫瑰色，几乎用完了。一把梳子，一包开过的香烟，一盒火柴，一只零钱包，一个皮夹。零钱包是红色假皮的，口子上有拉链。她打开零钱包，把零钱倒在手心。五分、一毛、一分的硬币有好几个，二十五分的只有一个，一共九毛七分。这点钱不够用，她想，她再打开褐色的皮夹，皮夹里有钱，她要先找名片和一些资料，结果找不到。皮夹里只有钱。她数了数，一共十九块。这些钱应该差不多了，她想。

包包里再没别的了。没钥匙——我应该要有钥匙才对吗？她疑惑着——没资料，没电话簿，没身份证明。包包是假皮，浅灰色，她低头发现她穿着深灰色的法兰绒套装，搭配橙红色、颈围有花褶的上衣。她的鞋是黑色的，半高的粗跟鞋，绑着鞋带，一只鞋的鞋带松开了。她穿着米黄色的长袜，右膝盖有一道不规则的裂缝，从腿一路裂到脚趾头上的破洞为止，这个破洞在鞋子里就可以感觉到。套装领子上别着一个别针，她把别针翻过来，上面有个蓝色的塑胶英文字母C。她把别针摘下来扔进烟灰桶，到达桶底的时候发出一点点碰撞的声音，最后铿地落在那支发夹上。她的手很小，手指粗短，没擦指甲油；左手戴了一枚黄澄澄的结婚线戒，再没有其他的珠宝首饰。

一个人坐在女厕休息室的藤椅上，她想着，起码我现在可以把袜子脱了。四下无人，她脱了鞋，褪下丝袜，她觉得一身轻松，她的脚趾从破洞里解放了。袜子得藏起来，她想——扔纸巾的废纸篓。她站起来再仔细地照了照镜子——比她想象中更糟：在椅子上坐久了灰色套装又皱又垮，两条腿细瘦如柴，肩膀下垂。我看起来像五十岁，她想。再仔细看那张脸，我明明还不到三十啊。她的头发散乱地垂在苍白的脸上，一股无名火升了上来，她在包包里一阵乱翻，找到了那支口红；她在苍白的脸上画了一个夸张的玫瑰红唇，这时候她才发现自己在这方面很不擅长，不过有了红唇的脸似乎好看多了，她再打开粉盒，在脸颊抹上粉红色的腮红。脸颊上的腮红既不匀称又很突兀，红唇鲜艳夺目，不过最起码这张脸不再苍白焦虑了。

她把袜子塞进废纸篓里，光着两条腿走回楼梯间，然后果决地走向电梯。服务员说："下？"他看看她，她走进去，电梯沉默无声地把她带到楼下。她又经过那个严肃专业的门房，走上人来人往的大街，她站在大楼前面等候。过了一会，杰姆从经过的一群人中走出来，走向她，牵起她的手。

在这里和那里中间的某个地方存在着她的那瓶止痛药，在楼上女厕休息室的地板上留着她那一小张注着“拔除”的纸片。七层楼底下，健忘的人们行色匆匆地走在人行道上，没有人理会他们偶尔相遇的好奇眼光，她的手在杰姆的手里，她的发披在肩膀，她光着脚奔跑在火热的沙子上。

# 收到杰米的一封信

有时候我真怀疑，她在厨房边收拾碗盘边想着，有时候我真怀疑男人到底讲不讲道理，任何一个。也许他们本来就是疯子，别的女人都知道，除了我，我的母亲从来不告诉我，我的室友根本不提，别的太太们又都以为我知道……

“今天我收到杰米的一封信。”他说，在抖开餐巾的时候。

你总算收到信了，她想，他终于熬不住写信来了，也许就此雨过天晴，又恢复原来的友好了……“他都说了些什么？”她随口问。

“不知道，”他说，“没拆开。”

天哪，她想，怎么会有这种事。她等着。

“准备明天原封不动地退回去。”

我简直没法想象，她想。换成是我，我连五分钟都熬不住，非拆不可。我大可以想出一些别的贱招，像是把信撕碎，把碎片给他寄回去，或者找人帮忙，写一封尖酸刻薄的回信，但是我绝不会让它原封不动地在我身边待过五分钟。

“今天跟汤姆一起吃午饭。”他说，似乎刚才的话题已经结束，她想，好像刚才的话题就此不想再提了。也许他真是这样，她想，天哪。

“我觉得你应该把杰米的信拆开。”她说。也许就这么简单，她想，也许他就会说好吧，就把信拆开了，也许他就会回去跟他母亲住一阵子了。

“为什么？”他说。

问得真顺，她想。你要是不拆信你就去死吧。“啊，大概是因为我好奇吧，不让我看看信上写了些什么我会死。”她说。

“你拆啊。”他说。

原来你在等我动手，她想。“说真的，”她说，“跟一封信过不去也未免太蠢了吧。要跟杰米过不去，可以。可是为了跟他作对连信都不看，那就太蠢了。”天哪，她想，我居然说出“蠢”字，而且说了两次。完了。他只要听到我说他蠢我就死定了，我一夜都甭想睡了。

“我干吗非看不可？”他说，“不管他写什么我都没有兴趣。”

“我有。”

“你拆啊。”他说。

天哪，她想，天哪天哪，看我从他的公文包里把那封信偷出来，看我明天把那封信和着蛋一起炒给他吃，只是我当然没这个胆，他会打断我的手臂。

“好吧，”她说，“我也没兴趣。”就让他觉得你没辙了吧，就让他安稳地窝在椅子里吧，就让他好好地吃他的柠檬派吧，让他换个话题吧。

“今天跟汤姆一起吃午饭。”他说。

她在厨房里边收拾碗盘边想，也许他说的是真心话，也许他宁可去死，也许他真的没有兴趣，就算他有，就算他好奇到了歇斯底里的程度，他也要锁在浴室里，试着透过信封看个究竟。或者，也许他收到信一看，说，啊，杰米写来的，就随手往公文包里一扔，忘了。如果真是这样我会杀了他，她想，我会把他埋在地窖里。

稍后，在他喝咖啡的时候，她说：“要给约翰看吗？”约翰一定也会受不了的，她想，约翰的想法和做法就跟我一样。

“给约翰看什么？”他说。

“杰米的信。”

“喔，”他说，“当然。”

超强的胜利感掳获了她。他是真的想要把信拿给约翰看，她想，所以他还是知道自己还在生气，他是要约翰出面说，真的吗？你真的还在生杰米的气吗？这样一来他就可以大声地说是。她胜利地想着，他到底还是一直在想着这封信。她说了，完全没经过大脑：“你刚才想要原封不动地把它退回去？”

他抬起头。“我忘了，”他说，“应该会吧。”

我真是多嘴，她想。他忘了。这句话完全泄了他的底，他连考虑都没考虑，如果那是条蛇，肯定会对他一口咬下去。就在地窖的楼梯下，她想着，他的脑袋撞开了花，他那封该死的信就在他交叉握着的双手底下，很值得，她想着，啊，很值得。

# 乐透

六月二十七日的早上，晴空朗朗，有着夏天的温暖气息，花朵绽放，绿草滋长。村民们开始聚集在邮局和银行中间的广场上，时间大约上午十点。有些城镇因为人太多，进行一次乐透活动得花上两天的时间，必须在六月二十六日就开始，可是这个村子，总共只有三百人左右，乐透活动时间要不了两小时，就算上午十点开始，村民们也还来得及回家吃午饭。

最先到场的当然是孩子们。学校刚放暑假，自由的感觉让大多数的孩子感到有些不安。孩子们总是先安静一阵子再开始躁动，现在他们静静地聚在一起，话题仍旧离不开课堂和老师，书本和挨训。鲍比·马丁的口袋里已经塞满了石头，别的孩子很快地有样学样，也在精挑细选地捡一些又圆又光滑的石头。鲍比和哈利·琼斯还有迪克·戴拉克罗瓦——村民们都把这个姓念成“狄拉克罗伊”——已经在广场一个角落堆起了一堆石头，他们小心提防着其他孩子过来偷袭。站在一旁说话的女孩子们，不时地侧过脸来瞧着那些男孩，更小的小孩子们在地上打滚，要不就紧紧抓着哥哥姐姐们的手不放。

不久男人聚过来了，一面看看自己的孩子一面聊着耕作和雨水，拖拉机和税收。他们站在一起，离开堆石头的角落，轻声地开着玩笑，只是听不见笑声，脸上仅挂着微微的笑容。女人，一个个穿着褪了色的家居服和毛线衫，在男人后面跟着出现了。她们互相打过招呼，闲聊几句就走到她们丈夫身边。不一会儿，这些站在先生身边的女人开始叫唤各自的孩子，至少要叫上四五次，孩子们才心不甘情不愿地走过来。鲍比·马丁躲开了母亲的手，笑哈哈地又跑回石头堆那里。他的父亲一声厉吼，鲍比赶紧乖乖站到父亲和大哥的中间。

这项活动——就跟广场舞会、青少年俱乐部或万圣节的活动一样——是由撒玛斯先生主持，他对于镇民活动不但肯花时间且更有热诚。他是个圆脸、非常乐天的人，经营煤炭生意，大家很替他难过，因为他没有小孩，太太又是个泼妇。他带了黑色的木箱来到广场，村民们一阵骚动，他挥挥手喊着：“今天稍微晚了一些，乡亲们。”邮政局局长格雷弗先生跟着他，手里拿着一只三脚凳，凳子摆在广场中间，撒玛斯先生把黑箱子放在凳子上面。村民们自动保持距离，让凳子和他们之间留出一个空间。撒玛斯先生说：“有哪位愿意上来帮忙？”大家正犹豫着，有两个男人，马丁先生和他的大儿子巴克斯特走了上来，帮忙扶着搁在凳子上的黑箱，撒玛斯先生动手搅拌箱子里的签纸。

原始的乐透道具老早就遗失了，现在这个搁在凳子上的黑箱子是在华纳老爹——全镇最老的老人出生前就使用了。撒玛斯先生经常对村民们提起要做一个新的箱子，可是谁也不想换掉这个几乎等于代表传统的黑箱子。有此一说，现在的箱子是用它前面那只箱子的碎片制作成的，而那只箱子是第一批来这里建村的人做出来的。每年，在乐透活动之后，撒玛斯先生就会再提起换新箱子的事，但是每年这个话题总是不了了之。黑色的箱子一年比一年破旧寒酸，现在甚至不复原来的纯黑色了，有一边开裂得太厉害已经露出了木头的原色，另外也有好几个地方斑驳褪色了。

马丁先生和他的大儿子巴克斯特牢牢地扶着凳子上的黑箱，撒玛斯先生的手在箱子里用力搅和着纸签。因为很多仪式早已被遗忘或弃置，撒玛斯先生顺理成章地就用纸签替代了沿用许多代的木签。木签，撒玛斯先生说，在村子规模很小的时候非常适用，可是现在人口超过了三百，而且还可能继续增加，就有必要使用一种更容易、更适合放入这个黑箱子的东西。乐透活动的前一晚，撒玛斯先生和格雷弗先生把纸签做好，投入箱子，再把箱子带去撒玛斯先生的煤炭公司，锁进公司的保险箱，等第二天早上由撒玛斯先生直接带到广场。一年里其余的时间，这箱子就被收藏起来，有时藏这里，有时藏那里。有一整年是待在格雷弗先生的仓库里，还有一年局促地挤在邮局里，有的时候甚至就在马丁杂货店的货架上搁着。

在撒玛斯先生宣布活动开始之前，还有一大堆琐碎的事要做。整理名单——每个家族的族长，每一户的户长，每个家族每一户的人数。邮局局长要以乐透主持人的身份为撒玛斯先生宣誓致辞。曾经一度，有些人记得，典礼上乐透主持人还要负责朗诵，不成调的赞美诗每年都要敷衍地唱一遍；有些人认为过去乐透主持人在致辞或唱歌的时候是站着的，又有些人认为他应该走入人群，只是好多好多年以前这部分仪式已经流于失效了。另外，还有一个致敬的仪式：乐透主持人对每个走上来抽签的人都要说几句话，不过这部分也随着时间的流逝慢慢更改了，到现在变成，只有在乐透主持人觉得有必要的时候才会对抽签的人说话。撒玛斯先生对这一切非常熟练。他穿着白衬衫和蓝牛仔裤，一手随意地搭在黑箱子上，滔滔不绝地向格雷弗先生和马丁父子讲解着，一副专业又权威的样子。

就在撒玛斯先生终于讲解完毕转身面对聚集的村民时，贺金森太太披着毛衣急匆匆地沿着小径赶到广场，钻进了后排的人群中。“忙着打扫忘记今天是什么日子了，”她对站在旁边的戴拉克罗瓦太太说，两个人轻轻地笑着。“还以为我老公出去堆木头了呢，”贺金森太太继续说着，“后来我看窗外，孩子们都不见了，我才想起今天是二十七，赶紧跑了来。”她两手往围裙上擦着。戴拉克罗瓦太太说：“你来得正是时候，他们还在说话呢。”

贺金森太太伸长脖子在人群中张望，发现她丈夫和孩子们站在前排。她拍拍戴拉克罗瓦太太的手臂表示告别，开始往前挤。大家好心的让她穿过去。有两三个人，用刚好可以让大家听见的音量说：“贺金森太太你可来啦。”又一句，“比尔，她终于赶到啦。”贺金森太太挤到了丈夫身边，一直在等候着她的撒玛斯先生开心地说："我还以为今天的乐透活动要撇开你了呢，黛西。"贺金森太太咧开嘴笑着说："我不能让那些碗盘留在水槽里不管啊，你说是不是，乔？"人群里轻轻地掀起一阵笑声，贺金森太太到了之后，大家又都站回了原来的位置。

"好了，"撒玛斯先生正经地说："我们可以开始了，把这件大事办完，大家好回去干活。还有谁没来？"

"登巴，"有几个人说，"登巴，登巴。"

撒玛斯先生察看名单。"克莱德·登巴，"他说，"对。他摔断了腿不是吗？谁来替他抽签？"

"我来吧。"一个女人说，撒玛斯先生转身看着她。"太太替丈夫抽签，"撒玛斯先生说，"你没有一个成年的儿子来代劳吗，珍妮？"撒玛斯先生和村民们都知道答案是什么，但这是乐透活动的规定，这类的问题例行要经过正式的提问。撒玛斯先生礼貌性地关注听候登巴太太的回答。

"赫拉斯还不到十六岁，"登巴太太懊恼地说，"看样子今年只好由我代替老头子了。"

"好。"撒玛斯先生说。他在名单上做了记号，再问，"华生家的小伙子今年要抽签了吗？"

人群里一个高个子男孩举起手。"有，"他说，"我替我妈妈还有我自己抽。"他紧张地眨着眼，低着头，人群中出现了好些声音，有的说："好样的，杰克。"有的说："你妈妈有了你这么个大男人出来帮忙真叫人高兴。"

“好，”撒玛斯先生说，“应该都到齐了。华纳老爹来了吗？”

“有。”一个声音说，撒玛斯先生点点头。

全场突然鸦雀无声。撒玛斯先生清了清喉咙，看着名单。“都准备好了吗？”他喊。“现在，我要报名字了——从家族族长开始——凡是叫到名字的人就上来在箱子里抽一张纸签。把折好的纸签握在手里不许看，等大家轮完之后才能打开。听明白了吗？”

抽签的事已经做过太多次了，大家并不是很专心在听这些说明。大多数人很安静，只是舔着嘴唇，也不东张西望。忽然撒玛斯先生高高地举起一只手说：“亚当斯。”一个男人脱离人群走了上来。“嗨，史提。”撒玛斯先生说，史提·亚当斯先生也回应他说：“嗨，乔。”两人咧开嘴相对笑了笑，笑容牵强而紧绷。亚当斯先生把手探入黑箱子抽出一张折起的纸签。他捏住纸签的一角，转身急促地回到原先站的位置，他跟他的家人稍微站开一些，并没有低下头去看他的手。

“艾伦，”撒玛斯先生说，“安德生……宾瑟姆。”

“两次乐透活动的时间好像没有半点间隔，”站在后排的戴拉克罗瓦太太对格雷弗太太说，“好像上个星期我们才来过。”

“时间确实过得太快了。”格雷弗太太说。

“克拉克……戴拉克罗瓦。”

“该我老公了。”戴拉克罗瓦太太说。她丈夫走了上去，她屏住呼吸，连大气都不敢出。

“登巴，”撒玛斯先生说，登巴太太镇定地朝乐透箱走去。有个女人说：“去吧，珍妮。”另一个女的说：“她不是去了吗。”

“下一个轮到我们了。”格雷弗太太说。她看着格雷弗先生绕过箱子，慎重地跟撒玛斯先生打招呼，再从箱子里挑出一张纸签。现在，只要是大手里捏着折纸的男人，都紧张兮兮地把纸签不停地翻过来转过去。登巴太太和她两个儿子站在一起，登巴太太捏着那张纸签。

“哈伯……贺金森。”

“还不快上去，比尔。”贺金森太太说，她邻近的人都笑开了。

“琼斯。”

“听说，”亚当斯先生对着身边的华纳老爹说，“北村那边正在讨论要放弃乐透活动了。”

华纳老爹不屑地嗤一声。“一票发疯的白痴，”他说，“专门听那些年轻人的，能搞出什么好事。接下来，他们就要回去过住山洞的日子了，没有人再想要工作，就那样混日子吧。古话说得好，‘六月摸个彩，谷子熟得快。’别忘了，到时候我们都得吃炖繁缕和橡实子了。乐透活动永远都要的，”他气呼呼地补上一句，“看着年轻的乔·撒玛斯站在上头跟大伙说笑实在糟糕。”

“有些地方已经停办乐透了。”亚当斯太太说。

“那样只会制造麻烦，”华纳老爹武断地说，“一票不懂事的小白痴。”

“马丁。”鲍比·马丁看着他父亲走上去。“欧佛代克……

波西。”

“我希望他们快一点，”登巴太太对大儿子说，“我希望他们快一点。”

“就快结束了。”她儿子说。

“你该准备跑去告诉你爸爸了。”登巴太太说。

撒玛斯先生喊出了自己的名字，他一丝不苟地上前一步，从箱子里抽出一张签。接着他喊，“华纳。”

“我参加这个乐透活动已经是第七十七年了，”华纳老爹在穿过人群时说，“第七十七次了。”

“华生。”高个子男孩别别扭扭地穿过人群。有人说：“别紧张啊，杰克。”撒玛斯先生说：“慢慢来，孩子。”

“查尼尼。”

抽完签之后，是一段很长的暂停时间，令人喘不过气来的暂停，直到撒玛斯先生把自己的纸签举到半空中，说：“好了，乡亲们。”这一刻，谁也不动，忽然，所有的纸签全部打开了。立刻，所有的女人抢着说：“是谁？”“是谁抽到了？”“是不是登巴他们？”“是不是华生家？”然后这些声音说出了，“是贺金森。是比尔。”“比尔·贺金森抽到了。”

“快去告诉你爸爸。”登巴太太对大儿子说。

人们开始东张西望地找贺金森家的人。比尔·贺金森静静地站着，低头看着手里的纸签。突然间，黛西·贺金森对着撒玛斯先生大声嚷嚷："你没给他挑选纸签的时间，我看见了。不公平！"

"愿赌服输啊，黛西！"戴拉克罗瓦太太喊着。格雷弗太太说："我们大家机会都均等的呀。"

"闭嘴，黛西。"比尔·贺金森说。

"好，各位，"撒玛斯先生说，"刚才进行得很快，现在我们必须再加把劲，让这件事按时完成。"他翻看下一张名单。"比尔，"他说，"你是替贺金森家族抽的签。贺金森家族还有其他的户口吗？"

"还有同恩和伊娃，"贺金森太太大吼，"让她们也来试试运气吧！"

"女儿是跟着夫家抽的签，黛西，"撒玛斯先生温和地说，"这点你和大家都很清楚的。"

"不公平。"黛西·贺金森说。

"我不这么认为，乔，"比尔·贺金森有些过意不去，"我女儿跟着她夫家抽的签，很公平。我除了几个孩子没有其他亲属了。"

"所以，为家族抽签的，是你，"撒玛斯先生做说明，"为家人抽签的，也是你。对不对？"

"对。"比尔·贺金森说。

"几个孩子，比尔？"撒玛斯先生郑重其事地问。

"三个，"比尔·贺金森说，"小比尔、南西和最小的戴维。再就是我和黛西。"

"好，"撒玛斯先生说，"哈里，你把他们的纸签都收回来了吗？”

哈里·格雷弗先生点点头，举起那些纸签。“把它们放进箱子里，”撒玛斯先生下指示，“把比尔的那张也放进去。”

“我认为我们应该重新来过，”贺金森太太尽量以最平静的语气说，“我就告诉你这不公平。你没给他足够的时间挑选，大家都看见的。”

格雷弗先生挑出那五张纸签放进箱子里，其余的全都扔在了地上，阵阵吹拂的微风，带走了这些小纸片。

“听我说，你们——”贺金森太太对着周围的人说。

“准备好了吗，比尔？”撒玛斯先生问，比尔·贺金森朝他太太和孩子们飞快地瞄了一眼，点点头。

“记住，”撒玛斯先生说，“拿着纸签，先别打开，等每一个人都拿到了之后才能打开看。哈里，你帮小戴维。”哈里·格雷弗先生牵起小男孩的手，男孩心甘情愿地跟着他走向箱子。“从箱子里抽一张纸签出来，戴维，”撒玛斯先生说。“哈里，你帮他拿着。”哈里·格雷弗先生拉起孩子的手，从紧握的小拳头里把那张折拢的纸签取走，代他拿着，小戴维站在他旁边，疑惑地看着他。

“下一个该南西。”撒玛斯先生说。南西十二岁，她整理一下裙子，走上去，优雅地从箱子里抽出纸签的时候，她几个要好同学的呼吸声都变得沉重起来。“小比尔。”撒玛斯先生说。小比尔，一张红脸，脚特别大，他上来抽签的时候差一点把箱子踢翻。“黛西。”撒玛斯先生说。她迟疑片刻，不服气地朝四周扫了一圈，抿着嘴唇走到箱子跟前。她抓起一张纸签，把它握在背后。

“比尔。”撒玛斯先生说，比尔·贺金森把手伸进箱子里，四面摸了一下，最后，那张纸签跟着他的手一起出来了。

人群静悄悄的。一个女孩很小声地说：“希望不要是南西。”这小小的声音竟然连最外围的人都听见了。

“以前没有这样的，”华纳老爹摆明说，“以前的人没有这个搞法的。”

“好了，”撒玛斯先生说，“现在打开纸签。哈里，小戴维的由你打开。”

哈里·格雷弗先生打开纸签，他把签纸举高，一看到那张纸是空白的，人群里响起一片叹息声。南西和小比尔，两个人同时打开纸签，两个人都笑了，他们转身面对群众，把纸签举到头顶上。

“黛西。”撒玛斯先生说。停顿了一会儿，撒玛斯先生看看比尔·贺金森，比尔打开他的纸签，出示给大家看。它是空白的。

“是黛西，”撒玛斯先生说，他的声音很平静。“把她的签亮给我们看一下吧，比尔。”

比尔·贺金森走到他太太面前，硬夺过她手里的纸签。纸签上有一个黑点，这个黑点，是撒玛斯先生前一晚在煤炭公司的办公室里用粗铅笔画上去的。比尔·贺金森举起纸签，人群开始骚动。

“好了，乡亲们，”撒玛斯先生说，“我们赶快结束了吧。”

村民们早已忘记了原来的仪式，也遗失了原来的黑箱子，但是大家仍旧记得要用石头。先前那些男孩子堆起的石堆已经准备好了；地上有石头，还有那些从箱子里抽出来，随风四散的碎纸片。戴拉克罗瓦太太捡起一块大到必须两只手才拿得动的石头，转向登巴太太。“来吧，”她说，“快点。”

登巴太太两只手上捧的全是小石头，她喘着大气说：“我跑不动。你先过去，我会跟上来的。”

孩子们都已经备好了石头，有人给了戴维·贺金森几颗小石子。

黛西·贺金森现在站在一块空地的中央，村民们一步步地向她逼近，她绝望地伸出手。“不公平啊。”她说。一块石头击中了她半边脑袋。

华纳老爹说：“上啊，上啊，大家。”史提·亚当斯在一群村民的最前面，格雷弗太太在他旁边。

“这样不公平啊，这样不对啊！”贺金森太太尖叫着，于是他们扑了上来。

# 第五部

# 尾声

……她登上了大船，
船上看不见一个水手，
但船帆都是花样的绉纱，
船桅镶着纯金的金箔。

她出海还不到一里格，一里格[①]，
还不到一里格的时候，
他的面容变得阴沉了，
他的眼睛变得混浊了。

他们出海还不到一里格，一里格，
还不到一里格的时候，
她看到他现出了原形，
她悲泣到不能自已。

① League，西班牙古长度单位，一里格约等于三海里。

“啊，请忍住你的悲泣，”他说，
“把你的悲泣留给我，
让我带你去看盛开的百合花
在意大利的河堤。”

“啊，那是什么小山，那可爱的小山，
阳光那样甜美的照耀着？”
“啊，那是天堂山，”他说。
“你永远上不去的。”

“啊，那又是什么高山，”她说，
“怎么都被冰雪覆盖着？”
“啊，那是地狱山，”他叫喊。
“那就是你我要去的地方。”

他用手拽住中桅，
用膝盖顶住前桅，
他将大船折成两半，
将她沉入了大海。

——摘自《杰姆士·哈瑞斯，魔鬼情人》

（童谣　第二百四十三首）

图书在版编目（CIP）数据

乐透 / （美）雪莉·杰克逊（Shirley Jackson）著；余国芳译. — 南京：江苏凤凰文艺出版社，2019.1

ISBN 978-7-5594-3144-8

Ⅰ. ①乐… Ⅱ. ①雪… ②余… Ⅲ. ①短篇小说—小说集—美国—现代 Ⅳ. ①I712.45

中国版本图书馆CIP数据核字(2018)第295572号

| | |
|---|---|
| 书　　名 | 乐　透 |
| 作　　者 | （美）雪莉·杰克逊 |
| 译　　者 | 余国芳 |
| 策划出品 | 九志天达 |
| 统　　筹 | 姚　丽 |
| 责任编辑 | 白　涵　刘洲原 |
| 特约编辑 | 范　迪 |
| 责任监制 | 刘　巍　江伟明 |
| 出版发行 | 江苏凤凰文艺出版社 |
| 出版社地址 | 南京市中央路165号，邮编：210009 |
| 出版社网址 | http://www.jswenyi.com |
| 印　　刷 | 北京富达印务有限公司 |
| 开　　本 | 880毫米×1230毫米 1/32 |
| 字　　数 | 200千字 |
| 印　　张 | 9.75 |
| 版　　次 | 2019年1月第1版　2019年1月第1次印刷 |
| 标准书号 | ISBN 978-7-5594-3144-8 |
| 定　　价 | 45.00元 |